我看青山多妩媚

王群 著

国文出版社
·北京·

图书在版编目（CIP）数据

我看青山多妩媚 / 王群著. -- 北京：国文出版社，2025. -- ISBN 978-7-5125-2106-3

Ⅰ．I267

中国国家版本馆CIP数据核字第2025X6N822号

我看青山多妩媚

著　者	王　群
责任编辑	侯娟雅
策划编辑	凌　翔
责任校对	陈一文
装帧设计	邓小林
经　销	全国新华书店
印　刷	三河市中晟雅豪印务有限公司
开　本	787毫米×1092毫米　　16开
	16印张　　　　　　　210千字
版　次	2025年9月第1版
	2025年9月第1次印刷
书　号	ISBN 978-7-5125-2106-3
定　价	72.00元

国文出版社

北京市朝阳区东土城路乙9号　邮编：100013
总编室：（010）64270995　传真：（010）64270995
销售热线：（010）64271187
传真：（010）64271187-800
E-mail：icpc@95777.sina.net

序 言

陈仓

见王群是去年10月的某一天中午,有朋友从西安来,在上海社科院开会,开完了会准备一聚。我没有想到,朋友也约了王群。王群是从杭州坐着火车来的,坐火车专程从杭州到上海就为了一次雅聚,可见她对文学的态度多么虔诚。

我早就知道王群和我同乡,都是陕西商洛人,同饮丹江水。人生经历也比较类似,在诗意的年龄都心怀远方,沿着秦时的那条商於古道一路南下,她停在了杭州,我最后落脚于沪上。严格意义上来说我们都是漂泊的一代,更何况我们还有相同的爱好,所以见王群又多了几分亲切。

那天天气预报称,多云转雨,气温23~14摄氏度,东南风3~4级,无明显降温,感冒概率较低,体感舒适。我刚刚进了社科院的大门,王群几乎同时就进来了,有点结伴而行的感觉。她一身红装,显得特别热烈。事实是我和王群见面之前,在微信上偶尔也聊过那么几段,她给我的印象却是淡雅的,起码没有某些文友的那股子"缠劲"。

也难怪,王群是杭州某所中学的老师,教书之余喜欢背着行囊到处走走,陶醉于山山水水之间,徜徉于日日月月之下,或书写,或拍照,或者什么都不干,只乐于与山同高,与水同流,与日同照,与月同洒,与风同吹,与草木同摇，慢慢地也就成了自然万物的一分子，或者说慢慢地就把自然万物的气息化于体内成为身体的一部分。正如她在她第一本散文集自序里写的"文章是案头的山水，山水是心头的文章"，久而久之就有了这部有关山水的书。

孔子曰："知者乐水，仁者乐山。"老子说："上善若水，水善利万物而不争……"圣贤的名言概括了人与山水的联系，山水不仅是自然美的外在表现，还蕴含着人性品格的内在魅力。智者之所以乐水，不仅因为水灵动、随和而深邃，更在于无论绕多大弯子它都一直流向低处；仁者之所以乐山，不仅因为山高大、雄伟和坚韧，更在于无论世界怎么变化它从来都是一副安静的样子。智与仁，是山水给我们人类的启示，也是人类推崇的两种美德和两种值得倡导的处世方式，提醒人们在亲和自然观赏山水中，要时刻以山水为师，吸取天地之灵气，从而达到心灵的净化和品格的提升。

这恐怕就是那些修仙之人为什么要选择在优美的自然山水中进行修行的原因吧。王群之所以喜欢山水，我觉得不应该是为了喜欢写文章才去游历山水的，而是把游历山水当成了一种热爱一种修行。反过来说，她的文章是"修仙笔记"，是热爱生活和人格修行的副产品，所以没有太多"做"的痕迹，更接近于自然的状态。

我读王群的文章，感觉最大的特点就是"自然"。她写水时自己是水，她写山时自己是山。无论江南异域，无论今昔往昔，山山水水因她而生动，她因山山水水而情动。但是，有时候，文章的意义不在于文学本身，而在于文学之外，起码对于一个虔诚的文字修行者自己而言，这样的书写反而更有意义。

王群曾给自己取笔名"若水如诗"，并出版了第一本散文集《若水如诗》，如今又积累了这本《我见青山多妩媚》。"我见青山多妩媚"紧接着的一句，王群自己不好说，那就由我说吧——料青山见她应如是！

2025年1月10日

（陈仓，陕西省丹凤县人。诗人、小说家，知名媒体人。出版有"进城系列"小说集《女儿进城》《麦子进城》《小猪进城》等八卷，长篇小说《后土寺》《止痛药》，长篇散文《预言家》《动物忧伤》，散文集《月光不是光》，小说集《地下三尺》《再见白素贞》《从前有座庙》，诗集《艾的门》《醒神》。曾获第八届"鲁迅文学奖"、第三届"三毛散文奖大奖"，"《小说选刊》双年奖"等各类文学奖项30余次，有作品入选中文教材和外国高考试题。各类作品均以直指人心、催人泪下而见长，被誉为"把故乡背在脊背上到处跑的人"。）

目 录
CONTENTS

第一辑　感受江南韵味

茅塘古村 …………………………… 002
湖滨晨练图 ………………………… 006
周庄读水 …………………………… 009
曲院荷韵 …………………………… 013
《印象西湖》之印象 ……………… 016
河坊街上听市声 …………………… 019
龙坞记 ……………………………… 023
胡雪岩故居感叹 …………………… 025
春来枫岭 …………………………… 029
湘湖情思 …………………………… 032
秋雪庵听芦 ………………………… 036
略说杭州巷名 ……………………… 039
诗意青山湖 ………………………… 043
美哉，蟠滩 ………………………… 045

第二辑 感悟生活真谛

望幽忘忧 …… 052
拜访贾平凹老师 …… 054
怀念屈子 …… 058
汉宫秋月 …… 062
山里人家 …… 065
怀想一个爱梅的人 …… 069
人生感怀 …… 074
玉缘 …… 077
《故梦》红颜 …… 080
朝烟夕岚待月夜 …… 084
生活之悟 …… 087
夜宿筲箕湾 …… 090

第三辑 难忘故乡情

三寸金莲 …… 098
记忆中的小河 …… 104
想念父亲 …… 109
粽香里的记忆 …… 115
飘香的锅盔 …… 120
难忘英雄 …… 123

第四辑 探寻异国风情

秋日，行走布拉格 …………………… 134
威尼斯，因水而生的城 ………………… 141
仰望但丁 ……………………………… 149
曼谷，信佛的城 ……………………… 152
小岛日记 ……………………………… 157
五月，在太阳岛上 …………………… 162

第五辑 行走苍茫大地

在庐山，遥想江州司马 ………………… 170
漫笔仙娥湖 …………………………… 176
武大的樱花开了 ……………………… 179
冷落的大师故居 ……………………… 182
草原牧歌 ……………………………… 190
鬼谷栈道游思 ………………………… 194
山村的早晨 …………………………… 200
红荷湿地的芦苇 ……………………… 204
山里春天 ……………………………… 207
泛舟遇龙河 …………………………… 209
看那良渚古城 ………………………… 212
四明山写意 …………………………… 216

那片古典的菊花 219
篁岭素描 223
探访图腾古道 227

后记 234

第一辑

感受江南韵味

　　我撑着一把油纸伞，低眉青黛，从戴望舒的《雨巷》里走来，去看一场春天的杏花烟雨。

　　我走过断桥，漫步白堤、苏堤，观赏西湖四季的荷韵，感悟生命轮回的真谛。

　　我乘着一叶扁舟，荡波西溪，在秋雪庵和文人墨客吟诗听芦。

　　我在周庄的夜里，温一壶月光，听袅袅的吴侬软语。

　　我徘徊在白墙黛瓦的古村，踏着唐诗宋词的韵律，感受传统文化的博大精深。

茅塘古村

蓝天如洗，白云悠悠。山峦起伏，绵延一道绿色屏障。几缕炊烟袅袅娜娜，盘旋上升，炊烟下现出白墙青瓦的房屋，耳闻隐隐约约的鸡鸣狗吠之声。上山的路蜿蜒而宽阔，山上茂密的毛竹，在风中泛着波浪。裹紧棉衣，抵挡春寒料峭。吮吸着负离子氧，且歌且行。

近了，近了。江南的古村茅塘。村口，两条道，盘旋而上的车道，便捷陡峭的石梯道。仰视"I"字排成的几十个石阶，凝重的铁色，如一位饱经沧桑的老人，似乎在守护着村庄的纯真年代。拾级而上，石阶凹凸不平，要小心翼翼。若不留神，有跌倒坠下之忧。走五六石阶，气喘吁吁，需却步歇息，再行五六石阶。如此往复歇息，才能至古村的制高处。道口两棵古老的银杏树直挺而立，枝条在风中舞动。那皱纹深老的年轮，记载了古村岁月的轮回。道旁一座旧时的木屋，朱红退去老成深色，雕花门窗紧紧关闭，让谁望而却步？我踮起脚向里探视，门窗严严实实，遮蔽了双眼。但不能遏制我遐想的思绪……在那隔世的时光里，可曾有个留守老屋的女子，痴痴地等待新婚不久的郎君，他去追随新四军的队伍,一直未归,在古村留下一往情深的爱……

在战争年代,茅塘曾经驻扎过革命的军队,是红色老区,这里的山水村庄,一草一木,留有过去的印记。村边的山上,毛竹成林,乱石丛生,千奇百怪,一块大石突兀而立,红色大字"将军台"醒目,似在讲述一段不寻常的故事。1945年4月,新四军被服厂的岳主任带领一百多名新四军战士,从安吉而来进驻古村,村庄静寂,天色已晚。为不扰民,全体官兵不顾疲倦劳顿,宿营山上。翌日清晨,高高的巨石上,岳主任站在那里,嗓音洪亮,强调军纪,大家一起背诵"三大纪律,八项注意",那声音飘在晨曦的雾岚里,和着松涛竹韵回荡在大山里,又嵌入战士们的心底。茅塘人为纪念新四军,把巨石称作"将军台"。

新四军被服厂,隐藏在古村里,徽式建筑,白色高墙头耸起,给浴血奋战的战士遮风挡雨。黑色木门镶嵌于厚墙里。墙外潮湿的地上铺着苍老的青苔,散发出岁月的霉味。滑腻腻的泥土留有蚯蚓的痕迹,星星点点的小花绽放在草丛里。墙上留有"大刀向鬼子们的头上砍去""抗战到底""拥护领袖"等模糊的字迹。展览馆陈列着简陋的漂染工具,铁锈斑斑的缝纫机,灰尘覆盖的汽油灯,泛黄的老照片和图表文字,墙上挂着灰色军衣……这一切记录着新四军战士和老一辈革命家艰苦奋斗的点点滴滴。

沿着仄仄的木楼梯,"咯吱咯吱"爬上去,梁木上雕有凤凰扑牡丹的图案。阁楼呈"O"形,屋檐低矮,几束光线,从小小的木格窗棂里偷偷钻进,使这个隐蔽的空间里有一点光亮和活气。我似乎听到了"嗡嗡叽叽"的声音,叙说着战火硝烟的年代。1945年,粟裕将军率新四军第一军主力南下成立苏浙军区,取得三次浙西反顽自卫战的胜利,其间,第一纵队在余杭西部山区整训,随军被服厂就设在茅塘古村。一百余名战士,女战士占三分之一。当时从临安运来白布,买来灰色染料。艰苦的条件下,只有因地制宜,用村民洗澡烧水用的塘缸（浴灶）作为染缸，把白色染成灰色，这些布匹，被一双双巧手制成军衣军帽、棉衣棉被，除此还有绷带皮带。运输工具仅有两匹马两头驴，那时没有公路，更多的是战士群众肩挑背扛，运往各个部队。在这木制的阁楼里，在汽油灯的白光下，战士们怀揣着憧憬，脚踩底板，低着头弓着背，眼神专注，细细密密，走线飞针。他们不分昼夜，轮流换班，缝衣纳被。渴了站起喝几口水，累了站起捶捶腰背。胜利的史册上有他们不为人知的功绩。茅塘永远记着他们。巍巍青山，留下了他们的脚印，阵阵林涛，录下了他们的声音，淙淙流水，映照他们的故事！

而今的古村，依然粉墙黛瓦，错落有致。房前路边坐着三三两两的老人，或晒太阳，或抱小孩，或闲聊日常琐碎，幸福充盈了慈祥的面容。小巷的碑石上刻有先贤的名言警句。村中完整地保留着一座旧式的私塾。古老的木柱，遗落着旧时的蛛网和灰尘，脱落的墙壁上圣人教诲的文字很清晰。"人之初，性本善，性相近……""弟子规，圣人训，首孝悌，次谨信……""子乎者也"的回音似乎穿越时空，桌上放着一把戒尺，满腹经纶的先生，目光威严地扫视着弟子……房屋虽然老旧，但古代文化的传承精神在春阳里熠熠生辉。

土酒坊里，一股股醇香飘入鼻中，地上摆放着坛坛罐罐，中堂微笑着的毛泽东主席像工整干净。豆腐坊的墙壁用石头砌成，石磨静默不语，不知轮转了几个世纪？石磨依然如初，推摇石磨沿袭到如今。打年糕的作坊里，也贴着毛泽东主席像，对面墙上挂着一顶竹笠和一个蓑衣。地上的石杵，留着年糕的余温——主人刚刚离开，把打好的年糕送到村里。

小巷的路上，红灯笼一串一串，盈盈喜气。围绕着古村，脚步画了一个圆形。翠竹夹道，石子路引脚步走向村口盘旋公路。潺潺的流水在脚下响起，看牌示是溯瀑景点。自然风光秀美，人文景观丰富，如今的古村成为高山平台型休闲观光度假景区。我走出蓝天白云下的茅塘古村，看见年轻的老师带着一群"红领巾",向白墙黛瓦走去……

——此文2018年获得杭州市上城区"金桂文学奖"金奖,"第五届中外诗歌散文邀请赛"一等奖。2019年4月发表于《浙江工人日报》副刊

湖滨晨练图

晨曦如画笔,给美丽的西子湖涂抹了一层亮色,湖水与蓝天相映。湖滨公园的林荫道上穿梭着晨练的人,他们步履稳健,精神抖擞,练功服色彩鲜艳。有带剑的"武士",有挟着双节棍的"侠客",有拿着丝绸扇的"花木兰",有背着音响的"歌手"……他们急匆匆来到约定的地点。

长桥公园的林中鸟语清脆,笛声飞扬,一首《百鸟朝凤》时而缓慢,时而激昂。曲终,萨克斯回荡起《昨日再现》的深情。空地上,武当剑"唰唰"作响,挥舞江湖的威风;少林拳"嚯嚯"生风,打出武士的豪放;民族舞婀娜的柳腰,翩然别样的风情;廊亭里歌声清丽婉转,越剧的袅袅韵味弥散。

罗马广场,晨练者群情高涨。西边着白色服装的太极队队形整齐划一,柔曼和谐的动作和着《太极》的清音,时而"白鹤亮翅",时而"搂膝拗步",时而"手挥琵琶",气到意到神到,他们运力气推河山,举掌可擎高天,弯腰捞起海月,挥手指点江山,一招一式刚柔相间,纯正而自然,把禅意道功发挥到极点。

东边一大群男女在做气功健身操，阳光抚摸着他们鲜活的脸庞。队前的那位教练鹤发童颜，学员跟着他马步弓腰，双臂展翅、抬头翘尾、耸肩摆臀、旋转踢腿，几个简单动作，一场下来个个汗流满面，衣服贴在后背。趁歇息我询问，知道教练师傅姓王，祖籍山西王家大院，自小习武，功法吸收了太极、柔道和气功的优点，自成体系。王师傅退休后在居住小区义务教练，后因人员多就来西湖边，吸引了更多的功友，每天六点音乐循环播放，教练耐心指导，功友人人快意满满，直到阳光灼人方自然散去……

西南角落，锃亮的钢鞭系着鲜红的布条，握在一位女士手上，她的双鞭甩在空中，鞭鞘自如舞动，头顶"霹雳"响个不停，她忽而腾步，忽而跳跃，英姿飒爽，收鞭时还来了一个双叉，动作惊艳了围观者；林荫深处着红色丝绸的瑜伽队，个个柔如皮筋，身轻似燕，在空中叠着罗汉，谁能相信那悬在空中的"小燕子"还有七十岁的老人？

涌金广场的空竹功和飘带舞是一种动态艺术。抖空竹有着悠久的历史，空竹从远古时代民间游戏"陀螺"演变而来，用鞭子抽击陀螺以延长旋转时间。后改进用竹子制造，在其上开口，利用空气冲击发出哨声，即"空竹"。随着时代变迁，空竹改为圆形中有木轴，以竹棍系牢，线绳缠绕木轴拽拉抖动，圆盒就迅速旋转，发出"嗡嗡"的声音，并带动空竹管抖动。曹植曾写过《空竹赋》："乐手无踪洞箫吹，精灵盘丝任翻飞。小竹缘何成大器，健身娱乐聚人气。"现在的空竹用塑料制造。抖空竹是力量和功夫以及技巧的比拼！看，一群女子欢快地抖空竹，神态专注，动作优美，空竹"哗"一声抛向空中，发出"嗡嗡"的鸣声，旋转许久，徐徐落下来，她们接住，继续旋转，增加力量，再一次抛向空中……另一群女子手拿红色的丝带在旋转，丝带在引线的牵动下由低向高盘旋而上。初学者心急，丝带一飘，缠在自身甩不开；熟练者把飘带旋转成盘龙。这里都是高手，空竹和彩带在空中飞扬，让涌金广场化作艺术的舞台……

西湖新天地一群青壮年男女，一律迷彩装，跳着劲爆绚丽的踢踏舞，舞鞋很有节奏地踩踏地面，手掌划在空中，起落有致，步伐快捷，铿锵有声，大地似乎也发出了震动，强劲的四肢张扬着青春的激情，感化得水中的梁山英雄张顺塑像也要跃跃欲试，清晨的南山路好像调节出节奏感，充满了英雄的豪气，迎送四面八方的过客……

西湖边的一公园永远热闹，是百花齐放的舞台，这里一簇，那里一群，木板舞台上，有跳舞的、说唱的、吹拉的、练禅步的……越剧永远是这里的主旋律，他们自带音响话筒乐器和服装，精彩的表演常常叫人拍案称奇……三公园一群书友，每天来到湖滨，提着小水桶，一枝长管狼毫笔，以西湖水为墨，以石板地面作宣纸，写诗词歌赋，或佛家箴言，或道家绝句，或儒家哲理，这里充盈了儒释道的气场……

春夏秋冬，四季更替，西子湖畔的清晨，视觉与听觉的盛宴交映生辉，阳刚与阴柔之美、艺术与健康之美在这里发挥得淋漓尽致，为美好生活幸福杭州涂抹了浓墨重彩的一笔……

——此文2020年获得杭州市上城区"金桂文学奖"银奖

周庄读水

我了解周庄是因读了王剑冰《绝版的周庄》，那时的周庄像一个江南乡间的少女，粗布丝麻，不着雕饰。随着名气鹊起，游人如织，等我看到现实版的周庄，她已出落成大家闺秀，气度不凡了。虽然形容华贵，越来越靓丽，但肤色没有改变，那肤色就是周庄的水。

周庄是江南著名古镇，原名贞丰里，北宋有一个叫周迪功的人，笃信佛教，将自家的二百亩良田捐赠寺院，百姓感激，将贞丰里改名为周庄。从此周庄在中国历史文化里有了名气。随着著名旅美画家陈逸飞的油画《双桥》风靡世界，周庄很快走红，成为中外游客追寻的最美村庄，而周庄水在周庄的自然景观里扮演了重要角色……

周庄的水源头很远，四季丰沛，在周庄形成"井"字河道。河水仄仄亮亮，眨动着少女纯净的眼光——似乎从《诗经》的古风里悄悄地渗出来，浸渍了周庄；从吴冠中的画里悠悠地漫出来，润泽了周庄；从远天的山坳里流泻下来，丰腴了周庄。

黄昏的周庄如朦胧诗一样幽美迷离，水里摇晃着晚霞的碎金，古屋檐牙依偎，似在窃窃私语，柳丝抚摸着漂在水上的荷灯，似在表达着绵绵情意，一串串红灯笼把周庄染得通红。夜幕渐行渐近，周庄的水被璀璨的灯点亮了，青砖黛瓦、雕花木窗和碧绿的树木倒映水里，鱼儿游进微闭的窗里，霓虹染成的红鳞在水里格外悦目，酒旗晃动在徐波里，水纹上浮着茶楼，游人的脚步似在仙界漫步，一个明清时期的周庄在水里活脱脱复活了。

　　第二天起得早，还是去看周庄的水。当欣赏杨万里"接天莲叶无穷碧，映日荷花别样红"的意境，张养浩"一江烟水照晴岚，两岸人家接画檐"的画面就叠加到里面，而范成大"画舫夷犹湾百转，横塘塔近依前远"的情境又移到眼前……

　　鱼儿和映在水里的人影同游嬉戏。鱼儿穿梭在人群晃动的缝隙里绕来绕去，自得其乐。鱼儿摇头摆尾漾生的水波推向游船，船娘的篙轻轻一点，避开鱼儿。在这里，人知鱼之乐，鱼知人之游，时而人为鱼儿让道，时而鱼为人带路。人谙鱼性，鱼钟人情，人鱼同乐，共享周庄。堤岸的姑娘一个一个漂亮得像美人鱼，水里的鱼一尾尾灵性得像鱼美人。美人鱼，鱼美人，把周庄的水衬托出仙界灵韵……

　　一阵蛙鸣把周庄的静幽拉到遥远的地方，两声狗吠把这种静幽拽到巷子的深处……

　　水巷是周庄的血脉和精魂。时而细细瘦瘦，像赵飞燕舞动的玉臂；时而宽宽敞敞，像杨贵妃扭动的臀；时而晃晃悠悠，像西施柔曼的细腰；时而沉沉稳稳，像王昭君迈向塞北的脚步……周庄的轮廓呈现给我们的是中国仕女飘动的水样画卷。

　　可以想象，无水的周庄就失去了活气。周庄可以说是水做的。你看周庄到处是河网，南北市河、寺前港、东西向的后港和中市河、银子浜、箸泾、全福浜等，各路水道交叉，水化了整个古镇，大约十三公里的流水线像一条条水网线，密密缠绕，缓缓流淌，清净的水充盈了整个周庄，充盈了游人的眼睛。

店铺那细软的对话，在水韵过滤后像昆曲柔转，茶肆酒楼的呼唤像水波弹动的心弦，南北游客的各地方言，在清凌凌的水中柔和委婉。南北方言本来铿柔有别，此刻却温润起来，如那淙淙溪水浅唱低吟。周庄的水是自然之道施加了魔力还是心灵之佛给予了禅意？无论细瘦的水还是肥宽的水都会把游人的语言调和出词的风骨、诗的韵味。我明白了，周庄因为水酿出的诗情画意，才吸引了拥挤的游人！

水巷写意周庄的闲适，弹唱着一道道水歌。小木桌、竹椅子、团扇、茶壶、茶盅，两个围桌品茶闲话的人，影子潜在清水里乘凉；谁家白发翁媪"醉里吴音相媚好"？隔着水巷，絮絮叨叨地扯着浓重的吴侬软语；小猫咪躺在桌下安详地打盹，一只小麻雀在桌上迈着方步，竟然大胆地叼起一粒零食碎屑飞进柳树上的鸟巢……水巷里是碧水写意的一幅最美丽的风俗画。

碧水奠定了周庄独特的风格，小桥把周庄装饰得更为经典，周庄水多，自然桥也多，贞丰桥、富安桥，尤以双桥最著名，石拱桥和石梁桥，横竖方圆辉映，像一把开启时光的钥匙，体现了中国桥梁设计的巧妙和匠心，再现了中国古诗"小桥、流水、人家"的况味，承载了九百年历史文化。周庄人家的房子因水而建，粉墙黛瓦是她的妆容，精致端庄是她的气质。

周庄的发展史里记录着一段因水而快速兴起的佳话。周庄原是一个普通村落，一跃成为江南重镇、名镇，沈万三这位巨富功不可没。沈万三是浙江湖州人，他致富有方，聚财成奇。他把周庄作为贸易重地，周庄焉能不富？而周庄的富裕，沈万三的贸易，还是因为这丰沛的周庄水……

富安桥不远处的沈厅，是周庄最有名的古典建筑群落，是沈万三的后人建造。石砌的门墙沉淀着那个时代厚重的历史，漆工考究的窗棂让中国古代一个时代的手工艺术闪闪发亮。占地两千多平方米，伫立在寸土如寸金的周庄，它的历史文物价值和地理价值是无可比拟的。周庄水不但酿造了周庄如画的风景，也酿造了周庄从古流到今滚滚的财富，还酿造了周庄源远流长的旅游文化……

离开周庄，周庄的水和因水而滋生的水世界、水风光、水财富依然留在我的记忆里……

——此文发表于《国家湿地》2021年第4期，获得第三届国际东方散文大赛优秀奖

曲院荷韵

曲院风荷是杭州西湖十景之一。曲院原为"麴院"，是南宋时皇家酿酒的作坊，取西湖水源之一的金沙涧的溪水造酒，附近的池塘种着荷花，每当夏日风起，荷花蕊粉飘落酒里，带有荷香的酒沁人心脾，闻名遐迩，人称"麴院荷风"。康熙皇帝巡游江南，为"西湖十景"题名，挥笔写下了"曲院风荷"四个大字。把"麴"写成"曲"。由此"曲院风荷"的名字沿袭至今。

夏日来到曲院风荷，你会看到形色各异的荷花！曲院风荷的荷花不是单调的一种。这里荷花种类多，园内有白莲、红莲、重台莲、洒金莲、并蒂莲等；曲院风荷的荷花不是齐整整的一大片，这里的布局是点面结合，或一枝，或几簇，或零零散散，或聚拢成片。桥下、水中、岸边，花的倩影随处可见。

我行在景观桥上，我在亭台楼阁流连。仔细欣赏这满园的莲，有的一枝独秀，卓尔不群，颀长的芳姿如亭亭少女，微风吹来美目流盼；有的三五成簇跳跃嬉戏，宛如仙女起舞于碧波里；有的一片灼灼，群芳争妍。白荷洁白的花瓣带露水珠儿，如贵妃出浴时凝脂般的肌肤；粉荷低着娇羞的脸，如女子初见心仪之人泛着红晕。最是那红荷，碧绿丛中燃烧着火焰，热情奔放，火红一湖水，媲美半天云彩！"众香国里正氤氲，独立风前自不群。一道宫娃齐拥出，国君头上有红云。"这是明代李寄对红荷可贵的赞叹！并蒂莲，花开两朵，相拥相抱，结而向上，是荷花中的极品，自古以来被人们珍视，并赋予很多美好的寓意，所以引来长枪短棒和手机的狂拍，火辣辣的目光不愿意离开。

在石拱桥畔，我看见两朵黄色的莲睡在浮叶之间，像美人刚睁开惺忪的眼，慵懒而闲散。走过桥又看到了一片密密的浮叶，淡红色的花瓣张开，黄色的花蕊点缀其间，煞是好看！睡莲开在水里，不择条件，给点阳光，她就绽放，黑暗来了，她就闭合，遵守自然规律，安详淡定，从容高尚，多像生活中的隐士。难怪法国著名画家莫奈一生迷恋睡莲，他创作了《睡莲》系列181幅名画，用睡莲的色彩来表现大自然的色彩，他的睡莲更接近音乐和诗歌！达到创作之巅峰。

曲院风荷满园的荷花兼具了名门闺秀的端庄大气和小家碧玉的灵秀清纯，既有正直刚强之美，也有婉约阴柔之韵，她与西湖的水和苏堤的垂柳化为一体，从不同的角度去欣赏都有初见的喜悦，让人生出无限感慨！

观荷咏荷并非中华独家文化，古印度把荷花作为国花，以莲比爱之人。佛以莲花为宝，喻圣洁而美好，观音菩萨以莲为座，尤见莲之高贵。荷花出淤泥而不染的品性，在任何时空遭遇任何变故也不易其性，这一独特品质使她脱俗而出，异于其他花种。正因此被文人奉为花中君子！历代文人墨客赏荷品荷咏荷的佳句不胜枚举：

"山有扶苏，隰与莲华，彼泽之陂，有蒲与莲。"——这是《诗经》里的荷花。

"制芰荷以为衣兮，集芙蓉以为裳。"——这是《离骚》里的荷花。

"……重重青盖下，千娇照水，好红红白白。"——乃苏轼笔下的荷花。

"出淤泥而不染，濯清涟而不妖。"——这是周敦颐对荷花的赞美。

现代作家更爱荷。朱自清的《荷塘月色》是散文名篇，以优美细腻的笔触,赋予荷花音乐美和绘画美,再现了荷的神韵;叶圣陶爱荷,他在《荷花》里写道:"我忽然觉得自己仿佛就是一朵荷花,穿着雪白的衣裳,站在阳光里。"季羡林偏爱荷,他的《清塘荷韵》,笔法清新俊逸,脱尽浮华,情感朴素真挚,直白中蕴蓄着哲理,写出了荷花绵绵的生命之美和惊人的求生存的力量以及扩展蔓延的力量;台湾著名诗人席慕蓉咏荷的诗文很多,她笔下的荷都是美丽的女子,渴望纯净脱俗的爱情……

我一俗人,也酷爱荷花,我的第一部散文集就是以荷花作为封面。一次在湖畔居喝茶,午间倚在沙发小憩,我梦见自己泛舟西湖,酣睡于十里荷花之中。观音自空飘至眼前,左手执净瓶,右手执白莲,甘露之水滴我额上,我化作一株莲,出泥淖至观音脚下,为一侍者,品梦甚惬。说与文友,文友笑我是荷痴。我常想前世我可能是西湖里的一株莲,今世我出生在七月,正是莲开的季节,在人生的而立之年,我从遥远的北国定居杭州,常走西湖边,与莲结缘。春赏小荷才露生命之萌动,夏赏荷花蓬勃生命之旺盛,秋赏荷叶翠绿生命之顽强,冬赏残荷积蓄力量之大爱。荷的一荣一枯,在生命轮回中都展示了别样的风情。

我常去曲院风荷,避开嘈杂,找一僻静的茶室,坐在室外,我知道自己品茶是为了品荷。荷香清雅,撩逗鼻息,不时刷新我的思维,给予我庸常的启迪和觉悟,大脑跳出一些哲思,此地有荷香,环境美如佛家道场;约人观荷,满心生香;心生荷香,终能修成佛性。"……蝉噪林逾静,鸟鸣山更幽。此地动归念,长年悲倦游。"(南北朝·王籍)能在曲院风荷得一凉亭,终年伴荷而自得其乐,是我俗世人的梦想。

——此文获得湖北省洪湖市政协、作协联合举办的首届"荷花杯征文比赛"三等奖

《印象西湖》之印象

一

初春之夜,云低雨迷,寒气犹存,余携娇女观《印象西湖》。其乃张氏艺谋执导。以湖为台,以堤为景,舞者于水中演绎画面,云霓明灭,成大观也。

帷幕悄然开之,现《相见》《相爱》《离别》《追忆》《印象》之字幕。然钟鼓鸣之,悬空袅袅。音逝,光束遥然射之,一白衣书生,右手高擎绿色娟伞,踏水徐来。近视,合伞招手,一蓑笠渔翁荡舟而来,书生入舟中。时又一舟荡来,一女立于船头,衣衫飘然,珠钗盈首,容寂形单,执纤白灯笼,左右探之,默望,等千年约会否?恍惚白素贞也,书生视之,随其后,两舟同向而去。

二

水上数十男女,荷叶为伞,羽毛为扇,时而嬉戏,时而歌舞,欢娱至极!白衣书生与女子翩然而至,起舞,男以伞遮雨,二人相拥,漫步,携手入舟。

数十情侣立舟中，悠然泛湖上，执扇言欢。俄而，游舟隐去。漆黑中，聚湖红黄绿蓝之鱼，追逐游弋，似人间"鱼水之欢"。一彩色断桥旋即而形，随波起伏。典雅画舫从湖面漂至，上层戏台，画中之人演绎《白蛇传》《梁祝》之传说。下层乃一茶楼，闲人雅士汇聚，作揖落座……

三

风云骤变，雷电轰鸣。黑衣人聚黑色遮湖面，黑色气之大，势之强。阻之，男女抗之，乃走之。漆漆之湖面两根立柱缓升，于湖面撑起白色断桥，渐成霓虹桥，黑色聚而成湖中堤岸，七色光点闪烁，如灯如星，聚光柱升空，现五色断桥。歌曰："雨还在下，落满一湖烟。断桥绢伞，黑白了思念。谁在船上，写我的从前？一笔誓言，满纸离散……雨啊，雨啊，遥望北岸……"女执绢伞前奔，男追逐，女归伞于男，男前抱之，女推疾走，上船。男仆地，女踉跄回首，掩面而啼。岸上，男追舟而奔。时青烟迷蒙，舟缓行，女站立桥头，痛楚状，似千年不变。男立岸不归，有难舍之情，等待之态。是时三层雨幕于湖中立起，有十余米，湖岸雨亦如瀑，观众居湖中居岸边亦居剧中。

四

书生踏梦而来，怅望桥边，目视无数白衣女。纵使景犹在，然斯人已去，奈何？忆邂逅之场面，寻其舟与佳人。憧之状，心之唤，思之情，溢于表。少顷，两生灵翩翩飞来，似白天鹅，似白蝴蝶，久而群飞而至。巨大光柱拔湖而起，乐声大作，歌曰："我的告别，从没有间断西子湖上，一遍一遍，白色翅膀，分飞了流年……"万籁寂然，歌之深情，空灵而忧伤，此天雨如泼，湖中剧中观众混为一起，风声雨声歌声相和而鸣，身其中，无不凄伤。

五

乐声又起，巨大光柱渐耸湖中，七彩幻光，紫烟升腾，云雾缭绕，似定海神针出世，似孤山冒起，似雷峰塔显佛光……红衣女踏波而去，白衣男举伞痴望……鱼群追来，湖底一虹桥，百船争渡，游人熙攘，时羽毛如雪纷扰，亦如白蝶翩然而去，追寻逝去之男女……光柱计出三，每至高潮，必欲湖里拔起，如幻如仙，观众不知乃天上乃人间，更不知为观众为演员。

此光柱曰许仙白娘子断桥相会？曰梁祝化蝶？曰今之情人约会？曰游者偶遇顿生缠绵？曰回顾古老之爱？曰渴望未来之情？是以记之情景也。

千百观者坐雨中观，若剧中演，感与演者同也，时而雨缠绵，时而雨瓢泼，时而霓光染雨色。《雨》之歌萦绕其中，亦飘之，亦染之。余忘身何处，而顾娇女，竟迷醉，雨衣洞开，浑然不觉。

盖杭州之美，湖山烟雨，爱情之都也；西湖之美，碧水青荷佛塔绿树也。

河坊街上听市声

吴山脚下的河坊街、清河街、南宋御街、高银街,四街联通,这里汇集了全国许多非物质文化遗产摊点,聚集了不同地域的游人。一年四季人潮涌动,着不同服装、操不同口音的人挨挨挤挤,如赶热闹的庙会。

河坊街集中了江南所有的特产和外地的独特产品,街两旁的店铺漆光发亮,整整齐齐地排列,店门敞开,繁多的物品直入眼帘。每个店铺生意红火,游人进店一番讨价还价,出手阔绰,一类产品买很多,看得出是回家送亲朋好友,不枉来杭州。所以店家使出看家本领,店门口竞相亮出拿手绝活,独特夸张的声音此起彼伏,可谓"大弦嘈嘈如急雨,小弦切切如私语"。那曾经响亮的叫卖声现在慢慢淡去,却常常在我的记忆里响起——

"快来看,快来看。西湖龙井天下传。吃茶了!吃茶了!明前好茶真绝了!"茶叶店门口几个年轻人穿着"茶"字马甲,头戴小毡帽。一个师傅背着一把大铜壶,壶嘴黄亮亮的,足有两米多长,他面对着看客,快速地旋转一圈,倒身弯背,动作娴熟,把热水准确地注入一个精致的细花瓷杯,杯中的茶叶浮起,水却一点没有溢出来。一旁师傅麻利地用手炒茶叶，真真切切。不说吃茶，单单看这味道十足的茶艺表演就让人大开眼界，动了买回家的心思。

民间小吃更是种类繁多，手艺纯正，地方色彩浓郁。你听——"芝麻饼，芝麻饼，货真价实你看个清。现做现卖快来买啊，不买你白来杭州城。"醇香的芝麻味远远飘了过来，钻入鼻孔，这香味诱惑人疾步走到芝麻饼的店铺前。一边的师傅砸出"哐哐哐"的声音，另一边的师傅双手端着筛子，顺着一个方向不停地摇着，芝麻均匀地粘到饼上，他特意把筛子拿到客人面前摇，香喷喷的饼像馋虫钻进人的喉咙，蠢蠢欲动，禁不住马上购买的冲动。

"京都烧饼摊"一直摆在巷口，引人注目的是矮小的"武大郎"和微笑的"潘金莲"，他们着布衣古装，"潘金莲"麻利地做饼，"武大郎"勤快地烤饼取饼，叫卖，你听——"打竹板，响连天，无人不知《水浒传》，武大郎不好看，娶了美女潘金莲，金莲丑闻是谣言，都怨一些小人在胡编，无事生非传谣言，吃不到葡萄就说葡萄酸。原来过的苦日子，烧饼卖不出好价钱，劳动致富有了钱，二弟助我开了店，手工烧饼营养好，常吃都会身体健，老人比过活神仙，壮年比过梁山汉。"路过的游人听着笑着，都买了烧饼，有人还和"武大郎"靠在一起合影。现在的摊点生意依然好。但"武大郎""潘金莲"换了人，只打竹板不说快板了。

几年前，我从吴山脚下的小巷走过，看见游客拥挤着去围观魔术表演。表演者把五个燃烧着的火把分别抛到空中，然后用手接住再抛，交替抛接。尤其表演钻火圈、顶杆、骰子变点，惊险刺激，赢得看客的一片喝彩。指挥的师傅边指导边解说——"钻火圈，过火山，一会儿再耍一个杆顶杆，神出鬼没点换点，掌握技巧也不难。虽然不是京城明星和大腕，但咱一道工序都不减，爷们姐们取个乐啊，您别忘记赏个脸。"这绝妙的表演，让人眼花缭乱，但他们玩得出神入化，自如快乐，大家心甘情愿把零钞一把一把投进了塑料盆里。这里还在继续表演,那边又响起了喇叭播放的叫卖声——"瞧一瞧,看一看,多功能的擦菜板!随手买一个,回家爱人夸半天。去皮、切丝、擦姜末,粗丝细丝随便换,省时省力又省钱,经济实用又美观!"一个年轻的摊主,卖一种新的厨房工具,围观现场操作演示的人又聚拢了一大群。

胡庆余堂国药号北墙脚下有一个写着"拉大片"的摊点。摊主手举铙钹,敲得山响,一边高喊,"拉大片拉大片,有兴趣来玩一玩,神仙鬼怪西洋景,不拉你就悔半年。"看见"拉大片"这几个字,我心里捉摸不透它的意思。那天我看见两个年轻人买了百元票,我怀着好奇心,走到他们后面,踮起脚从侧面高处望里面,从演艺箱的缝隙看得一清二楚。发现了拉大片的秘密,相当于一个几乎失传的皮影戏表演技术,一个可以变换灯光的封箱里,挂了各种透光的西洋画和风景画,师傅一人充当几个角色,自己模拟角色声音,当然这个秘密是不能告诉别人的。从观众位置看到"拉大片"表演的是"梁山伯与祝英台"以及"白蛇传"的演出片段……师傅就赚这么一些诀窍钱。

河坊街中间是民间艺术长廊,这里是民间艺人大显身手的地方。一些普普通通的草叶在艺人的手中,忽而飞出一只鸟雀,忽而一只孔雀站起来,一会儿爬出一条蛇,一会儿编成一头大象,个个惟妙惟肖;普通的玻璃在炽烈的火焰中随意吹成你想要的器物,生意好,一个人很忙,顾不得叫卖。刻章、画像、捏泥人、做糖画,还有许多叫不出名的……

河坊街色彩浓郁的市声中,最优美的声响是那悠扬的笛声、深情的萨克斯、动听的葫芦丝,一首首婉转的清音,荡气回肠,引得游人驻足观望,静静聆听。蓦然,古老的埙发出凄婉幽怨的苍凉,这潸然泪下的声响淹没了耳边的聒噪。这些卖乐器的人穿着笔挺,器宇轩昂,气质很文艺。他们是当下流行的文化商人。

河坊街,百游不厌,百看不倦。累了在南宋御街的石蹬和木椅上小憩,清澈的河水从脚下流过去,心情无比惬意。饿了吃特色小吃或到高银街上吃杭帮菜。回家时随带几盒乾隆皇帝喜欢吃的杭州特产"龙须糖",还有桂花糕、香芋糕、芝麻糖……杭州的繁华几乎全收集聚拢在吴山脚下四条街巷里。难怪当年金国皇帝完颜亮曾狂言写道:"提兵百万西湖上,立马吴山第一峰。"

江南忆,最忆是杭州。杭州忆,最忆河坊街。河坊忆,最忆是市声,声声悦耳说富庶,一声一声皆歌声……

——此文2019年获得杭州市上城区"金桂文学奖"金奖

龙坞记

西钱塘北岸,群山连绵,翠色蔽天者,西湖自然生态保护区也。大斗山、小斗山相拥一坞。坞中千丛墨绿,如壁画挂天地。万道绿波,若浪涛荡远山,是曰龙坞村茶园也,千亩竹林叠翠,民居如画,外观古朴,内置现代,林风习习,鸟鸣悠悠,此则龙坞村之观也。

吾与文人墨客相聚。至茶园,碧绿漾眼,人影浮动,草帽遮颜,乃采茶女工劳作也!近视,其左手执竹篓,右手摘芽,或细绿或嫩黄,置入篓中,疾缓娴熟。重复动之。时有笑语欢颜。俄而,重归寂然。少顷,又笑语茶园。窃思,有《采茶舞曲》者,入园唱和,何等妙极!吾与友爱眉,执小伞,作少女状,留倩影于茶园。

下山,逢村中老者,寻问茶事。长者面目慈祥,清瘦干练,喜色洋洋,欣然答之。其乃"九曲红梅"之茗始创者,吾敬之有余。

吾与爱眉游西山,见牌坊横书"西山森林公园"六字。进山,石道悠长,伸入远山林谷,密竹延伸幽静,青石铺写苍茫,道平缓而盘桓,百余公里。道旁山泉涌动汩汩作响，小溪潺潺拨出清音。如是里许，见山民汲水直饮，吾问之，答曰，水自山中涌出，清冽甘甜，天然泉水也。吾饮之，果如所言。

至山脚，万竹扫天，老竹新篁，拔节而高，携云摩日，此乃淡竹也。千株攒簇，荫翳似波，此乃凤凰竹也。野花闪烁，鸟雀跳跃，黄莺飞鸣，倏然入林中，松鼠坦然嬉戏，无视人往。道旁青绿一蛇，疾然爬行，伸出红信，吾惊惧，与友退数步折回。

坐村中品茗，草虫履下蠕动，蝶儿头上炫舞，蜜蜂花上缠绕，鲜香钻入鼻孔。空气清纯，氧离子足溢，濯净尘世之混沌，洗尽俗世之烦忧。宽然，净然，如佛，如道。

时，同游者杭城作家文友，今作此文以记之。

乙未年夏若水如诗。

胡雪岩故居感叹

一

元宝巷笔直而狭长,雨中的石板路泛着清光,似乎漾着遗落的世事。绿藤蓬蓬勃勃覆盖墙头,锁住了一方清净,巷子更显寂寞而清幽,名声显赫的红顶商人胡雪岩故居就藏在这方深巷里。

故居外表朴素,里面奢侈着无限风光。

撑着一把旧雨伞,走进故居,循着指示牌和引路标左突右拐,在鹅卵石铺就的庭院观赏,在轩榭亭台边徜徉,在楼台池沼边流连,在雕花木柱的琳琅里穿行,体会欧阳修"庭院深深深几许,杨柳堆烟,帘幕无重数"的意境。

秋雨淅淅沥沥,老宅内阴沉沉的,幽暗如黄昏的青苔。我独自走在冷清而潮湿的廊子里,耳边传来袅袅的越剧,这声音凄婉忧伤,如泣如诉,像一位锁在深闺的女子倾诉着不幸的遭遇。我想起了文学作品中描写的封建社会的豪门权贵,妻妾成群,她们争风吃醋,争权夺利,有多少善良而单纯的女子惨遭毒害。恍惚中，我似乎听到了假山背后传来悲伤的抽泣，我一阵心悸而惊慌逃去，不觉走到胡雪岩和太太们居住的楼下，抬头那凄凄的越音是从一个方形的喇叭传出的。

二

仰视二楼的雕花门窗，考究的红木雕饰着花鸟草虫树木以及人物，栩栩如生，彩色的油漆散发着油光。昔日房间里那些美人，身着绫罗绸缎，头戴金钗银饰，或坐铜制的菱花镜前，娇滴滴地搽脂抹粉梳妆打扮；或慵懒地倚着门窗，茫然地望着窗外的云天，笼子里的金丝鸟，用百无聊赖的鸣叫伴佳人虚度光阴；或扶着门前的栏杆，悠闲地观望庭院的人来人往和世道浮华。如今人去楼空，一扇扇的门窗紧紧地关闭，却关闭不了曾经喧嚣的历史，更掩饰不了一代官商和他的女人们奢靡的生活。

四周的高墙隔断了外界的市声，也隔断了白日的天光，走廊曲曲折折，我的脚步迷失，转悠了大半天，还是绕不出厨房、佣人住房、藏经房三个地方。转过假山又转了回来。索性仔细观看，从窗户往里看，佣人住房保存了红木木床、桌椅、床帏，就连马桶也是红木的。太太传话的铜话管，文字介绍，这套设备是从德国进口的。二楼的太太、姨太太、小姐、丫鬟的住处，游人不能参观，从佣人的住房窥一斑而知全豹了。

三

谁能够想象出一个家境贫寒的穷小子日后在商海里成了叱咤风云的人物？

胡雪岩年幼时在钱庄做学徒，由于做事踏实，勤劳好学，很快升为伙计。他天资聪慧，善于交际，其间很快结识了浙江巡抚门下的王有龄。千里马遇上伯乐，胡雪岩遇到了生命里的贵人。王有龄资助他开了钱庄，王的官职高升，胡雪岩生意愈做愈大，王把办粮械、漕运等重任交予他。募兵经费也存于胡雪岩的钱庄，浙江一半以上的财经掌握在胡雪岩手里，这为他以后的发展奠定了基础，他在商界不成功都难。

　　胡雪岩乐善好施，常常救济穷人和商海经营失败的商人。左宗棠任浙江巡抚，百姓饥饿之时，胡雪岩筹集粮食，雪中送炭。战乱之时，为左宗棠借外债，筹军饷，购军火，在民间救灾捐款，深得左宗棠的信任。在晚清的洋务运动中，他帮左宗棠聘洋匠，引设备，开凿泾河，为朝廷效犬马之劳。同时亦获得了更多的财富，开办了"胡庆余堂"药号，在各省设立二十余处银号……

　　胡雪岩深知自己在商场打拼要依仗官场的庇护，才能打出一片属于自己的天地，有了左宗棠的帮助，胡雪岩由商而仕，最终做到了二品大员，成为大清历史上唯一一位获赐黄马褂、戴红顶的商人。而民族英雄左宗棠在官场两袖清风，他的政事需要资金来支持，左宗棠得到胡雪岩筹集兵饷的帮助，成功收复了新疆，完成了千古功业，他们相互依靠相互取暖，"一荣俱荣，一损俱损"。左宗棠的政敌李鸿章为了求和洋人，与汇丰银行联合起来先整垮左宗棠的经济依附胡雪岩，加之商业对手落井下石，最后胡雪岩落得一败涂地。

　　这个结局不能不说是那个晚清没落时代的悲剧。借政权发财的路走不长久，政权为商人带来了红利，商人也必然因为权力更替而祸害自身，政与商还是亲与清好。

四

　　眼前的雕梁画栋似乎还在诉说着当年的排场和房屋里曾经的奢华。

　　据说胡雪岩有一个正室太太和十二房姨太太，个个美若天仙，号称"东楼十二钗"。胡雪岩耗巨资为她们建造了一座"娇楼"，让她们分室而居。胡雪岩效仿皇帝做了牌子，上面写着姨太太们的名字，每夜翻牌侍寝。而对胡雪岩最真心的是她的正室"罗四太太"，胡雪岩家产散尽后十二房美人都离他而去，其他人卷了钱财作鸟兽散，只有罗四夫人对他不离不弃。贫困潦倒的胡雪岩在悲愤中郁郁而终，罗四太太安葬了胡雪岩后不愿独活而殉情自缢。

　　古人云，由俭入奢易，由奢入俭难！切不可骄奢淫逸以败创业根基。当年朱镕基总理在参观胡雪岩故居时曾题词："胡雪岩故居，见雕梁砖刻，重楼叠嶂，极江南园林之妙，尽吴越文化之巧，富埒王侯，财倾半壁，古云：富不过三代，以红顶商人之老谋深算，竟不过十载，骄奢淫靡，忘乎所以，有以致之可不戒乎。"

　　诸葛亮说："夫君子之行，静以修身，俭以养德……"胡雪岩的悲剧给后人提供了一面明亮的镜子，值得创业和守业者借鉴。

　　我从深深的庭院出来，流连在西面的芝园，这里集中了江南园林的所有特点。以山水景观为主题，以湖泊池沼为中心，林道勾连着假山，小桥连通了回廊，湖泊映着蓝天。设计师别出心裁的创意，比苏州园林巧妙，比大观园精致。一池红鱼游戏着欢快，几株红枫招摇着热烈，橘子在雨中橙红鲜艳。这些给园林增添了无限生机，体现了生命的永恒。用财富堆积园林的主人和他的家眷家丁早已化作尘埃，发生在故居里悲欢离合命运跌宕的故事早已被世人遗忘。

　　风雅豪华的江南第一豪宅，如今静静地隐居在杭州的深巷，默默接待着四方游客，只留给游人参观和后人评说，不能不让人叹惋！

春来枫岭

　　春雨像细细密密的绣花针，悄无声息。在些许凉意中，我们沿着枫岭茶谷的小路登上山丘。山腰一块平地上，耸立着两座高高的建筑，形似圆柱体岗楼，我以为是瞭望塔，岂不知这是乡间独特的茶楼。

　　踏着楼梯盘旋而上，顶上一览无余。四面环顾，满眼翠绿。民居错落有致，绿树掩映着院落围墙。红色"文化礼堂"大字在绿意中醒目，村委会依偎着山脚，窗明几净，玻璃泛着蓝色的光影。

　　空山鸟语，春雨抒写朦胧的诗句。山岭清幽，山村静谧，鸟鸣里颤动着雨声。与友人看景、听雨、品茗。一位脸庞白皙的姑娘，穿着古装，纤纤素手把山泉倒入茶壶烹煮。我们坐着，观茶叶在水中翻滚，后慢慢平静，于是茶色渐渐清明。姑娘给我们一杯一杯捧上，细细品味，茶香清醇。桌上摆放着村民手工做的特色茶饼、芝麻饼、霉干菜酥饼等，入口脆酥无比，飘着自然的醇香。姑娘忽闪着大眼睛告诉我，她学过茶道和烘焙。

　　几杯香茗围坐闲聊，我得知距离村子不远有座大涤山，它是杭州道家的福地洞天，唐宋时期曾被奉为"圣地"，是著名修士或者道士们纷纷前来参拜、修行以及举办宗教活动的地方。大涤山中峰的洞霄宫是山中最为显耀的一处道观，南宋迁都临安后，皇帝赵构下旨在晋唐时杭州城里通往洞霄宫的古道的基础上，改建成直通洞霄宫的御道——西溪辇道，以方便游幸洞霄宫。

　　道教文化源远流长。追溯到一万八千多年前，原始人类已经开始膜拜和祭祀，表现出对生命存在的尊敬和顽强追求。而古代不少帝王将相为追求长生不死，经历了数千年的"寻仙问道"，渐渐产生了天下有"十大洞天、三十六小洞天、七十二福地"的说法（唐朝，杜光庭，《洞天福地记》）。大涤山正是道家第七十二福地，大涤洞也是小洞天中的第三十四洞天……唐代和两晋时，有许多高人来这里修仙修道，宋高宗每年夏天来这福地洞天避暑……

　　枫岭距大涤山不远，风中飘着大涤山的气息，如此我沐浴到了大涤山的春风，呼吸着道山仙家的负氧离子，山茶中蕴藏着道家福地洞天的天地精华，其香气飘入我的尘心，于是我灵魂深处得到洗涤和净化。

　　几盏茶的工夫，雨丝悄悄变成雨珠，肆意打在窗玻璃上，发出"叭叭"的脆响，如此有了芭蕉树下听雨声的况味……平生第一次在这独特的茶室品茗，别有趣味！

　　暮色低垂，雨渐渐停歇，从茶楼走下，空山新雨后，眼前呈现出一尘不染的景象。我和同行的诗人花香、徐洁浩背上茶篓，戴上竹笠，做一回采茶姑娘，体验一把采茶的情景。我们脚沾泥土，手捏雀舌般的新芽，浸淫着春雨的新芽——黄里透绿，湿漉漉、凉丝丝。同行的男士争先拍照，茶园荡漾着欢悦的笑声。

　　一位小伙站在坞下，手持竹笛，一曲《痴情冢》渺渺流动在春风里。"……今生君恩还不尽/愿有来生化春泥/雁过无痕风有情/生死两忘江湖里……"感伤唯美的曲调，让我看到一位衣袂飘飘的红衣女子，在时光的帷幕中痴痴凝望！

"枫岭村"的名字，充满着诗意，初见让人脑海倏忽现出红叶烂漫、枫林尽染的美景。

"枫岭村"是一个离都市很近的美丽乡村，从杭城驱车抵达不过半小时。村里有餐厅、茶室，建筑布局透着都市里的时尚，自然美中展现出现代生活的便利和情调，满足了人们对乡村美好生活的审美理想和价值再造。

"枫岭村"充满着浓厚的文化气息。村子有翰墨飘香的书法体验中心，墙壁上挂满了村民的书法绘画作品。彩墨画水墨画，笔法细腻，描绘出了山水自然及乡间动物的美。老人孩童的书法或龙飞凤舞、奔放跃动，或左右舒展、整齐划一，或简洁明快、生动活泼。每家都有书法爱好者，村党支部书记担任书法协会会长，定期组织培训，他带领大家开展各种活动，书法是村民生活的一部分，他们走进田间操起农具苦干，到创作室拿起毛笔画画写字，崇尚文化的美德已经蔚然成风……

"枫岭村"是一个有着自然天籁和文化氛围的山水灵秀之处，像安静的世外桃源。千百年来，这里的村民日出而作，日落而归，遵循自然规律，在似水流年里送走夕阳，迎来晨曦，过着淳朴的生活。

春日，我来到这里感慨万千。我想在此处，避开滚滚红尘，觅一庭院，竹篱拥屋，面对青山，邀友一起，春看繁花烂漫，夏听流水潺潺，秋赏山中明月，冬夜围炉煮雪，静享余生的流年！

湘湖情思

　　画舫悠悠，向湘湖的深处飘去，湖水共蓝天一色，湖面一片苍茫，微波轻澜，如雾如烟。几只白鸟低空盘旋，偶尔掠过水面，冲上高空，淡成一个白点慢慢融入水天相接的云山。游船画舫时而争渡，时而相伴。秋阳下的湖水碎银闪烁，湖光炫动着"剥条盘作银环样，卷叶吹为玉笛声"的音符，凉风乍起，一泻千里的烟波浩渺着吴侬软语的幽香，一碧万顷的水光潋滟着越女浣纱的灵动，一曲绝唱的湖光山色飘逸着渔歌互答的诗画柔情……

　　靠窗，我的目光触及窗外，越王山一览无余，离我那么近，仿佛一伸手就能触摸到它郁郁苍苍的容颜，我仿佛触摸到了吴越之争的那段历史。据说勾践从吴国回来在这座山上屯兵备战，一举灭吴。越王山烙着当年练兵的痕迹，铭刻着这段历史，它缄默不语，静坐湖边，一坐就是几千年。视觉迷离中，战场的硝烟在身边弥漫，刀光剑影的厮杀在眼前晃动。越王勾践"卧薪尝胆"的故事漫晕心间。我想起了倾国倾城的美女——西施，一个生在乱世的弱女子以自己的柔肩扛起国家复兴的重担……

若耶溪的山水描摹了西施的国色天香，造化了她的天生丽质，正如《越江词》中的"……一自西施采莲后，越中生女尽如花"。西施秀色掩古今，美貌无与伦比，乡间的女子羡慕不已，致有"东施效颦"的典故。

她在若耶溪边与范蠡不期而遇。

战车从天边的五彩流云里飘来，"长啸"激起若耶溪的清波，落日余晖里越国美男子范蠡驾车而来。

柴门隐约，竹篱依稀，范蠡被眼前的美景吸引，下车沿溪行走，正在溪边浣纱的西施不禁回眸，四目相对……那一刻，桃花映春水，泛起层层涟漪；那一刻，游鱼沉水底，水面微波不起；那一刻，夏蝉停了鸣叫，静寂了山林；那一刻，晚霞羞红脸，低头柔媚了天边。那一年，西施十七岁，正是绮年华貌，纯洁干净，纤尘不染。那一刻，她的心里荡漾着爱的波澜，这若耶溪边注定了一场才子佳人的爱恋。

可叹西施生不逢时，在那个年代，一个女子岂能主宰自己的命运！

越王勾践为了复国，忍辱吴国为奴，自甘凌辱，无奈妙计落空，谋士献了美人计，西施的命运从此改变，成了越王换取江山的筹码。

国色天香的西施在越国历经"三年习礼"，蜕变了乡间女子的淳朴，艳丽竞群芳，缠绵摄人魂。歌咏其声，舞动其容，轻挪碎步，款款曼妙。一颦一笑萦绕着妩媚的风韵。

是魂魄飘进天宫，还是仙女下到凡间？吴王眼睛一亮，原来是西施飘然眼前，纵有大好河山也失色黯然。她婉转娇媚百态生，从此君王不早朝。他远离后宫佳丽，三千宠爱集于她一身。姑苏城里享不尽的荣华富贵，西施台上挥霍不完的青春风采，玩花池边回荡着乱人心旌的嬉闹，采香径上的朗笑惊乱了金丝鸟儿的鸣唱，碧泉井里的倩影摇曳着人间天上的梦幻，馆娃宫中演绎着妖艳幻象的风流……在云水环绕、金碧辉煌的行宫夜夜笙歌，纵情寻欢，遇亭必宴，遇榭必歌，遇台必舞。"香水溪"流不尽姑苏城的风月，响屐舞跳晕了吴国的军士……

岁月在轻歌曼舞里浸淫，意志在声色迷醉里消沉……

十七年，光阴漫漫，似水的年华跟随吴王流转，暗流里涌动着朝朝暮暮对越国和爱人的期盼。有谁理解一个女儿心里的痛苦、忧伤和艰难？有谁了解西施明媚欢颜下内心的清寒？

吴王、范蠡，祖国、敌国，如一团乱麻，剪不断理还乱，在心底纠结绕缠……思念的悲歌只能在心底浅吟低唱，虚假的附会还须笑声朗朗。一切如万箭穿心，让她柔肠寸断，乱世的利刃把她的心一刀一刀割得支离破碎。她无法选择。残酷的现实，肩负的使命让她无从选择。多少个静夜，她倚在窗前，隔着深宫重门，对着天上一轮明月，不知今夕是何年。月还是那个月，人隔着万水千山，月的明眸冷冷地望着她。月光洒在她的泪光里，流成一曲瘦瘦的乡愁。

她只是一个浣纱女、采莲女，本应有平凡女子拥有的一份相依相伴、地老天荒的幸福，但那个时代，谁能主宰自己的命运呢？范蠡纵有雄才大略、万般智谋，也奈何不得，心仪的女子还是献给了夫差。范蠡的痛西施知道，西施的痛范蠡知道吗？

悲苦的人生，让人同情。然而吴国骂她祸国；越国也不记得她的功劳，越王复国后把她沉海。尽管善良的人们编织了她与范蠡隐居的结局，共享太平的人们一直让她背着误国的骂名。倒是罗隐的诗为西施鸣了不平："家国兴亡自有时，吴人何苦怨西施。西施若解倾吴国，越国亡来又是谁？"

我望着越王山，在叹息中掩上蹁跹的思绪，画舫未到终点，便下了船，走在越堤的青石板上，脚步敲击轻轻的跫音，眼前浮现出唐朝诗人王昌龄缓缓走来，他面对湘湖吟道："越女作桂舟，还将桂为楫。湖上水渺漫，清江不可涉。摘取芙蓉花,莫摘芙蓉叶。将归问夫婿,颜色何如妾。"唐诗宋词的音韵在耳边回响。堤路上,湖桥边,越女拖着长长的白色纱裙,绽出如花的笑靥,男子牵着她的纤纤玉手,定格了一幅幅甜蜜幸福的画面。

我突然想到,淡墨湖山,盈盈水边演绎了多少爱情的经典?大凡爱的缠绵,情的风帆都能与水结缘,一对对新人在越堤上取景,湘湖为他们铺就了幸福的画面,豪车为他们送来了姻缘的美满,越堤为他们绵延着无尽的浪漫……

但愿有更多的人记得湘湖和越堤的昨天,更加珍惜今天!

——此文入选《中国散文大系·抒情卷》,并且获得中国散文学会"当代最佳散文创作奖",中国散文作家论坛大赛一等奖

秋雪庵听芦

　　树木葱茏，芦荻苍苍。两岸水草中，鸟儿长鸣，鸥鹭不时扑棱棱地飞进飞出。船舫悠悠荡荡，搅乱了流云的心思，摇碎了水中的倩影。船行于悠悠弯弯的水道，眼中尽收西溪美景。

　　下船上岸，流连于西溪河渚湿地中心的孤岛，四周水域环绕，芦荡深处，小径通幽，道旁纤细娇小的荻，绿叶衬托着洁白的花絮，花絮向一侧低垂，绒毛蓬蓬松松，细细密密，如少女的秀发柔美。而那一片一片的芦苇朴实无华，花穗灰黄凌乱，如乡间劳作的女子，不修边幅，却张扬着野趣；它观赏价值不能与荻媲美，但使用价值高，根系发达，有水的地方就能蔓延、生长、开花。

　　走在堤岸上，看见两株高大的芦竹，叶子宽大，芦秆青绿，一节一节向上似翠竹，它在芦苇旁直挺挺地站立，花穗高耸，醒目、伟岸、刚强！就像阳刚之气的男子，在呵护着阴柔的芦荻，刚柔并济，阴阳合和。大自然就是这样奇妙，赐予湿地独特的美！

　　徘徊在芦苇丛里，用手轻摸花絮，丝丝缕缕，随风飘去，似炊烟，似飞雪，似轻梦。一抹一抹芦香沁人心脾,触发了我幻想的思绪,兼葭苍苍中的那位伊人,衣带飘飘,宛在水中央。《诗经》中的芦荻,穿越时空在华夏大地生生不息,浸润了一代一代诗人的灵魂,留下了不少诗句!唐诗中就有"芦苇暮修修,溪禽上钓舟。露凉花敛夕,风静竹含秋"。诗人徐志摩在西伯利亚也不忘记秋雪庵的芦荻,他在诗中写道:"我捡起一枝肥圆的芦梗,在这秋月下的芦田;我试一试芦笛的新声,在月下的秋雪庵前。这秋月是纷飞的碎玉……"西溪湿地是芦荻、芦苇、芦竹和各类禾本科植物最大的栖身地,一片荻花,一丛芦苇,几竿芦竹,就可形成一方幽静美妙的汀洲沙地,是湿地旅游的胜景。

坐在木栈道旁,听!鸟们在芦荻深处窃窃私语,野鸭呱呱叽叽,摇橹船拨出哗哗的水声,赏芦之人在路上欢愉。突然,芦苇荡里传来了歌声,这声音激情豪迈、荡气回肠,让我也情不自禁地唱了起来:"兼葭苍苍/白露为霜/广袖飘飘/今在何方/几经沧桑/几度彷徨/衣裾渺渺/终成绝响/我愿重回汉唐/再奏角徵宫商/着我汉家衣裳/兴我礼仪之邦/我愿重回汉唐/再谱盛世华章/何惧道阻且长/看我华夏儿郎……"

这首《重回汉唐》,让我在西溪湿地看芦,在秋雪庵听芦,更有了诗情画意和深层感悟!

始建于宋代的秋雪庵,原名大圣庵,因深秋时芦花白茫茫一片,明月下似白雪皑皑。明末文学家、书画家陈继儒取唐人"秋雪蒙钓船"诗意,为它题名"秋雪",明末清初名士周庆云重建此地,并于庵内设立了一座两浙词人祠堂,供奉以唐代张志和为首的浙江籍词人,白居易、苏轼、辛弃疾、杨万里等宦游词人,姜夔等流寓词人,李清照等闺阁词人,共计1044位词人,从此有了国内唯一祭祀词人的地方,被誉为词人圣地,同时增添了秋雪庵的人文色彩。

建于秋雪庵上的弹指楼,静静地临水而立,面对着苍苍芦海。柱子上挂着清代厉鹗的一副对联:"说剑风生座,题诗月满楼。"自古以来这里是文人雅士赏芦望月、吟诗泼墨之处。我登上二楼,此时正是作家文友和书画名家聚集,古琴悠悠,笛声飞扬,伴随着妙音,他们挥墨而就。

我获得了一副"上善若水"的墨宝,兴致浓浓来到走廊,此是远观芦荻的最佳位置。极目远望,天空白云如絮,浅浅淡淡。湿地地表水在秋阳下闪闪烁烁,明灭可见。三百六十亩芦荻环绕秋雪庵,大片荻芦在风中摇动,一浪一浪翻滚,似茫茫的草原,似无垠的大海;似一幅描在湿地上壮丽的画卷,展现秋的神韵;似一部写在湿地上豪放的诗集,抒尽秋的情怀……张岱在《西湖梦寻》中写道:"……其地有秋雪庵,一片芦花,明月映之,白如积雪,大是奇景……"月下芦荻,披一身银白,如冰雪仙子,令人神往。我想在一个明月高照的夜晚,约三两知己,乘一叶扁舟,荡波而来秋雪庵,登临弹指楼,听芦吟诗,吹箫弄月,那是何等的诗意!那是何等的快哉!

我下楼换上汉服,舒展广袖,参加两浙词人祭祀活动。站在祠堂前,以虔诚之心献上三炷香,祭拜先贤。"昨夜雨疏风骤,浓睡不消残酒。试问卷帘人,却道海棠依旧……""莫听穿林打叶声,何妨吟啸且徐行。竹杖芒鞋轻胜马,谁怕?一蓑烟雨任平生……"抑扬顿挫的童声诵读和着袅袅古乐,回响在秋雪庵的上空,与芦荻的声音融合一起,汇聚成一曲和谐的天籁,在西溪湿地回旋,余音缭绕,不绝于耳!

略说杭州巷名

小巷有悠久的历史。《论语》就有"贤哉回也,一箪食,一瓢饮,在陋巷,人不堪其忧,回也不改其乐"的记载。这是孔子赞美颜回居陋巷不改乐学之志最早的文字。

唐代诗人刘禹锡有诗:"朱雀桥边野草花,乌衣巷口夕阳斜。旧时王谢堂前燕,飞入寻常百姓家。"东晋时王导、谢安两大家族都居住在南京的乌衣巷。"乌衣巷"也因为刘禹锡这首诗出了名。

近代诗人戴望舒的《雨巷》写道:"撑着油纸伞/独自彷徨在悠长、悠长又寂寥的雨巷/我希望逢着一个丁香一样地/结着愁怨的姑娘……"在那风云动荡的年代,戴望舒居住在杭州大塔儿巷。一个雨天他彷徨小巷,内心苦闷,或许他想象看见一位撑着油纸伞的女子,从烟雨蒙蒙的小巷悠然走来;或许是诗人真的看到的情景,在这样一个时间空间的氛围里,江南的雨、江南的巷、江南的女子启发了诗人的灵感,他诗兴大发,写出了传世的诗句,给我们以美的享受!

江南小巷的名气是不是因为这两位诗人的诗作鹊起的呢？

江南雨多，小巷也多，纵横曲折，像城市的经络，吞吐着大街上的各色人流。小巷中的小园林、老井、古桥、庭院……给闹中取静的小巷平添了一首首清新的小诗，把城市点缀得诗情画意。在久雨的日子，我常独自漫步雨巷。小巷镶在高高的建筑物中，狭窄悠长，似钢琴弹奏曲子，梦幻迷离，似旅人的愁肠，千回百转。它劫持过现代女子多愁善感的灵魂，它扯慢过为生计奔波的男人的脚步……我曾幻想着梦回宋朝，衣袂飘飘，怀揣采风锦囊，寻找巷子的浪漫诗意……

小巷有的已建成大道，有的演化成街道和社区，但其名不改，一个街名、一个巷名承载的是这个城市的一段历史文化。

杭州的许多小巷与历史文化有着很深的渊源。

潮鸣寺巷是一个具有悠久文化历史的巷子。巷子有一个寺院叫归德院寺，始建于后梁贞明元年（915），位于钱塘江边。相传宋高宗赵构被金兵追逐逃到杭州，夜晚驻在寺中，半晚听到鼎沸的涛声，似万马奔腾，以为金兵追来，惊慌逃出寺，只见明月当空，一片寂静，追兵未来。回到寺内，住持告诉他是钱塘江的潮声，于是赵构给寺院题名潮鸣寺，而这个巷子就改名为潮鸣寺巷。我每天上班经过这里，潮鸣寺巷成了闹市，也远离了钱塘江。

白马庙巷初名寿域坊。因宋高宗赵构在被金兵追赶时，一匹白马出现，他骑马渡过了钱塘江，南宋定都杭州后，为了纪念这匹白马，赵构就在寿域坊建了这座白马庙，庙内供奉的是一匹泥塑的白马。因此寿域坊就叫白马庙巷。

而米市巷、竹竿巷、刀茅巷、长板巷、皮市巷……则与古代经营的商品类别有关。

杭州自古是文人墨客聚集的地方，小巷的名字自然取得文雅。仔细琢磨有些巷名，余味悠长，富有诗意。

芭园弄，一个让人想到芭蕉园林的地方，它的围墙边耸立着高大的芭蕉树，绿色的叶子流泻着生机，在人间烟火中靓丽着一抹诗意。其实它就是八苑社区和九苑社区相隔的一条小弄堂。闻莺巷、柳吟巷，命名取意于西湖十景之柳浪闻莺。南宋时京城有座最大的御花园称聚景园，其间柳树繁多，黄莺飞舞，竞相啼鸣，这儿就是如今的柳浪闻莺。

紫阳街道、夕照社区、彩霞小区、栖霞社区……这些社区，用阳光夕阳命名，定是居民晒太阳的好地方。采荷街道、绿萍小区、青萍小区、红菱小区……推想古代的杭州小巷繁密，弄堂交错，池塘氤氲着水乡气韵，城市的一角荷花盛开，水面漂浮绿萍，采莲姑娘坐着小舟游弋在湖水间；江南秋天，晨曦微光中，身着蓝印花布裙的采菱女，提着小小的菱桶，伴着轻柔的菱歌小调，浮浮沉沉，由远及近。这些景象充满诗情画意！

巷名的形成与城市的地理特色密不可分。江南多水，与江河湖水相伴的小区名很多，路名、巷名也多。如近江小区、望江家园，秋涛路、清江路，钱江路、钱潮路、海潮路、听潮路、涛声巷、思潮巷、吟潮巷……

我居住钱塘江边，小区四周高楼环抱，大门左侧一条长长的小路，被伫立的楼房逼成仄仄的小巷，阳光泻下窄窄的一道，拴在小路上，小巷就有了幽深的感觉。那天我抬头，突然看到小区围墙上写着"清笛弄"三个大字，我好欢喜的名字。后来又看见而与之平行的小区学校的那条路叫"清音弄"，不禁感叹"清笛"和"清音"多么诗意！耳畔似乎有笛声荡来，脑海闪现出美丽的画面：在那并不遥远的过去，这里荒野空旷，江水滔滔，荒草萋萋，蛙鸣相和，一个牧童骑在牛背上，横笛一杆，清清的笛音洒落一路曼妙的音符，他从钱塘江边放牧归来，向现在的四季青方向走去……

小巷里流动着江南百姓的生活信息，洋溢着百姓的生活热情，飞跃着一座城市的文化音符。杭州小巷因文人关怀而衍生了小巷文化，如胡同文化之于北京，弄堂文化之于上海。走进小巷像走进老舍的戏剧里、陆文夫的小说里，让你目不暇接的是这个城市的风物人情、民俗文化……小巷四五千年的沧桑里深藏着中华文明，拐弯抹角间你都能体会她的变化和诗意。

诗意青山湖

丝丝缕缕的雾气，如天使的羽毛，在青山湖上回旋。山影朦胧，几缕阳光从云隙中悄然透出，雾气慢慢消散，湖水闪出片片闪亮的光点。

回望，水天一色的湖上，千狮桥清晰可见，如一条长带把琴山和鹤山连接。

青山桥愈来愈远，淡化成一条灰白的细线。站立船头，双手扶着栏杆，青山湖望不到湖岸，浩渺的水域有十几平方公里，让初见者兀自为大海呢！船儿悠悠划过，波澜不惊的湖面，卷起白色浪花。风吹着长发，水汽打湿了衣衫，坐在游船上享受风光绮丽的大自然。

一道绿色屏障蓦然出现，那是青山湖浅水区国家森林公园。

近了，密密匝匝的杉树林直扑眼帘。

这些杉树是20世纪60年代从亚马逊热带雨林引进的池杉树种，种在水里，几十年风雨侵蚀，它顽强地生长，出落得茁壮而独特。灰白的树干，直挺挺地伫立着，像待征出发的士兵整齐的队列。水中的倒影和水中的树干连在了一起，浓郁成独特的山水天地，给人一种极致的壮美！壮美得让人心醉。它是抒发在天地间最壮观的诗行，是谱写在云水间最美丽的音符。风乍起，林涛响了，天公在沉沉朗诵，地母在幽幽弹奏，这是大自然对青山湖尽情的歌唱！有的杉树在湖水浅的地方露出了一团一团的根须，远看像浮在波光中的褐色绒球，好看极了。鸭在湖中觅食戏乐。撑船在林中游玩，仰头，杉树拔高直入云天，林中栈道盘旋水上。池杉、游人、游船，形成独特的动静画面。水汽山岚，朦朦胧胧，浅浅淡淡，青山湖就成了一幅水墨画。杉树林碧绿欲滴，和空中投来的光影交织在一起，森林公园就成了一幅浓墨重彩的油画，似两幅中西合璧的画卷挂在青山湖上。船在林中游，人在水上漂的动态美更增加了画面的诗意。

行走在林中栈道上，给人一种九曲十八弯幽深之感。踩在平坦的木桥上，脚步发出叮叮咚咚的跫音。伸出双手可以抱着杉树亲吻，我时不时蹲下去，把镜头对准水上的树根。绿色的水鸟从水面划过落在褐红色的根上，仰起头来，长长的喙对着天空鸣叫，倏忽飞向杉树林里。栈道有小巧摇动的木椅，游人坐上去，展开双臂，宛如蝴蝶的翼翅，轻轻晃动，重拾童年荡秋千的时光。

我游过许多地方，欣赏过许多湖，每个景点都有其独特的一面，好比世界上没有两片相同的叶子，也没有两个相同的人，每个人都有别于他人的闪光点一样。瓦尔登湖的寂静闲适震撼了几个世纪的人心，泸沽湖的神秘引人神往，太湖以辽阔的水域著称于世，西湖以秀丽征服世界，湘湖以桥多吸引游客，而青山湖上的杉树林则是一道独特的风景线……

美哉，皤滩

一

我邀春风流云，寻寻觅觅，来到台州仙居县城之西，美丽的皤滩古镇就深藏在这里。她着一身粗丝麻布衣裙，流转着清纯的眼眸，从云雾里慢悠悠露出身来，绿色的竹波如裙裾飘动，清清溪水如腰间萦绕的衣带，古镇飘着上古的韵味，姗姗向我走来。

独特的地理位置注定了她不平凡的身世，古镇处在五溪汇合点上。朱姆溪带着朱姆村岩壁上神秘的符号汩汩流淌，万竹溪携着翠竹的绿意款款而来，九都坑溪洋溢着古老的文化气息静静流泻，他们在黄榆坑溪与永安溪紧紧相拥，水波竹烟，像道仙的拂尘扬起的朦朦胧胧的云霓……

皤滩因河谷平原凸出一块滩地而得名，自唐渐渐形成村镇，成为东南沿海与浙西水陆交汇之地，是古代浙东浙西著名的商埠码头。昔日的商船浩浩荡荡逆流而上，在皤滩靠岸，装卸工把从远地运来的特产卸下来，又装上发往外地的货品，油光发亮的扁担压在他们的肩上，背篓的竹带勒进他们的肌肤里，老茧如铁的脚板紧扣在崎岖的古道上，从悠长的苍岭古道运往内陆以及浙西。南来北去的商贾、旅人和游客慕名而来，乘兴而去，几千年岁月沧桑和世道轮回，沉淀出这个繁华的码头古镇，辉煌了几个世纪。

二

古镇东西长近三公里，弯弯曲曲呈"龙"形，龙头朝西，对着五溪汇合点，龙尾朝东，中间呈龙身，这是大地上最美的龙腾图。古镇以"九曲龙形古街"为中心，鹅卵石缀着青苔，蜿蜒的石子路东缠西绕，使得古镇街衢幽深。

阡陌里弄历史古迹鳞次栉比，砖木朽旧，墙面斑驳的古建筑，把街道控挟得窄窄长长，唐至明清不同风格的建筑，都在写意一个"古"字。院落井旁的苔藓蔓延，紧闭的家门保留着遗世风格；褪色的商号招牌清晰可辨；书院祠堂庙宇一应俱全，街两边留存的有药店、当铺、饭馆、布庄、染坊、赌场、钱庄、码头、春楼……古旧店铺挨挨挤挤，令人应接不暇！我分明看见牌匾上氤氲着唐诗宋词的韵味，镶鎏着明清的釉光；染坊里浸淫着殷商的青蓝，布店里飘忽着黄道婆刚刚离开的身影；耳边飘来酒肆里"李白斗酒诗百篇"的余音绕梁的狂放，春楼边唐伯虎的纸扇摇出的微微香风，赌场里乌曹"六博"的叫声隐隐约约飘逝在遥远的东方……望着赌坊二楼的窗子我就心慌，窗子都有十字窗棂，传说是为防止赌客输光家底跳楼自尽。那个年代的古镇，夜夜笙歌艳舞，风月无限，有的商贾一夜输光几世几代家业积累，有的穷人一夜暴富，耀武扬威，从此东山再起，打出一个商业王国……

我走在皱纹深嵌的街道上，倾听着，倾听着，那一座座民居古宅好像在诉说自己古老的历史，那一家家店铺好像在叨咕着她的前世风尘……

远远看去，一串一串大红灯笼给古镇平添了几许生气。近看木头门窗雕刻的繁复花纹，经过时间冲刷和历史打磨，但一腔古意仍在流泻；门楣上木刻的《水浒》和《三国》人物栩栩如生；木柱古墙的古戏台与青砖黛瓦的古镇各抱地势，廊绕巷回，似乎那古装的才子佳人还在戏台上歌舞抒情，袅袅越音还在梁柱间回绕。幕早已谢了，乐魂还留在台上；看客早已散了，满足的微笑还弥漫在台下……

抬头仰望，古宅檐角高高耸起，似乎向苍天倾诉着什么，那古老的木梁上永不凋谢的雕花绽放，不知从哪个古老的世纪里爬出来的龙头，藏在屋檐下呼风唤雨，似乎要引领历史的潮流？烙印着岁月年轮的木楼，在世纪风雨轮回里苦累得像比萨斜塔一样令人提心吊胆，倒是那青石柱子像孙悟空遗落的金箍棒，硬挺挺的，直立在木楼下，还有那坦然的石刻楹联，鼓足了我放心游走的勇气。

走进胡公殿，端详胡则彩色泥塑像，肃然起敬，胡公浓眉大眼，印堂发亮，脸型阔圆而略长，双臂拢于胸前，两绺长须垂到前襟，一派正气。据历史记录，胡则是北宋兵部侍郎，本是永康人，娶皤滩古镇望族陈氏为妻，因他"施仁政，宽刑狱，减赋税，除弊端，惠黎民"，百姓在他去世后建造胡公堂，世世代代敬仰祭祀。胡则与范仲淹曾为同僚，胡则驾鹤西去，范仲淹给他写过墓志铭。

三

一个"中国非物质文化遗产"的称号奠定了皤滩的高贵身份和深厚的文化底蕴。

有"中华第一灯"美誉的针刺无骨花灯演绎着皤滩古镇的古韵。无骨花灯的起源有一段美丽的传说：唐朝开元年间，皤滩一秀才夜行深山迷路，一个仙女送他一盏"神灯"，秀才回家发现神灯与平时用的灯笼大不相同，便仿制了一盏,悬挂在自家门口,人们看见赞不绝口。后仙女变作村姑与秀才结为夫妇,经常陪秀才读书,大考秀才中状元。于是人们就把这盏无骨花灯称作"状元灯"。状元又把灯献到宫里,从此皇宫就有了"无骨小宫灯"。状元夫人把制灯技术传授给皤滩村的村民,无骨花灯就流传下来……

针刺无骨花灯是盛唐兴起的,俗称"唐灯"。唐太宗曾下诏每年进贡仙居"皤滩花灯"十对,曰"十全十美"。宋、元、明、清各以十对花灯为数进贡皇上。无骨花灯周身无骨架,由特制宣纸纸片粘贴而成,宣纸上由绣花针刺出的各种图案将灯光溢射出来,令人叹为观止。这灯里藏着最精致的手艺、最灵巧的匠心、最聪明的智慧。

我来到临街一个展厅,挂满了种类繁多的花灯,有单灯和组合灯。

看那风姿绰约的单灯。最为经典的荔枝灯,相传为杨贵妃宫闱之物,"一骑红尘妃子笑,无人知是荔枝来",看到造型夸张简约的荔枝灯,我眼前出现了颗颗垂涎欲滴的新鲜荔枝。绣球灯形同绣球,立面变化丰富,细节生动细腻;有名的状元灯,结构最为复杂,图案精巧细致。还有龙凤八卦灯、菊花灯、花瓶灯、十二生肖灯……再看那恢宏大气的组灯,宝塔灯塔身有五六层,或六角或八角翘起,塔顶张灯,塔角挂灯。花轿灯灯身花轿形,轿前悬着灯,轿角挂着灯,轿里坐着手捧元宝的财神爷。古亭灯灯架是二塔玉亭,荷花怒放于亭顶,亭周身挑角上悬挂着花灯。鲤鱼跳龙门灯集中了灯艺和舞蹈,取材于鲤鱼化龙的典故,很有动态感。让我流连忘返的灯展,把我带入花灯艺术的春天,思绪随花灯的图案飘飞,跨越了空间,穿越了时间。大大小小的无骨花灯每一针刺进去的是一个跃动的思维片段,每一盏灯都在咏唱属于自己的诗篇,每一盏灯都在讲述一段鲜为人知的民间故事,他们缀连成五彩缤纷的花灯,就是生动的艺术长河,融绘画、刺绣、建筑等艺术于一炉,给人以跨越许多艺术领域的美的享受。无骨花灯艺术被国家列为非物质文化遗产,著名艺人王汝兰用六十六年时间钻研，完美传承了这一特殊的文化遗产。

四

一群燕子的守护，见证了蟠滩古镇的生态关怀和环境优美。

"汉宫一百四十五，多下珠帘闭锁窗。何处营巢夏将半，茅檐烟里语双双。"唐代杜牧《村舍燕》这首诗大意是说，繁华幽深的皇室宫殿不是燕子的居所，简陋朴素的农家茅屋才是它们自由自在的乐园，可见燕子这等大自然的精灵是择环境而筑巢的。

如今钢筋水泥拥挤的城镇，高高的烟囱和耀眼的玻璃幕墙，没有聪慧的燕子落脚的地方。那"旧时王谢堂前燕，飞入寻常百姓家"，只能在唐诗里见到；那屋檐下筑巢做窝、生儿育女与人和谐共处的燕子，只能是给下一代讲述环保故事的美好素材；那一长串落在电线上的黑色音符是记忆里遥远的天籁，然而无论记忆里的景观还是故事里的素材，都在蟠滩古镇纷纷呈现，这里是燕子眷顾和留恋的天堂。过去燕子入居民宅，是主人德高望重、家风和谐的见证，蟠滩的古宅民屋檐下随处可见黄泥和着稻草垒成的燕子窝！而胡公殿里竟有二十多巢！细看燕窝底下都有人工保护的痕迹，比如一块小木块、一个厚纸板做成的扶托，让燕子窝更牢固更干净，不至于被大风刮落，不至于让燕子的粪便落在地上甚至人身上。由此可见古镇人的爱心。是古镇的民风守护着这生灵还是这些生灵守护着古镇的奇幽？别看这小小的生灵，它在这里泽居而巢，一是生态完美，环境幽静无污染；二是民风淳朴，不伤害它们的窝巢后代；三是建筑物古旧宜居，易于筑巢。能使燕子这般钟爱的古镇，可见古镇的生态、古朴和幽静是无可挑剔的。

在许多古镇已经华丽转身的时候，蟠滩古镇还淀渍着千年古韵、不为现代人理解的雕饰绣花，记录着唐代的繁华、宋代的昌盛，偶尔点缀的一朵商业时令小花才使我明白古镇已经走出千年沉寂的历史,走入现代……

　　从皤滩旅游归来,洗尽尘世铅华,心底清净坦然。皤滩的古朴是考古学家封存在仙居的一块完好的处子净地,皤滩的原生态是追求浮华的游人永远发现不了的人文宝藏,皤滩的人文关怀是求真者"踏破铁鞋无觅处"而后得到的满足的微笑。这清水出芙蓉的生态美,这非遗保护的艺术美,这几乎绝迹的古典美,这赫然于世的人文美,都是皤滩有别于其他古镇的亮点,是现代旅游经济崛起中保留的奇迹,是江南古镇中独特的景观!美哉,皤滩古镇!

　　——此文2021年获得杭州市上城区"金桂文学奖"金奖,并且获得浙江省文化馆举办的"美丽浙江网络征文"二等奖

第二辑

感悟生活真谛

佛曰：坐亦佛，行亦禅，一花一世界，一叶一如来，春来花自青，秋至叶飘零，无穷般若心自在，语默动静体自然。

夏雨冬雪，叶落花开，季节的更替，每一个瞬间都有其独特的美。

佛语启示我们，生活中的点点滴滴，用心仔细地去体悟，都会触动灵魂，我们要用佛性的眼光发现生活的真善美，对世间万物怀有一颗慈悲的心。

望幽忘忧

校园里靠近院墙有个小花园,园子不大,但园林设计精巧,景观俱全,布设对应有趣。廊桥相望,太湖石千奇百怪,园中池水荡漾,荷叶翠绿,红鱼游于清波之中。池边的几株盘槐披散着凌乱的头发,在风中飞舞;两棵含笑像双胞胎似的相拥,安静寂然;樱花最不安分,制造春天轰轰烈烈的暴动;银杏高昂地俯视着脚下的花草;蒺藜伏在地上,低调地书写时光的长句;那棵冬青树,在四季中始终戴着绿色的圆帽,任风霜雨雪也奈何不了,如生活的强者,正直挺立,从不弯腰,笑看风起云涌、尘世纷争。

我很喜欢光顾小园,脚步常绕着光滑的青石路画一个一个的椭圆,与小鱼私语,与花草对视,与树木亲吻,吸纳自然的气息。

一个春天的午后,我因生活中的困惑而头昏脑胀,坐在园中的长廊边低头苦恼。密密的枝叶间,欢快的鸟声不时洒落下来,不管我快乐还是忧伤,它们在我耳边叫个不停。在众鸟声中,突然传来"咕——咕——"的声音,我不由得仰起头,看见一只鹧鸪立在长廊的上方。我试图靠近它,它扑棱一下飞走了。我目光还没有移开的时候，蓦然发现密密的藤蔓里藏着两个黑色篆体大字"望幽"，我有点惊喜，站在原地看了又看，心想那边可能也有题字。于是就穿过长廊，抬头果然看见同样两个篆体大字"忘忧"。绿蔓那样浓密，把它们遮住.如果不走近是发现不了的。我不懂书法，但细看这两边的小篆字体挺拔秀丽，给人一种艺术之美感。我想写字之人定是雅士，绝非平庸之人。"望幽""忘忧"，望见幽静，就会忘记忧愁，多么贴切相称，多么有禅意的意境！

于是我用手轻轻拉开藤蔓，让"望幽""忘忧"从覆盖的绿藤中醒目显现，一踏进园子就能看见。

此时，我心绪安宁！草木葳蕤，绿树成荫，形成幽静的山林。泉水叮咚，点滴成溪，流向幽深的大海。处在尘世中的我们，望见草木山水，是否能够静心无忧，心若止水？我想人生只有钟情山水自然的幽静，才能淡化心中的忧愁。

人生在世，命运多舛，在一生的光阴里，命运给予每个人不同的生活味道和色彩。或许有人品尝甘甜的滋味多，有人品尝苦涩的滋味多；有人靓丽的色彩远远多于灰暗的色彩，而有人与之相反，甚至多半的光阴逗留在灰暗的低谷中。这就是形形色色的人生。大千世界没有千篇一律和一成不变的人生，你不要奢望命运的天秤像地平线那样永恒地平行。平衡的砝码掌握在人的心里。心理平衡，万物不动；不争就是慈悲，不辩就是智慧，不闻就是清净，不看就是自在，原谅就是解脱，知足就是放下。佛心不动，万象皆空，万恶诸相怎敌得自我淡定？

春天的午后，我在校园的小园发现了新大陆，悟出了生活的一些哲理，我心里格外轻松。人生何不多来一些望幽忘忧呢？

——此文发表于2022年6月18日《浙江工人日报》副刊

拜访贾平凹老师

20世纪90年代初，贾平凹老师因创作小说《美穴地》和作家孙建喜老师到宽坪采风，那时我在镇上教书。性格沉静的我，不善言谈和交往，从小就爱读书，作文常被老师表扬。工作后阅读了许多文学名著，当然作家贾平凹老师的书或买或借，基本上读过。因为对文学的热爱，从心底对贾平凹老师产生了一种崇拜，因此他来宽坪镇时我们第一时间找到了他，请他到我家做客，并陪他采风、登山、做社会调查。他回西安后，有书信来往。1995年我举家南迁，紧张的都市工作，回故乡的次数屈指可数，与贾老师失去了联系。但我不忘初心，文学的梦依然驻扎心底，读书写作，丰富业余生活，小作慢慢在报刊上发表，多次获得省、市级乃至全国征文奖，出版了散文集《若水如诗》，有幸被文友介绍先后进了杭州市作家协会和浙江省作家协会。一直想去拜访家乡的两位文学大师，未能成行。2015年打听到孙建喜老师的手机号码，他女儿到杭州开高校会议，我让她回去带了两本书给贾老师和孙老师，让他们批评指正。

直到2017年7月回乡，我见到了两位老师，与上次相见时隔二十八年。

弟弟开车送我到陕西省政府找到了先生的同学郭卫东，在他的安排下联系上了孙老师。得知贾老师还在外地开会，晚上才能赶回西安，第二天由他确定见面时间。因为贾老师很忙，时间是用分秒来计算的。

我们先去见孙见喜老师。孙老师是个多才多艺的作家，他的创作室摆放着古琴，挂着笛子，书籍书法盈盈生香。他知我们来早已泡好普洱茶，等候在客厅。坐了二十多分钟，我们三人起身。临走时孙老师赠予我他创作的书法和他写的几本书。

到了贾老师的楼下，登记上楼，按门铃进屋，抬头就看见"耸瞻震旦"四个苍劲的大字挂在书桌的上方，一看就是贾老师的笔迹。书桌上放着一方很大的石砚，留下很小的空间。我们围着书桌刚坐下，贾老师从二楼楼梯走下来，赶紧泡茶，洗好水果，放在我们面前，说了句"你们喝茶吃枣"，又上楼去，和文艺界的人商谈事务去了。屋里有西安的几个文化名人，我们围着书桌，端着大碗茶，边喝边聊天。我看着"耸瞻震旦"四个大字，心想"耸"就是耸起，"瞻"就是看，"震旦"就是太阳。我想问孙老师是不是我理解的这个意思，但终没开口。我矜持地坐着，孙老师说"你随意走走看看"，我才起身参观，拍了些照片。

贾老师的工作室是艺术的长廊、佛的世界。佛像有大的小的、方的圆的、高的矮的，摆在桌上、柜子上、地上，姿态各异，神情惟妙惟肖。其石头天成的神佛字符让人眼花缭乱。我想，贾老师身居佛的世界，自然染上了佛性，佛眼看世界，妙手著文章。更让我惊奇的是客厅侧面的木柜里，石头形成的"平凹"二字醒目，仔细看上面的石头像一个人站桩，形成"平"字，下面的石头中间陷下去，形成一个深凹，就是一个"凹"字，并无人工雕琢痕迹。莫非天地造就了文学之奇才吗？大自然的杰作总是令人费解。

约莫半小时后，贾老师下楼送走了那几个扛着相机的客人。他坐下来，说着地道的家乡土话和我们聊天。他依旧朴素的衣着，微胖的脸上刻下了岁月的年轮，经年的脑力劳动之下，头顶光亮，但依然沉稳睿智，很有精神，依然那样平易近人。聊天中贾老师和孙老师感叹我从北方迁居江南二十多年来打拼生活的不易，又说我在人生的中年还在追求文学的梦，散文写得还不错。孙老师提议让贾老师给我题字作为留念，贾老师说他很少题字，但记当年采风居我家款待之情，可见他是一个重情义之人。他欣然答应题字，我受宠若惊，我本无求字之意，只是拜访两位大师而已，我深知他写作时间的宝贵，岂吾辈所敢求之！

我们几个和贾老师合影后，随他沿着窄小的木楼梯，到了二楼，屋子里热烘烘的，四壁挂满了字画。一张长长的木桌很朴拙，摆放着书法作品，他很快收好，问我写大的还是小的、写什么？我说大小随意，以我的笔名"若水如诗"题字。于是他拿出一张宣纸，一支毛笔蘸上墨汁很快地写了起来，并题上了自己独特的签名，盖上印章。

之后他说请我们去楼下吃小吃。出屋时他自己手抱着一箱水果，说送给楼下的门房。那位憨厚的看门人说着"你送的水果还没有吃完，又送了"推让了一番接过他的水果。走进马路对面一家陕西特色小吃店，老板娘热情地迎上来，问贾老师今天吃什么，可见他是这里的常客。贾老师以一个长者的身份问我们吃什么，给我们各自点了小吃。贾老师坐在我对面，很快吃完了他的面皮和玉米馍头，同行的郭卫东和他抢着买单，被他抢先买了。

他为人如此淳朴，生活如此俭朴。

一个国内外闻名的大作家，从长篇小说《浮躁》到《暂坐》一部一部问世，还有短篇集、散文集几千万字，获奖不断，畅销连连，常常荣登排行榜。写作是个苦活，要寂寞度日，静坐冷板凳，苦思冥想，需要调动多少脑细胞？民以食为天，一日三餐合理膳食，营养充足，才能保持旺盛的写作精力，常以小吃为食，长此以往，那身体吃得消？我家乡的作家，如黄土地一样朴实，如老黄牛一样勤劳，默默写作，吃的是草，挤出的是奶。他们的作品，如古都历史厚重，如秦腔震撼人心。写《创业史》的柳青，拿着旱烟袋，走在吴堡县的农田里，就是一个农民的模样，看不出他是作家兼县长。路遥在与贫穷抗争中留给世人一部巨作《平凡的世界》，作品获奖后，到北京领奖的路费是弟弟资助的，他气愤地骂文学的那句俚语，一直流传在文坛，道出了路遥内心多少无奈和心酸……陈忠实，一张矮桌子、一把矮凳子、一碗老碗面，伴随他写出了《白鹿原》。新作不断而英年早逝的红柯，让人唏嘘不已。

作为文学大省的陕西给中国当代文学贡献了《保卫延安》《创业史》《平凡的世界》《白鹿原》《浮躁》《秦腔》《极花》《高兴》《老生》《带灯》《山本》《土门》《暂坐》《最后一个匈奴》《西去的骑手》《主角》等几十部长篇获奖小说……难怪中国作家协会主席铁凝在陕西调研时说："陕西不仅是文学大省，更是文学强省，在某种程度上说，陕西重要作家文学的高度代表了中国当代文学的高度……"商洛籍作家贾平凹和陈彦获得了"茅盾文学奖"，年轻的陈仓获得"鲁迅文学奖"。故乡商洛文学沃土深厚，受文学前辈的影响，还有许多作家负重前行……遍地的文学青年在追梦的路上，就如屈原故乡乐平里的人放下锄头在田间吟诗一样。

吃完饭，出饭店。我们耽误了贾老师宝贵的两个多小时。仰望天空，霞光满天，古城大地酷热不减，贾老师汗涔涔地和我们一一握手道别，迈着匆匆的脚步去创作室写作去了。

怀念屈子

两千三百多年前的一天,鸣凤山上风起云涌,九畹溪里卷起了波澜,西陵峡涛声四起,风光旖旎的秭归乐平里,崇尚古风的秭归乐平里,乡亲正在山地上讲述伏羲、女娲的神话。这时,一个伟大的生命拖着长长的哭泣声在乐平里诞生了——

你就是永垂青史的屈子!

你是王室的后裔,血脉里传承着父亲伯庸家国一体的思想,骨髓里沉淀着爱国定邦的基因。你从小吟诗苦读,曾得到巴山野老面授经书。青年时组织村里年轻人用智慧屡次打败来犯的秦军,你聪慧勇敢,被召进楚国朝中。你博闻强识,娴于辞令,得到楚王的赏识,二十一岁任左徒,参议国政,周旋于卫国公孙衍的合纵和秦国张仪的连横中间,为楚排忧解困。

你有高度的洞察力和忧患意识。你深深感到在诸侯的争斗中,秦国具备了吞并各国的力量,提出了联齐抗秦的主张。对内实行改革,制定法令,"美政"普惠苍生。你站在平民立场,限制贵族的特权,这无疑触动了贵族的利益，上官大夫、靳尚、郑袖等联合起来向楚王进献谗言。谎言重复多遍也会变成真理，楚怀王信任的尺码慢慢地偏向了这帮佞臣，你被降为三闾大夫的闲职，不得参与朝政。但你心系国家，依旧通过别的大臣敦促怀王联合齐国抗秦。

你追求君圣臣贤，民富国强的梦想，让百姓看到了希望。可你的命运总是这般坎坷。

秦相张仪收买了大臣靳尚和楚王宠妃郑袖，蒙骗了楚王，愚蠢的楚王此后又与秦国订了盟约，你心灰意冷，忧愤地离开朝廷，第一次被流放江北。四年后你被召回，后怀王客死秦国，顷襄王继位，你又遭陷害，被免去了三闾大夫的职位，将你永远流放南楚之地。

在"国无人莫我知兮"的情况下，你依然心怀苍生，"长太息以掩涕兮，哀民生之多艰"。更让你痛心的是顷襄王更加昏庸，心胸狭窄，不求进取，奸佞当道的楚国每况愈下，国力渐渐衰退。尽管渔夫暗示"沧浪之水清兮，可以濯我缨，沧浪之水浊兮，可以濯我足"。而你，"宁赴湘流，葬于江鱼腹中，安能以皓皓之白，而蒙世俗之尘埃乎？"你高洁的品质岂可同流合污？你面色苍白、形容枯瘦，也不愿向敌对的政客低头讲和继续得你的俸禄而重获荣华富贵。你漂泊的艰难中，置自己安危于不顾，担心国家前途命运，"岂余身之殚殃兮，恐皇舆之败绩"就是你心迹的流露……

你挥动天才的如椽巨笔，在楚地山水中耕耘，一篇篇辞赋诗作，抒写心中的忧民爱国的情怀。《离骚》《九歌》《九章》《天问》等作品，标志着中国诗歌进入一个由大雅歌唱到浪漫独创的新时代。伟大的楚辞与《诗经》齐名，不朽的《离骚》超越了欧洲但丁的《神曲》，你的《离骚》开创了骚体辞风，你是华夏文化的品牌，你是中国爱国主义永不陨落的明星。

两千年后的五月初五，在江南绵绵的阴雨中，我手持一缕艾草，穿越时空凝望楚国的方向。浩浩汤汤的汨罗江长流不息，我的目光追寻那"蓝墨水上游"里的诗魂！我看见公元前278年的那个五月初五，你孤独苍凉的身影徘徊在江畔，形容枯槁，披发行吟，高昂的头颅，像汨罗江畔的山峰，不屈的腰身像湖湘大地山岳挺起的脊梁，你飘飘的衣袂像湘江卷起的山风，你抱石纵身一跃震动了天地，霎时乌云密布，大雨倾盆，汨罗江上落花纷纷，天地在为你鸣咽。

两千三百多年前，你面对日渐衰亡的国满腔悲愤向天发问，此时我也对着苍天发问！为什么世事浑浊唯你独清？为什么世人皆醉唯你独醒？你为何不接受渔夫的建议？为何拒绝诚心邀你去秦国的白起，宁愿颠簸流浪也不选择去他国高就封赏？是留恋你忠贞不贰的楚王，还是无法割舍生养你的故乡？屈子，你走向江水的那一刻，你是看到秦国将士屠刀下横尸遍地、血流成河，听到了家园的撕裂和百姓的哀号？是秦国大将白起引水淹死楚国几十万人，郢都失陷，楚王逃离，彻底粉碎了你救国济世的人生理想，你伤心至极、绝望至极无法，接受国破家亡吗？

难道只有一条路——跳江而去，用生命为祖国殉葬？你宁愿以身殉国，捍卫国家的尊严，也不浑浑噩噩苟且余生！你殉国的姿态让秦楚的子孙永远感到迷茫！郑袖、张仪、子兰之流终生不解，你为什么把国家荣辱看得比自己的生命还重？

今天我们怀念你，你是我们心中伫立的丰碑，你有爱国主义的铮铮铁骨，你是治国立身的楷模，你是中国诗人的鼻祖，你是世界和平理事会钦定的文化名人。你政治上爱国亲民，艺术上创立了骚体，生活上清正廉明，成就了中国文人的完美人格。著名的《橘颂》是你人格的象征，但这么高洁的人品怎敌得过诡计多端的对手？我们哀叹你的悲剧就在于君子忽视了小人的力量，而中国宫廷斗争历史里写满了君子败于小人的精彩篇章，斗不过佞臣可能是你最大的败笔。

    楚人悲屈原，千载意未歇。
    精魂飘何处，父老空哽咽。
    至今沧江上，投饭救饥渴。
    遗风成竞渡，哀叫楚山裂。
    ……
  （宋朝，苏轼，《屈原塔》）

  端午，各色粽子纷纷投向江里，汨罗江上渔舟竞渡，搏击江水，苍凉的号子和密集的鼓点震动长空，后世爱国者来追念你——伟大的屈子！

汉宫秋月

一

秋月清冷，寒星寥寥挂在天边，秋风萧然，一地枯叶飘零。一池的残荷，守望月色，静候流年的涅槃。

寂寞长门宫里，是谁的纤纤素手轻拢慢捻？是谁泪湿琴弦，让如泣如诉的琴音在长空漫漶？

那年，金屋藏娇的誓约犹如耳边。少年的青梅，日夜在唇齿回味，酸涩难咽；竹马上的郎君，在金銮殿上呼风唤雨。今宵的月光惨淡，陪君的佳丽又是谁？

辗转想出一法，命心腹内监携黄金，求得大文士司马相如《长门赋》一篇：

……悬明月以自照兮，徂清夜于洞房……忽寝寐而梦想兮，魄若君之在旁……

一曲相思回旋三叹，哀婉凄绝，诉说深居长门的悲思闺怨。欲借文人笔墨，感悟主心，她命宫人日日传唱，望汉武帝听到，却终挽不回君王的旧情。

陈阿娇终日以泪洗面，一把旧琴相知经年，愁绪无限，消瘦憔悴，有谁惜怜？

今夕何夕？残生的等待将长长的青丝化作一头白发。问秋月，寂寞时光何时了？秋无声，月无言，只剩冷宫怨绵绵……其母窦太公主离去，阿娇寥落悲郁，不久魂归黄泉。"金屋藏娇"的典故穿越西汉一直流传……

天回北斗挂西楼，金屋无人萤火流。
月光欲到长门殿，别作深宫一段愁。

桂殿长愁不记春，黄金四屋起秋尘。
夜悬明镜青天上，独照长门宫里人。

(李白，《长门怨二首》)

二

残月斜照万重宫门，庭院深深，寒露点点，濡湿了零落一地的花瓣。一声哀叹，寂寞惆怅无边。

寒窗之外，轻风漫卷凋零的叶片。一豆灯光微颤，摇曳在伊人窗前，一杯薄凉的残酒使灵魂熨帖。

深闺梦里，旧时月光如水流泻，红烛映照娇羞的花颜，豆蔻年华的红妆，醉了时光，慢了流年。

人生多变！一腔痴情化作了尘烟。为避宫斗自居长信宫，侍奉太后礼拜烧香，深宫十载寂寞如月，年华虚度岁岁年年，调笔抚筝独自清欢。

…………
新裂齐纨素，皎洁如霜雪。
裁作合欢扇，团圆似明月。
出入君怀袖，动摇微风发。
常恐秋节至，凉飚夺炎热。
弃捐箧笥中，恩情中道绝。

一曲《怨歌行》凄凄切切，自喻秋凉团扇，抒尽薄命女子心中哀怨！

君王驾崩，她自请守护王陵，袅袅香烟朝夕相伴，松风天籁里度过落寞的晚年，长路漫漫，五十年华葬于汉成王刘骜墓碑旁边。

西汉女辞赋家班婕妤，才德貌兼备，深得太后赞誉，皇帝宠爱。即使工于诗赋，为文坛留下许多诗篇，怎敌得过赵飞燕、赵合德姐妹妖媚的手段？

山里人家

河水穿过碎石沙滩，溜过泥沙湿地欢快地奔向山外，公路平坦，向山里迤逦而去，小河公路如两条长长的绳索，拉近了余杭山村与杭州都市的距离。满山的毛竹在风中荡起波浪，清流倒映着连绵的山影。在大山皱褶的开阔之处裹拥着一个叫山沟沟的村子。村子不大，一律青砖黛瓦，绿竹白墙，山野凝聚的那一片幽静，给人一种世外桃源的况味。

村里的房子都是一座一座两层小楼房，大多紧闭着门窗，几个老人在路边慢悠悠走，春节后的村庄，还没有游人造访。我"叮咚叮咚"的脚步声更显出村子的空旷寂静。

顺着小路走到一家门前的场地上，坐在石凳上歇息。一只小黄狗摇着尾巴，从旁边的路上慢慢荡来，抱着小孩的妇女跟在狗的后面，走到我面前，问我从哪里来，邀我去她家住，我背着包随她一起去看看。

她家的独幢小楼，和周围的小楼相比显得矮小而朴素，底层的摆设单调而简陋，整个房子给人一种空荡荡的感觉。

从狭窄的楼梯走上二楼，女人打开二〇三房。一台老式的电视放在床前的柜子上，狭小的房间摆放着两张窄小的床，凌乱的床上铺着皱巴巴的花色床单，被角拉在地下，显然是自己家人的住处。我转过身刚想走，进来一个二十五六岁的女孩，对我莞尔一笑，她手里拿着白色床单被单。我还未迈出一步，她就手脚麻利，动作娴熟，快速换了原来花色的被单。我正犹豫时，她伸手接过我提着的行李包，放到柜子上。我说谢谢，姑娘笑而不答。女主人连忙解释："她是我儿媳妇，是哑巴。"哦！我暗暗一惊。仔细打量，她圆圆的脸，白皙而平和，扎着一个马尾，在婆婆面前很温顺、伶俐。

盛情难却，加之姑娘的特殊身份，我决定就住这里。

歇息半小时后，我下楼出村口，到田间转悠，一畦一畦的绿色蔬菜，弥散着大粪的腥臭。走在鸡犬相闻的黄昏，丈量脚下坑坑洼洼的土路，拨一拨清澈的溪水，坐在山脚的农庄发呆，享受山里的原生态趣味。不觉天色渐暗，我沿着来时的那条土路返回。

走到村口。女主人站在路旁，怀里抱着小孩，她说听见狗叫，担心我害怕，赶来陪伴我。于是我跟在她后面往家走，逗她怀里的小孩，他大约几个月的样子，模样像那儿媳，扑闪着大眼睛，向我咧开嘴笑，一双小手挥舞着。

女主人说："我孙子也是哑巴。"我心里咯噔一下，不知是惊讶还是什么。

"不会吧！孩子还小，可能说话迟。"我赶紧说。

"是真的。"她说。

我心里想：她儿子该不会是哑巴吧？不料她说："我儿子也是哑巴！"我又一惊！这时我确信她的孙子不会讲话是真的。我不知说什么话，只是默默地走在她旁边，心里有一种说不出的滋味！同情，怜悯，难受……这些复杂的情感同时交织在我的心里，让我有点窒息。我再仔细地打量面前这位女人，她五十多岁，衣着朴素，黑红的圆脸布满了岁月雕刻的皱纹，齐耳的短发，一副精干的模样。她和善的眼神里看不出一丝忧伤和卑微,给我介绍她的孩子们的时候,语气轻缓,淡定自然,如那平静的湖水不泛一点波澜。在我这个外人看来命运对她是那样不公,而她也许是习以为常了吧!

走到她家门口,看见一辆摩托车停在院子里。儿媳妇和两个男人用手比画着,津津乐道,眉飞色舞。女主人告诉我戴头盔的是沟外面来这里串门的。那个穿棉睡衣的不用说是她儿子了。看他们在一起用手语交流的快乐劲儿,我心里涌起的丝丝怜悯慢慢地消释了。

浓墨似的夜幕笼罩下来,把山的轮廓也涂抹成一片黑。树木在风中瑟瑟作响,发出低沉的私语。星辰寥落,夜的手笔把山村描画得神神秘秘。这里是一个沉寂的世界,岁月似乎静止了时针,没有平凡家庭的说笑声,听不到小孩的哭声,更没有大人小孩的嬉闹声,一个"静"字浓缩了这个屋子的人间烟火,这样的夜,我很快地入眠……

一声高亢的鸡鸣把我唤醒,拉开窗帘,外面一片漆黑,看手机才四点十分,山里的鸡也起得早,声声鸡鸣夹杂着狗吠,远远近近地传来。我无法再入睡,在辗转反侧的虚度中,窗户透出光亮。穿衣下楼,女主人和儿子儿媳坐在院子里编竹器。我和女主人聊天,我说盖一座楼房真不简单。她告诉我,把原来国家分的旧房卖了,儿子儿媳在村办竹器厂打工,业余时间也在家里编一些竹器,拿到沟外卖。她说要感谢国家分给她房子,否则也盖不起这座楼房。

说话间厨房里响着锅盆的声音。我进去要一杯热水,一股香味入鼻。那个女孩在平底锅上煎鸡蛋。她转过身给我递上热水瓶。这不就是楼梯旁小房间玩手机的女孩吗?从昨天进到这个家,我走出走进,看见她坐在圆桌那里,一动不动,那黑色的马尾辫和花棉衣的背始终对着门。此时我才看见她稚气未脱的圆脸,她对我一笑,我说:"谢谢!"她还是一笑。

"她是我女儿,十八岁,在杭州的聋哑学校读书。"女主人进来了。

啊！我张大嘴巴。原以为她是来走亲戚的，没想到是她的女儿，也是哑巴。"你先生呢？"这时，我不假思索地脱口而出。

"他死了！"女主人说话的声调显然变了，不是失去亲人的伤痛，是高亢、激动，甚至有点愤怒，尤其那个"死"字，咬牙切齿的感觉。

我很奇怪。

"实际上是跟人跑了。"说罢她默然无语。

我明白了。

他是什么时间跑的？没有回来看过孩子吗？这些年怎样走过来的……这些疑惑的问题，我不敢再去追问，怕刺伤她的心。

在这空旷的屋子，面对着四个哑巴孩子，她躬耕劳作，早起晚睡，但生活如常，其乐融融，不去仔细观察，看不出有什么异常。我想生活中有一种人，总是经受着苦难，上帝总是紧关着两扇门，不肯开启一扇，于是他们习惯了在黑暗中前行，会有什么想不开、看不透的呢？刺伤也罢，痛苦也罢，他们默默承受，用坚定的信心渴望着未来，用坚强的意志支撑着现实。就像洛夫在诗中写的：

母亲卑微如青苔，庄严如晨曦，柔如江南的水声，坚如千年的寒玉，举目时，她是皓皓明月，垂首时，她是莽莽大地！

怀想一个爱梅的人

我徜徉在孤山北麓的湖边。

几丛嫩黄星星点点,似与堤岸叙说着缠绵;柳丝依依,亲吻着湖面;碧水盈盈,映照着蓝天;小鸟轻轻地衔来几丝白云,暖风细语诉说着绿意。春的大手笔准备勾画媚人的柳眉。

我漫步堤岸,看湖光潋滟,听鸟鸣婉转,闻草香芽甜,触新土柔软,观小虫初探,心里幻化出一片春光灿烂。

漫步向前,旁若无人,我悠悠地走了很远。回望左边,蓦地,一片嫣红映入眼帘,走近细看,是迟开的梅花怒放在春天的三月。红梅娇艳,似少女初遇心仪之人羞红了脸;白梅也不甘示弱,如白鸟张开无形的翅膀;绿梅最不孤单,被红白簇拥中间。我阅读梅林,暗香盈袖,艳波浮动,兀自陶醉其间。

是谁在梅林深处,低吟咏梅的诗词?这熟悉的千古绝句,带着清新的梅香漾进我的心海,我轻抚一朵梅,思绪飘向遥远的北宋,眼前幻化出一个叫林逋的人……

翩翩少年身着青衫，肩负书卷，是打马江南还是跋涉江淮之间？少年聪慧，写诗填词，书法绘画，样样精通，造诣非凡。这样一位英俊才子在江淮是否卷起过情感的波澜？这已淡化为历史的云烟。不惑之年，他风尘仆仆回归故里，在西湖边蓦然看见孤山，林深荫翳，白云飘然，倒影在清清的湖水里闪动，这正是他心中的桃源。他情不自禁踏进孤山，在孤山北麓隐居了二十年。

漫长的二十年，他的时光如何度过？

初来孤山，人比孤山孤，一座茅庐与他相伴，这座茅庐凝聚了他多少血汗？

孤山北麓，人影稀少，风高林深，鸟鸣山幽。他在这里过着荷锄晚归、采菊东篱的生活。

其实，他也不孤单，如诗如画的山水、摇曳多姿的花草树木，都是他亲密的伙伴。他听淙淙流水弹奏的曼妙琴音，听爽爽山风拨动的浪漫旋律，听盘飞鸟弹动婉转的舌簧；他看高天流云飘逸的神采，看夜月洒向湖面的清辉，看星子在浩渺的天际狡黠地闪烁。一颗孤寂的心灵放牧在山水之间，渐渐地与孤山结下了不解之缘。

他来的时候，是春光融融还是夏日炎炎？是明净的秋天还是萧萧的冬天？我始终不得而知，但我知道在静寂而简陋的"巢居阁"里，他写诗词、练书画，随咏的诗句与空山的鸟语唱和，茅屋升腾的炊烟袅袅山间，夜读的灯光照亮了寂寞的山林，孤山因他的到来而生动活泛！他的生命与山色、流水、景物融为一体，他就是那座孤山，幽深，干净，不俗，自然。

春天，大地泛绿，柳芽新长的时候，踏青的人们来到孤山，就会看见一个中年男子须髯飘飘，气定神闲，身着粗布衣衫，屈腰弓背，在山坡上忙碌。

春天是播种的季节，也是种梅的季节。

他种梅。也许是喜欢梅的高洁，也许是寄托一种深深的怀念，也许播种的是生活的梦想和希望？不然我们无法理解一个高人为梅隐居，为梅守候了二十年。

花开花落，种梅收梅，三百六十棵梅，见证了他日日辛劳。卖梅的收入足够他一年生活的开销，虽然收入微薄，不过衣食无忧，但他很满足。四季的田园风光和梅花的诗意，才是他最大的精神愉悦。

一个冬天的傍晚，他紧闭柴门，端坐炉火前，苦思冥想，次第开放的梅花静默不言，生怕打搅了诗人的灵感。夕辉悄悄地隐去，倦鸟徐徐地归巢，山中处子般的静寂。他打开窗户，一股幽幽的清香扑入鼻孔，清清的湖水在疏朗的梅影里荡着亮光，抬头一轮圆月挂在远山。静月、湖水、梅香，此情此景，叫他怎不心动？他不禁脱口而出："众芳摇落独暄妍，占尽风情向小园。疏影横斜水清浅，暗香浮动月黄昏。霜禽欲下先偷眼，粉蝶如知合断魂。幸有微吟可相狎，不须檀板共金樽。"

咏梅诗正是他的人生写照。"疏影横斜水清浅，暗香浮动月黄昏"，这脍炙人口的千古绝句不知打动过多少人的心弦！

梅，品格高洁，它是树中的君子和隐士，它喜欢干净的环境，生长，开花，结果。诗人与她，她与诗人，相依相伴。冬天，梅花暗香浮动如红袖添香陪他读书；夏天结出果子供诗人生活，如爱人一样忠贞。梅与他心心相印，梅是诗人的知己，忠诚的爱妻。

"结庐在人境，而无车马喧"，林逋归隐孤山，看淡尘世的浮华，不慕高官权贵，连当朝皇帝宋真宗请他去教太子，他也一口拒绝。这是真正的大隐！古来能有几人？

隐居山林的林逋，沉浸诗中，忘却红尘，诗风清新独特，多为奇句，人如其诗，淡泊名利，不想以诗传世，随写随丢。咏梅诗穷尽了梅花的神韵，体现了诗人的品格，宋代曾因他掀起爱梅的风潮，连范仲淹、欧阳修，还有黄庭坚都欣赏他的作品。

他谈笑有鸿儒，往来有白丁。无论达官贵人、文人墨客、四方乡贤前来拜访，他都与他们或者饮酒，或者吟诗。当他在山间种地，若有客人来访，家童放出两只白鹤，白鹤飞向高空，掠过山头盘旋鸣叫，他听见鹤鸣，就知道来客，立即荷锄下山；当他出游时听见鹤鸣，就返舟泊岸。

鹤，就像他的儿子，他去世后，白鹤在他坟前长鸣而役。鹤亡后家童将它葬于主人的墓旁，取名"鹤冢"。深情的梅树也因他的仙逝而渐渐枯萎。

我静静地站在梅林里，轻抚一朵梅，遥想着"梅妻鹤子"的千古传奇。

我又低头疑想，林逋为什么一生未娶，却以梅为妻？是不是秦淮河畔那株让他无法忘却的梅，深深地扎根在心里？是不是心中有一个像梅一样的高洁的女子？是不是也有一个名叫"梅"的姑娘与他心心相印却天各一方？

作为一个高洁的隐士，作为一个才华横溢的诗人，有世间的孤高、清傲、脱俗，也应当有浓情相思，这才是一个实实在在的人，这才是一个真正完美的人。爱和被爱是人间最美的情感，诗人的爱常常更热烈一些，应该演绎出更加动人的故事。

他的《相思令》应该诠释我的疑云：

吴山青，越山青。两岸青山相迎送，谁知离别情？

君泪盈，妾泪盈。罗带同心结未成，江头潮已平。

未成眷属的有情人遗恨终生，钱塘江水太无情。切切相思寄予种梅，无限思念化作梅的魂，孤山青常在，满腹情怀都淡在一湖烟尘中……

收回遥远的思绪，目视空旷的平地，寻春的情侣把帐篷搭建，红黄相间，镶嵌在绿草地里，这绝配的颜色招惹游人，艳艳的色彩里飘出了绵绵细语。草地上跃动着风筝的欢悦,情侣们脸上绽出梅一样的花瓣……

此情此景,林逋犹在,又会作何感想?《诗经》有"执子之手与子偕老",不知道眼前的这些情侣能否走到最后?尘世中能厮守自己的爱人而心无旁骛,是多么难能可贵呀!

人生感怀

一

小时候，总是向往外边的世界，恨不得长一对翅膀飞离生养的地方。

长大了，走过了千山万水，总是想念家乡的山水；尝遍了山珍海味，总是想念母亲做的饭菜；看尽了世界的繁华，总是想看家乡的蓝天白云。

渴望回到家乡，回到久别的老屋，"开我东阁门，坐我西阁床……"望一望窗口，看一看木门、木窗、木床、木楼、木箱、木盆、铁锅、铁桶，还有瓷罐、瓷盆、瓷碗……这些土里土气的物件，虽然蒙上了些许灰尘，但依然亲切和熟悉，散发着昨日的气息。

用手轻抚一件一件旧时的物品，如看一部一部黑白电影，回放年少的光阴，那光阴里的故事，没有悲情，没有忧愁，没有苦涩。成长的路上，鲜花盛开，阳光明媚，充盈着快乐的滋味。

世间最幸福的事情，莫过于当青丝里爬上了白发，还能陪伴着白发的妈妈；世间最幸运的事情，莫过于回到儿时住过的老屋，重拾儿时的记忆，尝小时候的味道；世间最难忘的事情，当你走了很远，回头看时，父母依然站在路口张望，你始终走不出他们的视线。

二

  时光的沙漏不为季节的轮回而停留，岁月的刀刃不为容颜的苍老而留情。人生如白驹过隙，脚步匆匆，未能慢慢欣赏一路的风景，错过了那一季的花开，错过了那一季的风情。

  蓦然回首走过的路已成风景！

  年少不知愁何味，爱上高处听雨，不懂人间寒与暑，总是憧憬着诗和远方。

  从青春的路口踏上漫长的道路，一路行走，路见不平总是侠肝义胆、愤慨不平。风尘仆仆，荆棘丛生，历经风雨，棱角渐渐磨平，方悟五味杂陈的人生。

  岁月是一把雕刻刀，在人的身心刻下世事沧桑。在这座江南华丽的城市，一晃三十载，时光悄然消磨了我北方人的生活习性。然而，与生俱来的直率与豪气依然根植于骨子里，固有的天性无法改变。两点一线的单调生活日复一日，朝出暮归，疲倦的步履遵循着往复的规律。工作之余被柴米油盐占据，即使在最美的年华，沿途美丽的相遇，也无暇顾及，更是忽略了生活的乐趣。

  人生路上，几多风雨，几多苦难。对于强者而言，不会向他人展示伤痛嘤嘤哭泣，也不会絮絮叨叨地倾诉，更不会声嘶力竭地申辩所受的曲解。无言是一种修为，沉默是一种隐忍，不争是最高的境界。所有这些痛苦的经历，不仅不会摧毁意志和人格，反而让人变得更加成熟和强大。

  在行走的漫漫途中，与无奈和忧愁和解。忘却和隐忍是生活的良药，读书、写作和远行是精神的慰藉。在世俗的喧嚣中，常常失语，独自清欢，只求心安。即便如此不堪，也给予生活欢颜，展露光彩的一面。

记得尼采说过："知道为什么而活的人，便能生存，便能忍受任何一种生活。"泰戈尔也写过："世界以痛吻我，要我报之以歌。"

尘俗未绝，佛心不灭。在红尘之中，淡忘与记取，慈悲与取舍，看空与担当，都旖旎成生命的梵音。余生，愿在繁华处淡泊，在安静处养心，只愿岁月静好，身心无恙。这，何尝不是一种幸福！

玉缘

常听人说，身上佩戴一块玉是能够辟邪的。佩玉饰也是有讲究的：如果想发财就佩招财玉，想健康就佩福禄寿或者平安玉。女孩佩一块叶子造型的玉，既美观又有"金枝玉叶"之意。

一位朋友告诉我说"男戴观音，女戴佛"。男士佩观音取谐音"官印"之意，希望男士事业通顺，胸怀像观音一样的慈悲，能够避祸消灾；女士佩弥勒是望她们笑口常开，像弥勒菩萨一样的肚量，自得菩萨保佑，快乐自在。

听了朋友这番话，我仿佛醍醐灌顶。于是，我从朋友熟人的玉器店买来一块弥勒佛造型的玉，这块玉的上方是白色的，下面是淡绿色的。朋友说这是一块翡翠。对于我这个不懂玉的人来说，玉和翡翠没有什么区别，我不识质地的好坏，只认为是一块佛玉能够保我平安就足够了。

这块玉很普通，既不通亮，也无光泽，我不太喜欢，不想戴了随手就摘下来，随意丢在一边。有一天，朋友看见我，说我的玉被我养亮了。我低头看，果真如此。这块玉在我从来没有关注时，竟然变得通透起来，散发着淡淡的光亮,就连带子上装饰的小玉珠也有了光泽。

的确,就像人们常说的"玉养人,人养玉",仔细咀嚼,这句话蕴含着天人合一的哲学思想,人和玉各取所需,互惠互利。我想,人在佩戴玉石时,玉石在和人体接触的过程中,矿物质和微量元素渗入人体的穴位,从而达到保健的功效;玉也会从人体中获得汗液滋润,从粗糙干涩变得温润晶亮起来。

看见这块玉渐渐光滑的样子,我也喜欢佩戴了。每次出远门或者旅游,我必须佩戴,这样我心里很踏实,我认为它能保佑我旅途平安。

暮春时节,我随市作协的作家们去临安采风,差点失去了这块玉——晚上住在阿里山大酒店,洗漱时把这块玉放在浴室的玻璃台上,拿浴帽时不小心撞了一下,还没等我反应过来,玉就掉进下水道里。那一瞬,我呆若木鸡。我想,是否在采风途中要发生什么意外?听人说玉与人同在。又想,这样的说法无科学的依据,不过是人的心理作用罢了。尽管如此,我还是给前台打了个电话,让服务员来帮忙。

焦急地等待的五六分钟里,我心里忐忑不安,一连打了几个电话。服务员来了,他用手电筒往下水道里一照,说没有看见玉,肯定找不回来了。听他这样说,我很失望,但心里还是抱着一丝幻想,恳求他再试试看。他见我很着急,就到楼下找来一个长长的钩子。他弯下腰,把钩子伸下去,轻轻一提,啊!我看见我的这块玉就挂在钩子上!我喜出望外,赶紧从钩子上取下玉,紧紧握在手心里,连声说谢谢。我双手捧着这块玉,有一种如获至宝的感觉……在水池里用沐浴露洗了好几遍,生怕没有洗净下水道里沾的污垢,然后郑重地挂在我的颈上,赶紧给家里报了平安。我很安然地入睡,在窗外的丝丝雨韵中入了梦乡。那晚,我睡得很香,做了美好的梦。

这块失而复得的玉,让我感悟很深。世间万物,当你拥有它时,或许你不够珍惜，甚至没有很认真地看它一眼，忽略它的存在，也不知道它存在的价值，只有失去了，才觉得弥足珍贵。生活中，我们每个人都应该惜缘。若你读到我的这篇文字，那也是一种缘分。

《故梦》红颜

你是出身于清朝皇亲家庭的少爷——陆天恩。你是陆府的独子，享不尽的荣华富贵，风流倜傥，玉树临风。但你生不逢时，命运多舛，经历了世事的沧桑和时代的变迁，没有谋到一官半职，虽有求学的理想，但担负责任而不能远渡重洋，只有锦衣玉食，无所事事。

专制的家庭造就了你性格的软弱和随波逐流的性情；富贵闲人的秉性，使你有更多的儿女情长。虽然你豁达，乐善好施，怜悯弱小，但优柔寡断与多情的性格，使你的情感世界纠结了五个女人的命运悲情。

一

你是清朝格格金灵芝。"京城第一美女"，出身显赫，高贵迷人，倾倒了多少名门阔少，多少贵族公子试图攀你，但你却无力掌握自己的命运，一生的归宿不能逃离父母的安排，硬被逼嫁给皇族表亲陆天恩。

你的倔强泼辣与陆天恩的懦弱内向，注定了性格的不相合。婚后得到的是陆天恩的冷淡与逃避,可贵为格格,深知大家族的清规戒律,你人前强装欢颜,人后更多的是郁闷。你与陆少同床异梦,连最亲的阿玛额娘也难于启齿诉说,唯有闷在心里熬煎自己。锁在深闺,愈使你孤独、寂寞和痛苦。在你怀上陆家骨肉后,娘家的变故让你更加绝望,终日哀伤,愁肠百结无处倾诉,积郁成疾,带着未出世的孩子,香消玉殒。

二

你是温婉女子水飘萍。犹如"黛玉","娴静似娇花照水,行动如弱柳扶风",姿容姣美迷人。你是陆天恩的初恋和最爱,是他的红粉佳人。虽是两情相悦,但你唱京韵的身份,无法进入陆府。你深邃的眸子满含忧世之伤,感情上的痛如寒冷侵入心肺。你郁郁寡欢,将满腔哀怨付诸悲凄的唱词。你付出了一世的真情,却找不到人生的归宿;流尽了一生的眼泪,却挽不回痴情的相许。

多情公子终究挣不脱世俗的枷锁,为父母之命的姻缘穿上了红袍。恹恹的女子哀怨泣血,柔弱的身躯怎能经受凄风冷雨?榻上和泪,久病缠身,"香魂一缕随风散,愁绪三更入梦遥",带着对陆少爷绵绵的恨、沉沉的爱,枯瘦的身躯,已随飘零的江水,魂归故里。

三

你是留洋才女秦燕笙。你活泼开朗,喜欢读书,出身寒微却志向高远。你深受新思想、新文化的熏陶,懂得争取与反抗,这决定了你别样的人生。

与别的女子截然不同,你身上散发着青春的朝气和知性的美,让空虚无聊、游手好闲的陆天恩产生爱慕之心。你虽然不喜欢陆天恩的生活方式,却被陆府的文化氛围所吸引。你内心有侠义之情,为了给病重的陆老太太冲喜而自愿与陆少结婚。虽然彼此人生观、生活习惯有差异,但你极度地忍耐……无奈一年后离婚,你毅然选择了漂洋过海,去追求理想,找到了精神寄托,最终成为大学教授,著书立说。

多年后回到故地,你仍孑身一人,被触及与陆少这份情感,你坚强的内心依然作痛,将此情深藏心底,超脱自我全身心投入事业,人生的暮年也是孤身。

四

你是越剧名伶周素琴。你柔弱善良,外表神韵酷似陆少爷的初恋情人。

燕笙留学离去,陆少爷落寞之际,你在舞台上的一笑一颦牵动了陆少爷遥远的相思,你是他的初恋情人——水飘萍的影子和替代品。

你入陆府是陆家的无奈之举,陆少对你是同情和怜悯,怕你被赶出戏班被卖作娼妓。你虽然陪伴了陆天恩半生,他心中深深爱着的却是汪莲君。你醒悟后削发为尼,青灯伴侬孤寂,佛门静心超度,可空空的佛门之地也不能久留一个苦难的人,白血病残酷地夺去了年轻的生命,你无牵无挂魂入佛土净地。

五

你是大家闺秀汪莲君。你端庄高雅、温柔贤淑、感情细腻又通医理,你知书达理、隐忍含蓄,你深受陆家上下人的欢喜。

你是陆天恩第三任妻子。你与陆天恩在同一天两次相遇,一见钟情铸就了一生一世的缘分。你心境淡泊,一身闲情雅致所散发出的魅力,把陆少深深地吸引。

在你之前,陆少爷怜惜绍兴戏班名伶周素琴,把她纳为小妾。你追求爱情的完美梦想在短暂的幸福之后被击碎。你无法原谅陆天恩的欺骗,你对他只有怨恨，新婚之后你毅然与陆少爷分居。岁月悠悠，二十年青春年华，你压抑、郁闷。你表面冷若冰霜，内心却是满满的痴爱和关心。陆府的日常家事你一手料理，你处事不惊，恬静如水，仁义善良，包容了一切，接纳了素琴和少爷的关系，待她如亲妹妹。素琴遁入空门，你真心留恋；在她生病时，你多次到寺院看她；人生弥留之际，你如姐姐陪着她；她离去了，你心如刀割。

当人生的灿烂年华在漫长的二十年中逝去，迟暮的美人汪莲君终冰释前嫌，在隔岸相望的中国台湾岛上为没落的皇亲传承了血脉，为华发遗少陆天恩喜送了一个千金。

这样的故事结局，悲伤的基调中留下一丝慰藉和暖意。

朝烟夕岚待月夜

明代人袁宏道在《晚游六桥待月记》里写道："西湖最盛，为为之月。一日之盛，为朝烟，为夕岚……"袁宏道独特的审美观照，认为西湖美在春月、美在朝烟、美在夕岚，尤以月夜为最。文中无"待"却题称"待月"，以实写虚，勾起读者期待的兴趣——袁氏真会吊人胃口。

此景之游，今春最妙。恼人的雨春却带来赏春的奇景，"自在飞花轻似梦，无边丝雨细如愁"。美景就在这雨末与初晴的夹缝里，稍纵即逝。不过不急，正好小花探春，梅花、樱花、郁金香、桃花、玉兰竞相闹春，杏花惜春了。百花次第争妍，西湖的花期更长了，朝烟夕岚之景也正是在这个季节容易形成。

第一束晨光刚刚扫过湖面，西子姑娘正待梳妆，美轮美奂的肌肤就在这晨光浅淡里时隐时现，挑逗任何一束爱美的目光。薄薄的、软软的细碎水波轻轻敷上她白皙细嫩的脸庞，偶尔一尾鱼儿跃出湖面，泄露了西子撩水洗脸的秘密。隐约的轻梦似的晨雾笼在她的发髻上，薄如蝉翼。

细如新丝一样的山霭从湖心岛慢慢晕开来，散到四围的湖堤。满是活力的负氧离子被晨练的人使劲贪婪地吮吸,一张张比实际年龄年轻十几岁的脸,此时红润鲜活而富有朝气。昨日混沌的大脑此时异样地清爽,回想年轻时的快乐,喜悦的因子满身悦动,给同伴分享的声音里还润泽着晨雾露潮呢。哪个园里的小鸟试探着吐出第一缕馨香,随后就有婉转的清唱此起彼伏。虫儿不甘寂寞,拱动出土的希望,窸窸窣窣的声音匀在这晨韵里,真切地摩挲我的耳鼓。早起的野鸭拨动湖水的旋律,鹅也不示弱,按压波的管弦——大自然最美的天籁,就在云霓明灭的光影和路灯倒影的映衬下,合奏出动人心弦的晨曲……

美景中的时间流逝得最快。

正在欣赏"夹岸桃花蘸水开……小舟撑出柳荫来"的美景,抬头却见日已偏西,游人的潮水开始回流……

夕阳的红晕氤氲在西子多情的脸上,接待过如潮涌的游客,苏堤舒一舒疲惫的腰身,白堤也眩晕起轻柔的梦。幽淡的山岚,懒散的暮霭慢吞吞地踱过来,要和西子悄悄秘密地私语。倦鸟悠悠归巢,懒虫沉沉入窝,南屏晚钟的韵律在霓彩飞扬的初韵里弥散开来,浸润着游人匆匆归旅的脚步。西子的身边渐晚渐静。

我邀朋友说,这个时候来平湖秋月待月是最美的景致。朋友告诉我,累了一天,还有哪个闲情逸致?我留同行的年轻人一起待月,他们心焦,耐不住,就回家了。

旷寞的西湖就剩我一个待月痴人。

袁氏最后写道:"然杭人游湖,止午、未、申三时。其湖光染翠之工,山岚设色之妙,皆在朝日始出,惜春未下,始极其浓媚。月景尤不可言,花态柳情,山容水意,别是一种趣味。此乐留与山僧、游客受用,安可为俗士道哉?"

本地人早起匆匆上班,无心赏朝烟,晚归匆匆回家,无暇观夕岚,外地游人皆做白日匆匆游的过客，月下难得的景致更是无人知道了！如此，晨烟夕岚待月之奇景妙趣唯我独得了！

在皓月当空的湖边，我坐在寂寥的椅子上，看月笼堤岸、湖染夜光，花沉重梦冷香袭人，柳睡魅态其姿可人，水厚雾薄幻象环生。我想了许久，人的一生漫长，旅途必然有许多奇景异趣，要时刻珍惜，莫把生命里美好的时刻错过。往往醉心的把握、美丽的邂逅或因疏忽或因无知或因耐不住浮躁常常擦肩而过，给精彩的回忆留下许多遗憾和后悔的败笔。

——此文在《岁月》首发，后被《读者》转发，《意林12+》2013年第1期转发。后被选入2013年厦门市高中毕业班适应性考试语文试题，收入高中语文题库。获得第十一届"全国青少年冰心文学大赛"教师组金奖。

生活之悟

云栖竹径记

西钱塘北岸,山麓绵延,峰峦叠翠,林壑蔚然者,乃五云山也。传曰:五云山巅之五色云雾,飞聚山之西坞,久而不散,时人异之,号为云栖坞。其坞深径遥,竹密气爽,以竹而闻,后曰云栖竹径,此乃登山之径也。

至此,其境尤佳。视之,老竹新篁,千株攒簇,荫翳似波,满目尽翠。石径悠长,不知去向矣!

入径,折而前行,万竹扫天,携云摩日,荫蔽重宇也。再折而近,仍行竹间,流水潆洄,溪声潺潺,似作琴音,韵入步履也。

如是可里许,竹径之外,临山一匝道,蜿蜒于竹溪间。其上数桥座之,木、石、铁索俱之。余步铁索桥,行三两步,其缓摇;再数步,晃之。至桥半,荡之如秋千,余惊色,屡止,渐缓。复前,又荡之。奈何?余屏息静之,一鼓作气而过之。

入山渐深，益少人迹，万籁俱寂，耳目所接，仅闻鸟语水韵耳。是时清风徐至，微带草青花香，仰见日耀空，碎光摇影，四顾寂然，溪中蛙鸣鱼跃，相与酬答而已。既而，有亭翼然，傍以清池，名曰洗心亭，亭柱云："翠滴千竿遮径竹，寒生六月洗心亭。"坐亭，望淳淳清波如镜，水底石青藻紫，竹树倒影，纯属天籁自然也，愈感出尘之清净，遁世之释然。掬水于手中，沁凉入心，如滤尘世之烦恼。亭柱刻陈云等名人题词。

友言五云山甚佳，余心向往之，而卒未克登之。憩亭片刻，窃思一登游之，询同游者可否，皆欣然。余一行又入径寻之，而路向不知，问一山农乃知之。山路愈行愈狭，援上愈攀愈陡，峭石锥立，荆棘丛生，走神则有坠渊之恐，故趋之尤慎矣。登高之景勿以叙之。

至山顶，气喘吁吁，余等解衣坐石。微风亦有凉意，环山层叠，苍翠万状，俯视如博林海之涛。闻呼者号于后，歌者行于前，余与爱女沛柠兴致盎然也，亦和一曲山歌。既复觅道而下，过十里琅珰，入农家啖茶。茶座客满，游人如蜂，车堵如龙，村市如火如荼。于庭院觅一座，两杯茶，小憩，意满而归矣。

后传五云山林密树茂，豚时出没，余惧而不登也。

窃思，浙富庶，生态佳，民喜玩，赏山水。茶业兴也。兴而民益富，富而业复兴也。

梦说

山峦如屏，沟壑昏暗，枯枝低吟，衰草萋萋。四顾荒野，孑然而立。蓦然巨蟒，现于山阴，扭动身躯，白底黑纹，幽暗之道，蠕动缓行，尾似碗口，身粗如桶，首部尖突，黑睛明亮。吾视之，惧而却步，屏息窥视。蛇首仰起，张启大口，吞食吾书。存书二册，一册《白鹿原》，一册忘名。吾之奈何，侧目而望，平地一洞，洞如深井。巨蛇入洞，先如其尾，徐徐而进，如人下井，其首露外，倏忽逝去。吾急大吼："莫吞吾书。"惊醒三更，历历在目，吾甚异之！

朝之语母，母亦惊异。母言于吾："蛇乃仙人，入洞预祥。"吾惑不解，奇之怪哉！母之语云："吞书于肚，示汝好读。"

吾曾混沌，执笔之时，灵感未发。每文成之，读之索然；又书一文，品之无味；再书一文，亦无新意。久之茫然，欲而弃之。今闻母言，茅塞顿开，梦寓之意，读书入肚，下笔如神！

夜宿筲箕湾

一

这是一条环山的路，平坦而宽阔。车子稳稳当当地行驶在上面，一股海的味道悠悠地向车窗扑来。远处，黛青的岛屿影影绰绰；近处，无垠的海上泛着银白的光泽。青山苍翠，树林幽深，鸟鸣的清音不绝于耳。时见道旁野花颤动，小草疯长，路随峰峦而上，绵亘十余里，我们的车停在了一个山岙。这便是到了朱家尖大青山国家风景区。

一块黄褐色石头直立道旁，形如《红楼梦》里青埂峰下的那块顽石，其上雕刻着"中国筲箕湾渔村"七个红色大字。

仿佛是大青山在这里伸开修长的双臂拥抱着大海，两臂之间形成一个小小的港湾。这港湾三面依山，一面对海，腹地平坦，像渔家妇女淘米的筲箕，因此得名"筲箕湾"。

山水格外垂爱和呵护筲箕湾渔村！

炎炎夏日，海风习习，凉爽袭人，葳蕤的大青山阻隔了台风的肆虐；漫漫冬天，依山而居，温暖如春，瘦硬的大青山遮挡了寒流的侵袭。于是此地冬暖夏凉，气候宜人。筲箕湾靠近东海洋鞍游渔场，海产丰富，渔民生活悠闲而自在，这里是朱家尖最早的自然村落，有着东南沿海保存最为完整的渔村形态。它有悠久的历史，曾经是"海上丝绸之路"的重要休整点。

一个美丽的传说给筲箕湾增添了许多神奇色彩。

传说海边曾经有一条海蛇妖，在海上呼风唤雨，兴风作浪，翻船事故频频发生，渔民因此胆战心惊。村中有一妇人，来到筲箕湾采海陆空螺，被蛇妖发现，将她卷入海中，一口吞没。恰逢太上老君赴宴经过此地上空，闻妇人呼救，神目发现蛇妖吞人，急回天宫向玉帝奏明。玉帝一听大怒，立即派雷公雷婆前来镇压。这时，蛇头已钻进洞穴，露在洞外的身子被雷公雷婆镇住，妖蛇求饶免死，玉帝命蛇妖将功赎罪，保护筲箕湾海域平安。改邪归正的蛇妖，日夜卧伏海滩。经年的潮起潮落，蛇妖渐渐变成了石头。至今，蛇形礁石在筲箕湾的海滩上卧伏着，加之筲箕湾独特的古越文化和"蛇图腾"等人文气息，让这个传说在民间越传越神秘，并以"桃花会""祭海"等民间庙会形式流芳后世。

此番上岛是浙江省作协组织的作家服务营活动。我们至此正是日落之时，海是蓝色的底板，夕阳像一支画笔在底板上晕了几抹橘红，还有淡淡的嫣红。渔帆点点，鸥鹭旋飞，几只白鸟掠过海面疾逝远方。

天蓝，海阔，水清，山绿，村静，人稀。这里洋溢着一片祥和之气，这是一个鲜为人知的海上桃花源。

我们分别入住在渔村山腰的三座二层小楼里，这是渔民自建的房屋，是旅游住宿地，也是浙江作协挂牌的创作基地。室内宽敞干净，标准的酒店摆设。门前一条潺潺的溪水，在山石间跌宕翻滚，从大青山潺潺而下，穿过树林，走过渔村，一路欢歌，流入大海。

这是我梦中的仙岛，也是一个参禅修身的佳境！

拉开白色的窗帘，推开紧闭的门窗，海风如柳丝拂过渔村，摩挲在脸上，轻轻柔柔。用鼻子吮吸，浓重的海的气息融合着青草的香气，这是怎样的味道？细细品味，丝丝的咸，淡淡的香！

二

黄昏的脚步在我们观海、品海中悄然而至。

淡青的墨色拉开夜的帷幕，几颗星子闪耀在浩渺的苍穹上，茫茫大海时有灯光闪烁，天与海相接相连，星与灯何其相似！我脑海突然跳出曹操《观沧海》的诗句："……水何澹澹，山岛竦峙，日月之行，若出其中，星汉灿烂，若出其里……"大青山不老，在夜色中坐成一个骆驼的剪影，阻隔了渔村白与昼的尘嚣，于是村庄亘古的恬静。蓦然，耳边传来蛙声，是在溪边抑或是对面的林中，蛙鸣伴着水声，悦耳动听。走出几步，站立阳台边上侧耳细听，"咕呱咕呱，咕咕呱呱，哽——啊——哽——啊……"鼻音粗重的蟾蜍声如打击乐夹杂在琴音之中，声音时远时近，高高低低，抑扬顿挫。霎时，我想到了儿时故乡的夏夜，雨中田野的蛙鸣……

清脆的鸟鸣衔来黎明的曦光，把我从酣甜的梦中唤醒。打开后窗，山岚缭绕，露珠滚落在草丛里，沁凉的气息入室而来。一条山路弯曲而上。当早晨的第一缕阳光洒向海面的时候，我们离开筲箕湾，按照行程安排先去看海，游览了白沙岛、干施岙和普陀佛学院，登了大青山最高峰，看了《印象普陀》演出。

结束了一天旅途的劳顿和疲倦，又回到住宿地筲箕湾，已是午夜十二时。走进村庄，疲惫瞬间全无。我和美女诗人翁美玲、诗人伊甸老师毗邻而居，三人不约而同走到阳台上。大海沉沉睡去,渔村悠悠入梦,蛙声已经歇息,独留水声陪着夜色。初夏阵阵凉意渗入骨,我们三人各自拿来被子裹在身上,盖住双腿。我们坐着聊着生活的琐事以及文学的有关话题,聊到最后,三人都静静地坐着,默不作声,享受夜色中的宁静。我们从喧嚣的尘世来,各有不同的生活轨迹,各有人生的感悟。

他们二人回房之后,我独自坐着。子夜的凉气愈来愈重,我用被子紧紧裹住自己,面朝大海。此时,我的思绪仿佛回到了那个纯真年代。这里,是大自然留给尘世俗人的修行之地,也许是观音菩萨给世人的慈悲和恩惠。这里与普陀山隔海相望,仿佛有着某种神秘的联系。

此刻,眼前是茫茫大海,漫无边际的灰暗中偶尔闪烁着几点星光。是灯塔?是佛光?是灵魂顿悟的火花?是般若智慧的闪念?只有此时此景才能感悟佛家的空、虚、静、清……我突然明白,俗人乃佛与魔的结合体。一念即佛,一念即魔;觉悟者,人人可成佛,执迷者,人人可成魔。

纵观历史长河中,那些为众生大我而牺牲小我的人,虽死犹生,众生铭记。他们哪个不成佛?那些为诸恶者,虽生犹死,早已成为众生心中之魔。

我曾经徘徊在俗世的烦恼之中,身心交瘁,妄念丛生,大脑混沌,寝食难安,一度想遁入空门,离开纷扰之地。现在想来,那只是一种形式的逃脱,即使逃离世俗的藩篱,思想也不得开脱,假如内心不开悟,背负的行囊会越来越重,行路依然艰难。只有内心舍弃计较的烦恼,心灵才会拥有一泓澄清的湖水。

我释然了,也许是海天佛国对我的启悟,也许是普陀的菩萨对我的引导。我想到白天在佛学院的启示,心里更加释然了。

三

走进幽静的普陀佛学院，山石如刻，楼阁如画，自然与人工巧妙天合，小桥流水，竹树掩映，宁静得如同筲箕湾一般。竹木树林茂盛，湖水洋溢着清净，几株菩提树上映着悠然的佛光。我们经过一群年轻的僧人身边时，看见他们跪成一排，目不斜视，默诵经文，宛如一尊尊雕像。一位戴着眼镜，穿着褐色僧袍，刚从佛学院毕业的学生，接待我们参观。他谈吐文雅，一张充满青春活力的圆脸，写着出世的淡然和宁静，小小年纪对博大精深的佛学理解得很透彻，让人肃然起敬。他正值青春年华，从尘世走入佛门净地，是需要多大的勇气和修炼啊！再看看红尘中多少纨绔子弟和忘记"初心"的人，在醉生梦死中虚度光阴。某些贪官过着挥霍无度、荒淫奢侈的生活，他们用国家的财产、人民的血汗堆砌一座座自己享受的黄金屋，一个"欲"字，浓缩了他们的人生。大千世界，芸芸众生，能有几人真正放下欲望？看开、放下，说来容易，做来何其难也！即使宦官，去了势也不能去了欲，古代那些弄权膨欲的宦党便是例证。相比之下，年轻僧人的"放下"尤为可贵。六祖慧能说："一念觉，众生皆佛；一念迷，佛即众生。"（《六祖坛经》）可见，觉悟乃佛之大道，年轻僧人的觉悟让我等俗辈自愧不如。

交谈中，我得知他是家中的独子，父母最初不同意他皈依佛门，但他去意已定，父母最终还是尊重他的选择。他陪同我们在偌大的佛学院各处参观、讲解。他说，进入佛门净地就是放下一切欲望，讲究来去自由，放得下留在寺院，做不到可以还俗。他的话纠正了我以往认为佛门不得还俗的误解。

释然的快乐何状可比？无也。前几年拜法镜寺，读到一碣，云："境来不拒，境去不留，一切随缘，能得自在，放下即得解脱。"那时我参悟不透，请教高人，他们默然摇头。此时我才恍然大悟！

当我们参观完毕，离开之时，后殿的钟声远远响起，梵音袅袅，连绵不绝，响在灵魂的深处。这梵音一直伴我回到住宿地筲箕湾，也在我的灵魂里根植下净空、觉悟的妙音。

海天佛国处处都能给人禅悟的启示。佛地一花一世界，一草一菩提的情景随处可见，就连一粒晶莹的沙子在灯光下也闪烁着佛光。回到房间，我不知不觉沉入梦境，布袋和尚的诗在我耳边响起：

> 手把青秧插满田，
> 低头便见水中天。
> 心地清净方为道，
> 退步原来是向前。

顿悟，真的不虚此行。

——此文发表于《华夏散文》2017年第9期

第三辑

难忘故乡情

　　故乡的天空蓝得像一片海洋,我常常在那片海里游荡。梦醒时分,望着窗外,那一轮圆月,照着钱塘江的水,也照着故乡丹江的水。

　　多少个静夜,我想念瘦小的母亲和逝去的父亲。

　　清澈的小河,节日的喜悦,祖母的影像和英雄的传说,都成为我生命里永恒的记忆!

三寸金莲

时光如水,往事模糊成碎片的记忆,唯有祖母扭着小脚晃晃悠悠的影像,在我眼前如此地清晰。祖母陪着祖父,早已长眠于老屋后的坟茔里,头枕泥土草木,耳听山风水韵。清明时节,我站立墓前,芳草萋萋,高大而苍翠的松柏在风中低沉耳语,似在叙述着从前。

一

祖母五六十岁的时候,模样依旧很美。她脸庞白皙,鼻梁高挺,眼睛明亮,岁月未曾在她脸上留下深深浅浅的皱纹。她脑后挽着一个发髻,即使一头乌发变成银白,那发髻永远圆而整齐。祖母穿着干净合体,一年四季深色的裤子配着立领盘扣的斜襟上衣,月白、浅蓝、灰色,偶尔穿黑色的夹衣或者棉衣。这衣襟和发髻搭配得如此诗意和谐,使她的气质里融合了庄重古典的韵味,体现了一种别样的美。我想祖母年轻时一定是个大美人。

祖母始终用布条紧紧地扎着她的裤脚,这使她本就高挑的身材愈加修长。而她走起路来轻摇碎步,写意着"娉娉婷婷"之势。这姿态源于她的那双小脚,因为祖母是旧时代出生的人,当然不能逃脱缠脚的命运。

我从小跟着祖母睡,她睡觉从不解开裹得严严实实的脚布,幼小的我总是对小脚充满着好奇。

太阳照得小院暖烘烘的,叽叽喳喳的鸟鹊聒噪在枝头,苹果树下的小花猫,伸开四爪,打着呼噜。祖母从屋里出来,提着半桶热水,她扭动着小脚,走到院子的中间,把水倒进那只木盆里,霎时木盆四周氤氲着一缕缕水汽,祖母小心地蹲下,坐在木凳上伸开双腿,把裹布一层一层地解开。我扯着脖子注视着她的小脚,那双脚白白的、嫩嫩的、皱褶不平。只见大拇指尖尖的,旁边蜷曲着变了形的趾骨,像风雨中蜷曲在墙角的乞丐,可怜兮兮的,只有从指甲才能分辨出是四个小脚趾。脚背圆圆凸起,像祖母纺线时的纺锤。

祖母惬意地坐在阳光里。她双手搓着小腿、脚踝、脚背,搓了左脚,再搓右脚,仔仔细细,水的轻柔舒适,从脚心一直传递到她的心里。一绺一绺的白云,如祖母洁净的裹脚布,飘在静谧的蓝天上。祖母时而望天,时而俯首盆里,轻轻地抚摸,在"哗哗哗"的水声中,那扭曲了的双脚似乎舒展开来。祖母听着脚下特有的天籁,感到一种绝妙的舒坦和诗意的美。

小猫睡醒,"喵喵"地蹭在祖母身边。水汽渐渐地消散,约莫半小时,祖母把脚洗好,拿个小剪刀慢慢地修剪指甲,再轻轻地刮脚后跟那层薄薄的茧皮,然后又一层一层裹上洗得干干净净的布条,穿上特制的小尖布鞋,颤巍巍地走动在院子里。

祖母的洗脚过程比常人要慢得多,她的洗脚很琐碎,这琐碎是解开布条、裹上布条。这琐碎对祖母来说也是一种奢侈,因为她的小脚坦然地享受了清水的抚摸,接受了阳光的温暖,更是自由地放松,同时也是精神的放松。祖母洗脚时是否忆起幼年缠足的痛苦?我没有问过也不敢问。

二

关于缠足,祖母从未提过只言片语。我好奇地问母亲为什么要缠脚,母亲告诉我,旧时女孩脚大难看很难嫁。母亲出生后不兴缠脚了,小脚的外祖母给母亲讲过缠足过程,母亲粗略地讲给我。

女孩三四岁时由其母亲缠足。开始先把大脚趾外的四个脚趾往脚心稍微扭曲,在指缝间撒上明矾,以防感染;把一层一层布条裹紧,用线密密地缝起来,以防止松脱。十多天后解开裹布,把四个脚趾向下蜷曲,布条再缠紧;再后来就把脚尖压在脚底用力勒,反反复复拉紧,直至扭曲变形,成"菱角"的形状。有些女孩受不了疼痛偷偷解开,被母亲发现打骂一顿,为未来的"幸福"只有忍。母亲说,有人给孩子缠脚力气太大,导致她的关节扭伤,留下病根。我现在想母亲说的病根可能是血液循环不良,脚趾溃烂,形成慢性骨髓炎吧!

为了把脚缠得更美,会用一些辅助工具。比如用竹片夹在脚掌左右脚关节上、用铜钱压太突出的脚面、用石板压着矫正内弯的脚形,更残忍的是用破的杯、瓶、碗、盘的碎粒,垫在脚掌上。这样筋肉会溃烂,关节韧带容易折弯。母亲说个别继母或婆婆用此方法,有的童养媳受此酷刑,亲生母亲不忍心这样做。

后来我从书上得知,缠足要达到"瘦、小、尖、弯、香、软、正"的标准,还要二次裹弯,把脚掌折成两段,脚底裹出一道深深的凹陷,小趾夹在里面,前后施力,大拇指向下"低垂",脚背隆起,弯脚缩短成三寸。书上叫"三寸金莲",就是母亲说的"菱角"形态。

三

据说,缠足的始作俑者是南唐李煜的一个宫女。近代诗人刘大白曾考证过,他的《缠足苦》里写道:"追原此祸起南唐,种弱形残毒未央。二万万人齐望赦,好宽束缚踏春阳。"说的是,一个十六岁的采莲女被选入南唐宫,李煜见其双目深凹而顾盼有情,为她取"窅娘"之名。窅娘脚小善舞,李煜令人在宫中造六尺高的金莲台。窅娘以帛裹足,裹成月牙状,穿上白色袜,常于金莲台上翩翩飞舞,飘然如云中仙子。诗曰:"莲中花更好,云里月长新。"故美其名曰"三寸金莲"。

窅娘迎合了男性的审美,因此得到帝王的宠爱。此举由宫中传到宫外,女子效仿,以纤足为美,缠足由此而生。自古歌颂女子身材姣好、步履轻盈的诗句不胜枚举。《诗经·月出》有"佼人僚兮,舒窈纠兮。佼人懰兮,舒忧受兮。佼人燎兮,舒夭绍兮……",曹植《洛神赋》中写"……飘忽若神,凌波微步,罗袜生尘……"杜牧有"钿尺裁量减四分,纤纤玉笋裹轻云"诗句,更有"一弯软玉凌波小,两瓣红莲落地轻"。

古代女子(除了唐代以外),是以轻如飞燕、弱柳扶风、纤细的小脚作为美的定位标准,从"楚王好细腰,宫中多饿死"的荒唐,可见统治者的推崇。所以到了宋代,民间女子普遍缠足成了一种社会风尚。这恶习一代一代延续到清王朝覆灭,直到五四运动彻底废止,中国妇女才摆脱了缠脚的命运。

在男尊女卑的时代,一块狭长的布条,就是摧残女子身体的刑具,更是封建礼教对女子束缚的精神枷锁。缠脚是旧中国妇女地位低微的见证,也是一个扭曲时代的印记。

四

祖母在世的时候,常会讲起新中国成立前的往事,世道混乱,村庄时常有大批队伍走过,他们大多纪律严明,不骚扰百姓。而那些零零散散的士兵和土匪会闯入家中,抢人抢东西,这时要给女孩脸上抹黑灰,赶紧躲起来。

那是一个冬季的傍晚,天色灰暗,冷风呼呼地吹,一阵阵枪声从风中传来。祖母赶紧带上姑姑们,从岔路口跑向山林。她背着我小姑,手上拉着我二姑,我大姑跟在后头。她们一口气跑到山坳里,"嗖——"一颗子弹落在脚旁,她冷汗涔涔,瘫坐在地上。枪声远去,山间静寂,她们才摸着黑,深一脚浅一脚走回家里。祖母说那次很险,差点就被打中。

我至今想不明白,战乱年代,小脚的祖母常常带着我三个姑姑上山下山,躲过一次一次的危险，她的那双小脚是如何飞快地跑的？

五

勤劳而慈爱的祖母谨言善行，我从小就看见她帮母亲打点生计，一双小脚展示了无穷的能耐。

太阳刚从东方升起，灶膛里响起了"噼噼啪啪"的柴火声音，祖母起得很早，为一家人烧开水、做饭菜。清澈的河水，祖母和母亲揉搓着衣服，木槌轻打着石板，白白的皂沫从脚边流去。纺车"嗡嗡"地响着，祖母右手转着车轮，左手高高抬起拉着棉絮，纺锤由瘦变肥。唧唧复唧唧，祖母的小脚上下踩动，梭子左右翻飞，经线和纬线交织成密密的布匹，温暖了我们童年的世界。

冬天寒冷，穿上祖母做的猫头棉鞋很温暖。猫头用白线做眼睛、黑线做眸子，黄线绣成大鼻子，嘴和胡子用绿线。猫耳朵竖起来，形象逼真，纤巧精致，简直就是精美的民间艺术品。我穿着漂亮的猫头鞋在雪地里玩，冻红了的双手被祖母揣到怀里。夏日黄昏，祖母颠着小脚，抱来了一大堆艾草，放在堂屋地上，用干叶点着熏蚊虫。烟雾袅袅，一股股草香的味道从窗子和门里飘出。我们姐妹躺在院子的凉席上，望着天空。星星变得稠密，烟雾散去，祖母叫我们回去睡。

放学归来，祖母看我饿了，她脱掉小鞋，双膝跪在床上，揭开床头大木箱盖，从里边取出饼干点心，塞到我手里。我考上师范到外地求学，临走的时候，祖母把钱装到我口袋里，泪眼婆娑地送我到路口，千叮万嘱我不要饿着。走了很远，我回头看，她撑着小脚还站在那里。

古稀之年的祖母，头发疏落，发髻变小，衣着仍旧干干净净，只是那双小脚不比从前利落，走路有点摇摇晃晃。天冷受凉，夜里她经常打嗝，是因为旧时常闹饥荒，祖母生养儿女常以玉米糊糊来充饥，留下严重的胃病。后来祖母在床上躺了两个月，母亲给她梳头洗脚。那年冬天闻讯她病重，我独自坐在校园外的大树下，哭红了眼睛。放寒假回家，祖母脸色灰黄，混沌的眼睛慢慢睁开看我,低喃着我的名字,我的眼泪簌簌而下。几天后祖母离世,我悲痛至极,泪水如堤坝决开。父母给她穿上长短厚薄不一的寿衣,还有丝绸上衣和一件蓝色的裙子,而穿在祖母脚上的鞋子比平时宽松,白色的棉布鞋底,映衬着黑色丝质鞋面。祖母穿着华丽的衣服和那双光亮的尖鞋,走完了她普普通通的一生。几十年过去了,祖母迈着小脚仍旧行走在我的梦里!

——此文发表于《华夏散文》2019年8期

记忆中的小河

一

"高山崔巍兮,水流汤汤。"莽莽苍苍的秦岭南部,有一山脉叫分水岭,将山泉分成南北走向。一股向北而去,聚集成溪而流至洛河,一路欢唱,融入滔滔的黄河;一股向南而来,收纳沟壑泉水,携着草木花香,沿着蟒岭古道奔向丹江,最终汇入滚滚的长江。

河的上游山道弯弯,水滴青石飘起渺渺水烟。河岸树木茂密,张狂着野性;芦苇密布,抒写千年的《诗经》;野鸭、雏鸡弹奏"嘎嘎嘎""扑棱棱"的韵律;灌木里的小兔奔跑,似乎有野兽追逐;拉着毛茸茸尾巴的松鼠,在树枝上窜下窜上;黑色的小蝌蚪漫步在春的水泽里,野鱼儿畅游在山溪里……

河岸有个地方叫鱼洞。黛青色的岩石陡峭,高处大石暴凸,形如卧虎黄牛。山腰有一条小路,其下流水湍急,水声咆哮。在一块巨石下有个洞口,清水源源不断从洞中流出,传说洞中有鱼出,就会有灾难,于是这里被蒙上了一层神秘的色彩。但从未有人看到洞里出鱼，也没有发过水灾，至于鱼出洞是灾年，这并非迷信，现在推想山中应该有很深的地下河，暗流涌动。在古老的年代，河流缺乏治理，发大水时洪水倒灌，地下河水上涨，鱼被冲出洞口，"鱼洞"之名便流传下来。

我曾经过这里，四周空旷，荒无人烟，脚下流水"哗哗"作响。突然，一声凄厉的鸟鸣，让我毛骨悚然，内心一阵恐惧，生怕鱼洞里出来鬼怪。顺路逆流而上，正当困顿之时，远远望见河边的白墙青瓦，一缕炊烟袅袅升起，我的脚步轻快起来。

悠悠河水，时浅时深，长流不息，流过了春夏秋冬，流过了时间的年轮，养育着一代又一代河岸上的人。河水穿过北宽坪镇，把小镇分为东西二湾。东湾比较繁华，这里有镇政府、学校、医院、机关单位及国企单位，有条狭长的街道，两边屋舍挨挨挤挤。西岸五峰山下的唐渠，山路崎岖，沟壑幽深。在山坡的一块平地上，坐落着商洛县政府的旧址，它是当年李先念在豫鄂陕领导革命时成立的第一届县政府。沟里的小河曾经映照过革命战士的影子，最终汇入宽坪河。

一条平平整整的马路与宽坪河平行，连接着小镇的每一条岔路。

宽阔的河道堆积着大大小小的石头，白、灰、青三色的鹅卵石，细腻圆润。蒿草、艾草在石缝里摇曳，野花点缀其中，很有艺术况味。春秋河滩的鹅卵石茫茫一片，河水如处子般宁静，缓缓流淌。夏日暴雨时，河流怒吼，如野马奔驰冲向远方，等雨过天晴，河水则清浅明净，石头清亮。冬天河水渐渐变瘦，瘦成一条细流，寒冷时就结一层冰，踩上去滑溜溜的。这四季的河流，给我留下了风景各异的印象。

二

如果把人生比作一条船，那么河岸就是我青春年华曾经停靠过的港湾。在梦中，我不止一次地游在清澈婉转的河流里，而梦中的虚幻正是我记忆中的现实。

那年我在小镇读高中，尖子班的三十几个学生中，只有我和表妹晓锋、好友惠荣、同桌的她四位女生。后来全班都考上了大学或中专，表妹也自学成才，有了一份很好的工作。我们三个性格文静，学习比较踏实，表妹却有着男孩般的性格，大大咧咧，对人热情，还会拉二胡，乒乓球也打得好。但她聪明好动，读书不够用功。

高考一个多月前，学校安排我们班上午上课，下午自学。我和表妹，还有惠荣常常去河边看书复习，表妹总是坐立不安，时而读书，时而玩耍。一块小石头被她"啪"地抛向水里，溅起高高的水花。我提醒她，但她看十几分钟书又心不在焉了，凑近我讲话。有时我们被她搅得心也乱了，索性放下书，听她讲生活中千奇百怪的笑话，她讲到得意处，手舞足蹈，模拟故事中人物的神态动作，逗得我们在河道开怀大笑，时间很快过去。我心里曾怨她浪费了学习时间，有时就偷偷从校园后门出去，坐在围墙外的大树下独自看书，不让她知道。

有一次，表妹说让我和她去西湾盲人那里算卦。我本来不想去，但禁不住她一再怂恿，就跟着她去了。走进盲人的家，我傻站着。表妹马上从包里拿出一盒烟，递给盲人说："你给我俩算一下能不能考上大学。"盲人爽快答应，让我们报了彼此的属相和生辰，然后低头双手掐算。他时而手指并拢，时而手指散开，神神秘秘的。我俩坐在一边静等。大约五六分钟后，盲人仰起头，翻着白而无光的眼睛，缓缓说道："大的能考上，小的考不上……"从盲人的屋里出来，我俩一前一后，默不作声，走过田间小路。蜜蜂蝴蝶悄然落在花丛中，我心情怡然，而表妹一脸沮丧，边走边气咻咻地骂："那人真是盲人瞎说。"

至此我更加努力，有时独自来到河边，吮吸自然的清香，背诵经典古文、文、史、地以及哲学的基本常识，在教室思维混沌、无法解开的数学难题，到这里就茅塞顿开，难题迎刃而解。累了小憩，仰望蓝天白云，我思绪翩翩，那空中翱翔的鹰消失在远方，似乎带我走向了外面精彩的世界。

那年高考，我应了盲人的话考上了师范。也许盲人的话激励了我，我更加用功。而表妹也因盲人的话泄了气，差了几分。后来我明白算卦是一种心理暗示或者是心理诱导，命运掌握在自己手里。

毕业后，我在小镇教书。业余时间常去河边看书，手捧古今中外的名著经典，一本一本的书开阔了我的视野。那时年少，不谙人情世事，有很多不如意。愤懑时，我只要来到河边，就抓起石头狠狠地扔到水里，河水宽容地接纳了我的坏脾气。在这静水流深的禅意里，我心灵的迷雾与燥气得到了净化，一颗焦虑的心会渐渐平稳。黄昏时分，河边最热闹。天空飘着云彩，河水清且涟漪，田埂的刺玫瑰炫耀着饱满的青春，一对对年轻男女在河滩上漫步，空中飘着呢喃笑语。

后来大作家贾平凹到小镇采风，躺在河滩上吟道："宽坪河无水而卵石生，石多彩亦纹线纵横行，看似虎跃龙吟山林莽，人物狼藉酒不醒，吾来世上累人处，只喜玩石寄骸形，捡石捡得背不动，脱衣敞怀卧石中。梦里身作天上客，醒来石垫脊背疼。"贾平凹老师在《人民文学》发表的中篇小说《美穴地》，取材于河岸一大户人家的家族历史。宽坪河因作家的文字而出了名，常有远客寻访名人足迹而来，在河滩湿地上逗留拍照。

后来我离开小镇定居在遥远的杭州。即使身处繁华的都市，行走在宽阔博大的钱塘江边，但这条堆满鹅卵石的小河一直流淌在我的心里。当历史的车轮碾过岁月的经纬，河流两岸依然水草丰茂，碧水清清，只是穿过小镇的宽坪河截流成一片汪汪的湖水,堤岸绿树环合垂柳依依,夏日荷花绽放夺目艳丽。一排排楼房与古色古香的木楼相映衬,一条清溪缓缓流过小街,拱桥横卧,小镇融合了南北民居的特色。在"绿水青山就是金山银山"的践行中,宽坪镇成了美丽的旅游小镇。

想念父亲

这个夏天，我慈祥善良的老父亲走完了人生的九十个岁月，永远地离开了我们。从此阴阳相隔，只能在梦里相见。

父亲，您走得太快，让我没有一点儿思想准备。直至今日，我还固执地认为，您只是累了，睡着了，挂几瓶营养水，过几天就会和我们说笑、拉家常。每天我看着厅堂上放大的照片，您戴着那顶蓝色的鸭舌帽，穿着蓝色的制服，白色的衬领露出来，显得精神矍铄，微笑着看我，似乎在和我说话。

小院里这几丛月季花前几天还肆意开着，这几天也枯萎了，似乎也去追随您的足迹。父亲，这是您辛勤栽种的花呀！我蹲在花旁，用手捡拾起掉落的花瓣，一片一片，把它埋进土里，我的泪水也滴进了土里。来年花儿还会开放，父亲啊，我永远看不见您了！恍惚中，您右手提着洒水壶，左手托着壶底，还在为花浇水。您躬腰曲背，家里的那只大花猫还跟在您的身后……

那棵冬青树，是您何时栽的？

球形的树冠，枝叶密密麻麻的，新枝旁逸斜出，还在等待您的修剪。

夜色中，虫子啁啾，猫头鹰不停地鸣叫，四周显得格外空寂。我坐在小院的台阶上，仰望星空，天上的星子密密麻麻，眨着眼睛。人常说，地上有一个人，天上就有一颗星。父亲，您的在天之灵究竟是哪颗星在闪烁？茫茫苍穹，浩瀚无边，父亲，您是否看到了地上正在想念着您的女儿？

我把目光从天上移到小院，灯光依旧，那棵冬青树孤独地站着，几个新枝在风中摇曳。我想起了过去您常坐在树旁给我们姊妹讲您在战争年代的故事，您用手拽着冬青枝，有时停下来还干咳几声，这情景就好像在眼前……

父亲，您和妈妈一生辛苦地把我们养育成人。五个儿女都在外工作，一年四季，兄弟姐妹与您相聚的时间很少。我知道，我们在家的日子是您最开心的时候，也是您话最多的时候，您会常唠叨那些过去的故事。每当这个时候，妈妈会责备您话多，有时我们姐妹没有听完便离开，只有三个女婿伸长脖子听得津津有味。现在想起来，我很后悔！后悔自己当初没有耐心，不能理解您的孤独。退休离开单位，您少了讲话的机会，儿女应该是您最好的听众，我多么后悔没有用真诚的倾听接受您对孤独的排解……我现在多想和您坐在院子里，和兄弟妹妹围在您身边，听您一遍又一遍地唠叨，再听那重复多次的战争故事……

夜已深，我无眠，睁着干涩的双眼，我陪妈妈睡在您睡过的床上，盖着您盖过的被子，枕着您枕过的枕头，我似乎听到了您微微的鼾声，我下意识地用手抚摸您的额头，就像我生病时您抚摸我的额头一样，我试图找回儿时的记忆。

小时候，我体弱多病。那时医疗条件有限，听说，我一周岁时，不知得了什么病突然休克，妈妈以为我断气了，哭着把我放到床下，准备找个老人把我扔了。是您带着医生及时赶回，女儿才有了第二次生命……从此我成了您眼中的娇女，您宠我、疼我、理解我、支持我。虽然彼此工作很忙，沟通不多，但我的心思总是逃不过您的眼睛，我是您的小棉袄，走到哪里都牵挂您……

您对五个子女的工作生活，从不用世俗的眼光去看待，而是站在子女的角度去考虑。

1995年，我在家乡的市立高中教书，工作顺利，生活优越。这时正好遇到杭州在全国引进中高级以上人才，我犹豫是否南下，心里想，如果您和妈妈坚决阻止，我会留下。但没想到的是，您知道这个消息后，非常高兴，说您在上海当兵时去过杭州，杭州是人间天堂。听了您的话我才下定决心。当妈妈不舍得我离开时，您给妈妈做了许多工作。您明事理，善解人意，对儿女的婚事和儿女的工作，都是尊重儿女的意见。

从我记事起，一直到您老去，我们从未听见过您责骂儿女，尤其对三个女儿没有说过重话。即使有什么做得不对的地方，您也是说服谈心，没有溺爱，也不训斥，只有平静的言传身教。大多数家庭是严父慈母，但您是我们的慈父。

父亲，您宽厚仁爱，从不斤斤计较。听奶奶说，爷爷过世早，您是长子，在家里扮演着父亲的角色，替叔父在国民党的军队当壮丁一待就是十几年，后来集体起义到陈毅的部下。为了奶奶、叔父和三个姑姑，您放弃了留在上海的美好前程，转业回到家乡工作。常听您的同事和长辈说，您很豁达，从不与人争。虽然家庭负担重，但把钱财看得轻，别人借钱不还或者贪您便宜，您从不过问。听他们说您在单位工资最高，20世纪60年代大家都拮据，您常被下属开玩笑把工资花掉了，还集体证明您把工资领回家了。您回家问我妈，被我妈责备一顿，下次再发生这样的事，您也不敢问我妈了，而我妈给您洗衣服时，经常在您口袋掏出十几元，那时干部工资普遍只有二三十元，妈妈也不清楚您到底把工资是不是领回家了。

您在单位一直当领导，但与人为善，从不争权谋利、整人。从参加工作到退休几十年中,您生活安稳,身体无恙,即使在"那个非常时期"也躲过了劫难。这是您的修为得来的福报。

您六十岁离开单位,避开闹市的喧嚣,和妈妈在家乡的青山绿水中,过着田园生活。五个在外工作的儿女劝说您住在城市,您说离不开土地、离不开山水。您和妈妈养着一只小猫,几只母鸡,种些蔬菜和粮食,自给自足,自得其乐,吃着原生态的食物,喝着清泉水,呼吸着山野的负氧离子空气,身体一直硬朗。几次暑假,我从江南回来,给您洗脚,您的脚板竟然像婴儿的肌肤,摸起来如绸缎般光滑柔软。从人"老先老脚"的常理看,我常想您越过百岁不成问题,心里很是欣慰。近年,每到仲夏,您胃口不好,到医院住几天就能完全康复。谁知您刚过了九十岁生日的第二十六天的下午三点多,您走了!悄悄地走了!走得是那样干净利索、潇洒从容、毫无牵挂,就像您生前一样,不给任何人添麻烦。五个儿女都没有在您身边作最后的生别,只有陪伴您六十多年的妻子——我的妈妈,陪着您走完了人生的最后时刻。

在遥远的江南,从电话中得知您离世的噩耗,我不相信,再打一次电话,确信您永远离开了。我呆立原地,两腿如灌满铅水,不由自主地跌倒在地,泪如决堤的江水……我后悔在春天时没有回家看您。我悲伤在您九十岁生日准备回家时,我生病住院,耽误了归期。

在您离世的前一天晚上,我做了一个梦。梦中故乡的家中来了很多人,您穿着那熟悉的中山装,戴着那顶蓝色鸭舌帽,面容红润白皙,微笑着和我说话。清晨,我六点醒来,马上给妈妈打电话,妈妈说您感冒了,过几天就会好起来,让我不要操心。我信了妈妈的话。其实妈妈这样说是安慰我,担心我刚出院,身体受不了。

那天下午,我在杭州图书馆看书,三点多突然烦躁不安,心慌意乱。我不耐烦地把手上的书页"哗哗啦啦"地翻来翻去,对面读书的人用诧异的眼光看着我，我自知失礼，赶紧离开。回到家里，我给手机充电，马上打电话，堂哥说您三点多钟刚刚离世。现在想来，那一刻，我的不安和惶恐，正是千里之外女儿的心灵感应，而梦中见您的情景，正是您与我在人世的告别。这不是什么唯心主义者的理论，而是世间的亲人之间心有灵犀的感应。

听妈妈说，在您最后那段时间，您在我哥家所在地的医院住了半个月，在我两个妹妹家住了三五天。回家后您不太吃饭，还在小院转悠，思维清楚，没有任何要离去的迹象。四年中，我在电话中听到您的声音中气十足，在视频上看到您的容颜并不苍老，这些让我自信地认为您不会很快地离开亲人。如果您病在床上躺上几天，让千里之外的我，回到您身边侍候几天，陪伴一段，我心里也好受些，不至于如此悲伤。父亲！您走得太急，让我没尽最后的孝道，留下终生的遗憾。我确实体会到了"子欲孝而亲不待"的真正含义。

当我有时间陪伴您的时候，您却已离去……

当我急匆匆坐上飞机赶回来时，看到的却是您安祥的遗容……

父亲，您的脸色还是像生前一样，只是摸上去冰凉冰凉的，就像您生前风雪归来，我递给您热毛巾时碰到您冰凉的脸一样。我用手轻抚着，想找出一点儿温度，我甚至幼稚地想，我用手抚摸您脸庞的时候，您会突然坐起，就像童话里的故事，起死回生。我想起了您的外孙女常说的话："妈妈，我给您找长生不老药，让您永远不要离开我。"此刻，我的心境和我的女儿一样。世间的儿女，无论走到哪里，无论年龄多大，在父母面前都像婴孩，都希望自己的父母不要离开。

在灵柩前，我陪伴了您两个晚上。我在心里一直默默地说："父亲，请您原谅我，原谅女儿的不孝。我眼前总是出现四年前您恋恋不舍地送我回江南的情景。您年纪大了，我们不让您下楼送我，您站在小妹家的四楼上，头从窗户伸出往下看，很久很久，直到小车消失在您的视线里，楼房模糊在我的泪眼里……四年中我没有回家看您,我想您能谅解女儿在现实生活中的苦衷。

按照故乡的风俗,我们选择了给您土葬。入殓那天,我一直站在棺柩前看您,把我生前买给您的品牌旧衣服和我带给您的新衣服,一并放在您的身旁。那件真丝白衬衣和一条红色真丝围巾,是我特意带给您的。我把丝巾叠得方方正正,铺在您的枕头上。这是您最后一次穿我买的衣服,最后盖上我买的羊毛被。棺木太小了,放的太少了,就是放下多少名牌衣物也放不下儿女一颗思念的心!父亲……

父亲,您的坟茔倚着青山,清澈的河水从对面流过去,四周绿草丛生,野花摇曳,苍松翠柏勃发生机。墓地坐落于自然的风水宝地,就像胡同里的"四合院",安静而祥和。每次回家,离开时我都不由自主地看上几眼,但这次,我竟然真的送您走进空荡的墓地。

昨夜星汉灿烂,天空朗朗,分明是晴天。清晨,一场突如其来的暴雨铺天盖地。父亲,您是一个普通的老共产党员,在生活和工作中,处处以老党员的标准要求自己和儿女。您的地位并不显赫,也不是什么权贵,您的一生没有什么撼天动地的事迹,但您仁慈、善良、宽厚、德高望重,这些足以撼天动地。上苍也在哭泣,大雨中,亲朋好友和远近的邻居都来送您,走过田间的小路,越过弯曲的河水,我觉得路好长好长,心很沉很沉……

我们跪在雨中,泪水和着雨水顺着面颊流了下来,墓地上无数小花小草仿佛也在为您流泪。您的棺柩安置在修好的墓里……青山绿水陪伴着您,这正合了您的心意。父亲!愿您的在天之灵如这山水一样,在我们心里四季常青!千言万语道不尽,唯有泪水沾湿衣……

——此文发表于《中国散文家》2016年第2期

粽香里的记忆

一

家乡人端午包的粽子很独特,是长方形的,用槲树叶包的。槲树矮小,是一种落叶乔木,叶子翠绿,呈卵形,叶脉清晰,边缘有圆圆的齿,像人伸开的手掌。槲叶春天发芽,夏天勃发,专为端午而长。即使记不起端午的人,只要看见槲叶大了,就知道端午节快到了。唐代诗人温庭筠离长安至湖北任职,经商於古道,在《商山早行》中写道:"……鸡声茅店月,人迹板桥霜。槲叶落山路,枳花明驿墙……"可见槲树在家乡商洛是很普遍的。

包槲叶粽子很有讲究,要用苇叶裹缠、萱草叶捆绑。萱草还有个诗意的名字叫忘忧草。《诗经·卫风·伯兮》有"焉得谖草,言树之背"的诗句,古时游子远行,就在母亲居住的北堂种萱草,希望母亲忘却思念孩子的烦忧。于是萱草花被誉为中国最早的"母亲花"。

初夏,老屋前的忘忧草,一丛一丛,摇曳生姿。密密的叶子绿莹莹的,有的抽出长长的花蕾，有的绽开，伸出丝丝花蕊，花瓣翻卷像百合花，花色艳黄灿然。母亲隔三岔五去采摘，花一茬一茬不停地开。采来黄花煮后晾干，称为"黄花菜"。把黄花菜用热水泡开，与肉或豆腐一起烹食，营养丰富而味道鲜美。绿色的叶子只有在端午节包粽子时采来。

二

祖母把斛叶和苇叶，用线穿成一串串，挂在屋外墙壁上，阳光照过屋檐，叶边卷起，翠绿渐渐变浅。凉风拂过，叶子"沙沙沙"的声响，像穿过岁月的风铃，轻吟着悠远的旋律。

端午前夕，把风干的斛叶和苇叶在铁锅里沸煮，散发出自然的香味。这味儿醇厚浓烈，发酵在村庄上空，酝酿着祖先留下的端午记忆。母亲右手提着藤条篮，左手拿着白色的瓷盆，向一泓泉水走去。柳枝上的黄鹂弹奏着琴音，清亮的水映着山影和树林，母亲蹲下身，用水瓢舀来泉水倒进盆里，把苇叶和斛叶逐个清洗。

我和妹妹坐在门口，把煮好的忘忧草从中间分开，一端挽个结再分，一根就变成了两条长长的细绳，捆绑粽子柔软而有韧性。堂屋放着三只瓷盆，浸泡着糯米、黄米、高粱米。白、黄、红三种颜色，涂抹在年少的心里。我抓一把盆里的月牙形豆角籽放在手心，看祖母和母亲包粽子。

祖母和母亲坐在小凳上，低头躬背。她们先从盆里拿出斛叶放在左手，大的四个、小的六个，铺开成菱形；再舀一大勺带有少许水的米倒在斛叶上；然后左右一折，上下一折，折成长方形；最后用一个苇叶裹在长度上，把忘忧草分成的细绳，在宽度上绕几圈绑个结。动作麻利，工序严谨，一个长五六寸、宽三四寸的斛叶粽子，在祖母和母亲的手里方正瓷实。我把手伸到盆里，取了两片小叶，模仿祖母和母亲的动作，费了九牛二虎之力，包了个小粽子，叶子松散，米粒露在外面。母亲教我，折叶时，手稍微弯曲，水不会外流，这样包的粽子软黏。我按母亲教的方法，包了一个像模像样的粽子，母亲连连夸我。

午后的阳光离开小院，放满粽子的木桶也离开堂屋。母亲抱来几捆硬柴，放在灶房，然后把包好的粽子排布整齐，一层一层放在大铁锅里，用一块小石板压住，倒上清水漫过粽子。祖母"呼呼呼"地拉着风箱，火焰腾飞，片刻铁锅里冒着热气，水"咕嘟咕嘟"响起。祖母说水开了，就迈着小脚走出灶房。大火煮一阵，用文火慢慢煮，水声变小，香味弥散开来。母亲不时去灶膛添柴，我们姐妹跟在母亲身后咽着口水，母亲说粽子要煮上一夜，不过夜的粽子煮不透，吃了难消化。

夜里闻着浓香入睡，梦里都是粽子的味道。

三

雾岚迷蒙，水雾润湿了悠悠鸟鸣，晨露滚落在草丛里，打湿了父亲的裤脚。父亲采来一大把带露水的艾草，插在堂屋和厨房的门楣上，窗台两边也放上一束，木格窗户增添了几许生机，小院就弥漫着一股清幽的艾草香。

母亲早起，先捞起几个粽子放进瓷盘，敬在祖父的遗像前，然后再一个一个地放置木筐里，屋里飘散着浓郁的粽香。我一骨碌爬起，很快洗完脸急着吃粽子。父亲端着碗，用筷子在里面蘸了蘸，放到我的耳朵和鼻孔上，我感到凉凉的并闻到一股怪味。父亲说这是雄黄酒，能防虫子，我不喜欢这味道，但因为很怕虫子，就让父亲给我腿脚上抹些。母亲双手端着瓷盘，粽子摞得高高的，出门去叔父家了。

黄米粽子是精品，黄米也叫黍米，由糜子去皮加工而成，是我国最古老的农作物之一。八千年前辽西农耕文化时期，黍米已摆在了先民的餐桌上。《诗经》里有说："硕鼠硕鼠，无食我黍！三岁贯女，莫我肯顾……"黍米很有黏性,可酿酒,做炸糕和黍米饭,是包粽子的上等材料。

热气腾腾的粽子,霎时唤醒我胃里的馋虫,我把黄米粽子横放桌上,急忙解开缠绕的忘忧草,轻轻拉开槲叶,金黄的米粒沾着红枣,撒上一勺红糖。左手压着一端,右手用筷子切成小块放到嘴里,香甜软糯绑架了味蕾,幸福滋味充盈着身心,让人深深陶醉在五月的时光里。

军人出身的父亲,崇敬屈原、包拯、岳飞等廉洁正气之人。他说端午是屈原的忌日,屈原是忠臣,在朝廷被奸臣迫害,后来跳江而去。年幼的我不明白屈原为什么要跳江,长大后第一次读到屈原的作品是《橘颂》,以致后来对他的作品和人品有了全面了解,明白了他跳江的原因。

四

祖母给我们姐妹手腕戴上她做的"花花绳",这是用黑、白、黄、红、绿五种颜色的细线编成的线绳。我听外公说,"花花绳"的五种颜色,代表东、南、西、北、中五个方位,我不明白他说的什么"东青龙、西白虎、南朱雀、北玄武、中黄土"之类的话,只记得孩子佩戴"花花绳"可辟邪和防五毒近身。祖母把香包戴在我们的脖子或者扣眼上,用碎布缝成的香包有长方形的、三角形的、圆形的,里边的香料是从集市上买的,戴在胸前,浓香扑鼻。

南风熏熏,吹来田野的麦香,黄杏和毛桃挂在枝头,青涩的苹果隐藏在密叶里。一张桌子放在树下,我们姊妹玩着扑克。路上有行人的脚步。因老黄历五月五日为恶月、恶日,诸事多需避忌,因此这天出嫁的女儿会回娘家,俗称"躲端午",路上走的男女,提着篮子,手上拿着一包点心,用褐色的纸包成正方形,一张红纸放置上面,用细绳子交叉一绑,提在手上一晃一晃。

祖母坐在院子里做着针线与路人说几句家常。我们玩得兴高采烈,小弟留个娃娃头,挤在三个姐姐中间,时而做鬼脸,时而在捣乱,打扑克赢了高兴得手舞足蹈，输了就红脖子涨脸，把扑克甩在桌上，气汹汹地说"不打了"，生气地跑了，吓得鸟雀也呼啦啦飞了。姐妹三个愣在那里偷偷笑，不到一分钟，他又笑呵呵跑来了。

夜晚穿上祖母新做的红肚兜，上面用彩线绣着花朵和鸟兽。这菱形的肚兜，用两层布做成，下方圆弧形，上方的角剪成平的，固定的布带子套在脖子上，两边角上的带子系在腰后，一边可留个口当口袋用。夏日，大人小孩戴上肚兜，既护胃又凉爽。小弟戴着红肚兜，穿着短裤，蹦跳在院子里和小伙伴玩"打仗"游戏。古老而传统的节日给孩童的心里带来了无限的欢愉。

槲叶、苇叶、萱草，吸收大自然之精华，包裹着千年前长出的黍米，历经风雨和时代变迁，这古老的物种在商洛大地代代相传、生生不息。如今夏日回到故乡，我依旧吃着母亲包的槲叶粽子，只是再也看不到旧时的热闹。村庄上的人愈来愈少，年轻的一代心怀梦想在都市里打拼，有的行走得跟跟跄跄，有的已把他乡作为故乡，但留守家园的人，依然守望传统的节日，盼望离乡的人回归。经年以后，端午节里是否还会飘出那槲叶粽子的清香？

飘香的锅盔

祖母坐在长长的木凳上，用火钳夹起一撮松针，放进灶膛。火柴轻轻一划，伸向松针。霎时，烟雾氤氲，灶膛口蹿出了红红的火焰。这时，祖母站起身，把碗里开水化开的食用碱，倒进瓷盆发酵的面团里，用双手使劲地揉。十多分钟以后，取出面团放到木案板上，用木擀杖压成大大的圆饼。祖母双手端着圆饼放到发热的铁锅里一转，取出，又放到木案板上。祖母左右手哗哗一转，圆饼上折满了小小的花朵，开满花朵的圆饼被祖母再放到热锅里，扣上木盖。祖母时而揭开木盖翻转圆饼，时而给灶膛里添一把柴火。火苗嗤嗤作响，祖母的脸被映得红彤彤的。大大的圆饼在祖母的三翻六转中，渐渐飘出了一股浓浓的麦香味。

这烙熟的圆饼叫锅盔。

大约半小时，祖母从铁锅里取出热腾腾的锅盔，放置在木案板上。她用刀从中间切成二分之一，再切成四分之一，最后切成八分之一，这圆形锅盔就变成了八个三角形。我手拿一块香喷喷的"三角形"，"咔嚓咔嚓"地大快朵颐，被这满口的香味儿陶醉。刚刚烙出的锅盔，两面馍皮白里带黄，干脆酥香，中间馍瓤如蜂窝，紧致而松软，麦粒似均匀排列的花纹，在牙齿激越亢奋的挤压下"嘭嘭嘭"爆出浓浓的新麦香，嚼起来很有劲道。这是一种独特的味觉体验，是对人间烟火最实惠的享受。

那是20世纪70年代，物资匮乏的年代。过节的时候，祖母在锅里煮上白米粥，炒上豆角、土豆丝、大白菜烩豆腐等，然后烙上一个白面锅盔。那时粮食紧缺，人们平时以玉米、大豆、小麦黑面、高粱等为主食，只有在过节或者待客时用小麦白面烙锅盔。女儿生孩子，母亲送上两个大锅盔，表示希望圆满；外孙第一次去外婆家，回家时外婆要给外孙带一个拴着红线的锅盔，表示长久平安；婚嫁时要给媳妇的娘家送上成双的点上红点的锅盔，表示吉祥喜庆，好事成双。这古老的习俗在乡间一直沿袭。

"锅盔"从字义理解就是像锅一样的盔甲。其实锅盔与士兵还是有很深的渊源的。最早时大馍馍不叫锅盔，因它又大又厚，外形似大树的横截面，因此叫墩盔。传说秦军南下攻楚灭魏时，途经商州，有军士发明了用面粉烙制的像墩盔一样的干粮，省心省力又多用。给每人发两个中间有眼的面粉墩盔，用牛皮绳子拴起来，前胸后背一搭，敌军箭矢飞来，前护心胸后护背，士兵把射在墩盔上的箭矢拔出再射向敌人，小小的墩盔，既作干粮又作护卫，显出军士的聪明智慧。战事吃紧，后方供应不足，军士就地取材，用头盔烙制墩盔。秦军打仗获胜，墩盔起了很大作用，因而声名远扬。随后这种面食在民间推广，改名为锅盔。取义用锅烙出来的硬面盔甲。

以泥土为炉，手工制作，形如圆月，暖如太阳，汲取天地之精华，带着千年时光的香脆，烙锅盔世世代代传承下来。

如今生活富裕了，吃锅盔成了生活的家常。在故乡商州的超市和店铺，有各种各样的锅盔，大的、小的、咸的、甜的，原味酵面锅盔、原味苏打锅盔、葱花油面锅盔、茴香芝麻锅盔、核桃仁红糖夹心锅盔、夹肉锅盔和羊肉泡馍专用锅盔，锅盔已成为商州美食之一。

　　这些年，我游历过国内国外很多地方，品尝过很多美食大餐，但那小时候锅盔的醇香，至今还留在唇齿，总是忘不了。每次回家乡离开时，两个妹妹都会在店铺买锅盔给我带上。我回南方送邻居大姐几块，她说从来没有吃过这么香的面饼。我把锅盔冷冻冰箱，想吃时拿出放在平底锅里加热，待五六分钟取出，如刚烙的一样，酥香干脆。这时，嗅觉灵敏，喜欢吃洋快餐的女儿沛柠，耸一耸鼻，她拿起锅盔，夹上肉和菜，"咔嚓，咔嚓"吃几口，脱口而出："哇！真好吃！"

　　故乡的锅盔劫持了味蕾，永远飘香在我的记忆里。

难忘英雄

表妹翻出珍藏了二十几年的她父亲的几枚证章,她说还有几枚已经丢失。其中一枚"抗大"的校徽鲜红夺目,黄色的楷体字清晰,五角星上一匹黑色骏马驮着冲锋的战士。复员证履历上赫然记载着他的战斗历程:

1944年10月加入新四军,历任新四军警卫员、侦察员,新四军21支队排长,164团二营四连副连长,独立六团二营四连连长。1947年加入中国共产党,曾荣获一等功三次、二等功一次。新中国成立后被评为陕南军区战斗英雄,荣获多枚光荣奖章。1955年从西北军区干训团八中队转业回地方工作。

这些珍藏虽然有细微的缺损和锈迹,带着战争年代的尘埃,却在我眼前熠熠生辉。我看见它们的刹那,双眼突然放出清澈的亮光,仿佛又看到了我的大姑父——战斗英雄林安祥。

他中等身材,精干结实,深邃的目光有点特别,瞳仁是青蓝色的,目光犀利得让人不敢对视,常常让我想到影视剧里特种兵的形象。我小时候,姑父来我家时和奶奶、我父母拉家常,常聊的话题都是在哪里打仗、护送领导出商洛等，也常听人们叫他"老革命"。我上高中时，姑父常被请到我们学校讲革命传统故事……

一

大姑父小名林谋，1925年出生于山西的一个贫苦家庭，1936年为了躲避战乱随祖父、父母逃荒来到了流岭槽（今商州区上官房与两岔口交界处）。1943年，一个偶然的机会，在他居住的地方，遇到了商洛革命地下组织，从此参加了革命队伍。

经过一年的历练，大姑父林谋加入了新四军第七团警卫班。因他灵活好动，喜欢比试武功，领导就给他改名"安祥"，寓意是在侦察和埋伏时要静心屏气，与人交往安静祥和。后来他就随大部队开往山西的抗日前线。

1945年夏日，天空的乌云慢慢散去，地上的日本兵节节败退，他们还疯狂地挣扎。在太行山一带，小规模作战依然频繁。有一次战斗非常激烈，持续到黄昏，子弹打光了，战士们如猛虎冲向山坡下的日本兵，用刺刀英勇拼杀，日本兵连连倒下。林谋凭着学到的兵法计谋，单独杀了很多日本兵。刚刚缓过气，旁边两个日本兵凶猛地向他扑来，他飞快地绕到后面，用三棱刀从后背刺穿一个日本兵的心脏，迅速地拔出刀刺向另一个日本兵的胸膛，献血溅到他的脸上，他抹了一下，瘫坐地上。

突然，前面三个粗壮的日本兵端着刺刀向他冲来。他想先避开他们，然后从背后猛然攻击。他迅疾滚到一边，爬起来撒腿就跑，后面的日本兵紧追不舍，"哇啦哇啦"地叫喊。他拼命地跑进了玉米地里，脚下一滑，掉进了一个很深的坑里。日本兵不知他的去向，"叽里呱啦"地向远方追去。他看见地上有很多断砖和瓦砾，原来这是一座废弃的窑洞。

不知过了多久，天色黑暗，风吹着玉米叶簌簌作响。他从窑洞的洞口出来,仰望满天闪烁的繁星,长长地舒了一口气,摸黑从田间走到一条小路上,向着有亮光的地方走去,从村庄老乡那里打听到部队的去向。

那天,正是太行山区废弃的窑洞救了他的命。

二

全面内战爆发后,国民党对共产党军队和抗日游击队开始了大规模的屠杀,"皖南事变"后,盘踞陕西的胡宗南部队,企图围剿红色根据地和共产党的军队。为了保护胜利成果和人民利益,中央决定扩大鄂豫陕革命根据地。巩德芳接受中共陕西省委命令,返回商洛,创建隐蔽的革命根据地。

这时大姑父林安祥从延安短训班回来,被安排到巩德芳领导的陕南游击队里当侦察员。他和侦察员战友驻扎在山阳、商县、丹凤交叉地带,盯着胡宗南军队和国民党地方保安团,并把家里人安置在流岭槽。他们长期活跃在流岭槽、棣花、茶房、蔡川、庚家河一带。他的祖父去世后就埋葬在流岭槽。后来随父母迁到北宽坪五峰山坡上居住……

国民党丹凤恶霸谢效廉、反共头目冯麟生等人横行乡里,他们被巩德芳司令处决后,后代和余党一直怀恨在心,伺机报复。有一次,他们纠集山阳的国民党部队和保安团企图报复。林安祥很快侦察到消息。于是,巩德芳把阻击的任务交给他来指挥。

保安团从山阳到丹凤棣花作战,要经过流岭槽沟。流岭槽高山巍峨,怪石林立,树木茂密,遮天蔽日。向南望,漫川关敌人的碉堡隐隐约约;向西看,丹水在阳光中明灭闪现。山谷中一条小路逶迤而去,林安祥反复察看地形。这里山大沟深,易守难攻,适合伏击。他想到在延安抗大学的军事思想和孙子兵法,想用"诱敌深入,关门打狗"的阵法提前布防,准备累积巨大的山石、干树木截段,再加现有的军火弹药,想打敌人一个措手不及!可是敌人是狡猾的，他们肯走流岭官道吗？林安祥陷入了深思……

他把自己的想法告诉巩司令，巩司令满心欢喜，并补充了一些细节，同时派六十多名骨干，并叮嘱行动既要谨慎，又要随机调整战术，林安祥心领神会。

第二天，天刚麻麻亮，他和战士们就在山路两边的山腰，大约半里路的林中埋伏。再派有经验的三个老兵去引诱敌人走流岭官道。于是这三人扮作商贩到靠山阳的入口处，看见保安团懒散而来，就向丹凤方向的路上边跑边丢东西，佯装害怕官军，敌人边追边捡拾，把行军方向改到了流岭槽官道。三个"商人"跑了一会儿，不知何时悄悄躲进深山密林。一小时后，战士们居高临下，看见敌人全部进入沟里，走在小道上。这时林安祥一声令下，两边山上同时开火，提前累积的大石头从山上滚下去，手榴弹、爆破包不停地扔到敌军的身上。霎时爆炸声震撼山谷，敌人的正规军、保安团全部被歼灭。而六十多名战士毫发无损。

在清理战场时，林安祥莫名地流泪了。人叠人的尸体，触动了英雄柔软的心。他想，国民党心真黑啊！把这么小的娃娃强行征兵来打仗……

后来丹凤成立陕南游击队指挥部，巩德芳任指挥，薛兴军任副指挥。武装力量壮大起来，多次组织反"围剿"取得胜利。林安祥带领的侦察员做到了信息准确，情报快捷。领导经常夸他们是部队作战的千里眼、顺风耳。这时姑父林安祥从侦察员提升为排长。

三

陈少敏是党的早期革命家，八路军的双枪女将军、大脚司令。由于长期带兵打仗身上多处负伤，跟随李先念突围后进入商洛，长途疾行，旧病复发。组织安排林安祥护送陈少敏去延安养伤。护送途中，前有围堵，后有追兵。

太阳透过茂密的树叶，将斑驳的光点洒向山林。在丹凤留仙坪一带的林中赶路时，他凭长期侦察形成的警觉，习惯地用目光在密林、空中扫视、搜寻……果然大树权上一个哨兵拿着枪！他枪一响，哨兵从大树上倒栽下来。这枪声却惊动了埋伏在深沟的追兵。而此时，女将军旧伤发作，实在跑不动了。林安祥急中生智，搀扶着女将军到山梁背后灌木丛里藏起来，覆盖上一些树枝掩护。然后他顺山匍匐滚爬到东面山沟，飞快地跑到岔道口，对着树林打了几枪，敌人听到枪声后跑了过来。他是侦察员，对这一带地形很熟悉，于是顺山道绕了几圈再回到原来的地方，扶着女将军走向西边。

山路崎岖，行走艰难，一不留神，陈将军脚下滑倒，滚落到山路下面的芦苇地。还好土地松软，陈将军安然无事。林安祥赶紧去拉陈将军，随身往下一跳，落地被一个苇茬戳穿了草鞋，刺破了脚心，鲜血直流。他扯下一绺裹腿布扎紧伤口继续赶路。翻过几道山梁，到达一个交通点歇息，却得到密报：驻扎在夜村的国民党派兵堵在东沟口。无奈，他们改道走北宽坪葫芦七。

翻过大天岭子山顶，呈葫芦形的山沟，一条羊肠小路弯弯曲曲，沿溪而下拉到沟口。他们行走在山石横卧的高处，远远看见一队伪军向山里走来。于是他们隐蔽在山路边的大石头后面，伪军刚刚走近，他俩双枪一阵"叭叭叭"就撂倒了十几个保安团兵，剩下的阵脚大乱。林安祥"嗖"地扑倒那个扛机枪的，一刀刺死他，夺了机枪，"哒哒哒"几梭子子弹射出，保安团兵全部丧命！

一个是叱咤战场几十年的双枪女将军，一个是优秀的双枪排长，四十几个保安团兵哪里是两位英雄的对手！

消灭了敌人，他们连夜走到我军早期红色基地会浴聂沟，把陈将军安排在一个农户家里养伤。根据地人民对子弟兵精心照顾，不久伤口痊愈，和上级取得联系，打算翻过聂沟从王山底到商洛县城。但侦察到王山底的路口被国民党重兵把守！他们只能向北转移，从碾子凹转道商县（今商洛市商州区）麻街休养。一个月后离开麻街经过洛南到下一个交通站。

为了过洛南的关卡，林安祥和陈将军装扮成姐弟，让地下交通员从老乡家找了一个婴儿，将枪分别藏在孩子衣服和尿布里。他抱着婴儿走到卡口，伪军盘问："干什么的？"林安祥说："接我姐回娘家。"敌人没有怀疑，放开栏杆，他俩顺利过关……

四

1946年，我军中原军区6万多部队，被国民党三十余万的兵力包围。中央批准分路突围。全军摆脱了围剿，转战豫西、陕南、鄂西北，牵制敌人，保卫了延安和陕甘宁边区，配合了各解放区战场，支援了内线作战的兄弟部队，又坚持和发展了敌后游击战争，为我军由战略防御转入战略反攻做出了重大贡献，具有非常重要的历史意义。

中原突围后，王震率领西路部队从鄂西借道安康转入商洛。李先念、陈少敏、郑位三等率领北路主力部队从鄂北率部向西。在一个风高月黑的夜晚悄悄地渡过丹江，进入商南，一路与敌人多次激烈战斗。8月初，李先念率部在丹凤留仙坪与巩德芳率领的陕南游击队会师，开始创建豫鄂陕革命根据地。同时配合巩德芳部在商南、丹凤一带作战。由于长期征战积劳成疾，李先念胃病加重。8月11日，由刘庚和巩德芳安排并护送他到后方治病，把护送途中的侦察工作交给了林安祥。

夜静悄悄的，葱郁的山林万籁俱寂。忽然，一声夜莺的脆鸣打破了山谷的空幽，只听得山风猎猎，松涛阵阵……山道上，一队人在夜色中匆匆行走，简易的竹椅轿子上坐着一个人，他戴着一顶礼帽，穿着长衫，他就是李先念司令；一个精干的小伙子始终走在前面，那是排长林安祥。他们装扮成生意人，趁着夜色，翻山越岭，从丹凤留仙坪赶往商县北宽坪的王家大院。

王家大院是我的伯父王汉儒家的四合院，门前绿水长流，翠竹环绕；屋后青山密林,鸟鸣悠悠。卧房的后门直通后山,若有紧急情况可迅速转移。伯父王汉儒是个读书人,人如其名,颇有儒雅风范,暗里替共产党办事。二叔父王汉哲在洛南读书时秘密加入了地下党,新中国成立后一直任中共洛南县县长直到退休。李先念到伯父家养伤是巩德芳派人提前安排好的。夜半时分,这队"生意人"悄悄进了王家大院。

在伯父家,经过土郎中的调理,李先念司令的身体好转后离开,去宽坪街大地主姚吉乔家,做姚吉乔的转化工作。离别之时,李先念送给伯父王汉儒一只竹菜盒作为纪念。

为了首长的平安,姚吉乔把李先念转移到累花寨上。累花寨四面是悬崖峭壁,山顶上却是一片平旷的土地,建有屋舍库房,只有一条上山的小路被亲兵守着。李先念在这里指挥战斗,按计划开展地方工作,身体恢复后又转移到北宽坪五峰山下唐渠南坡李仓升的家里。在这里召开军事会议并成立了商洛县委、县人民政府。因为胡宗南的兵力雄厚,斗争形势依然严峻,李先念和巩德芳领导的武装力量东西配合,迂回作战,不断消耗和打击敌人的有生力量。

这期间,姑父林安祥功不可没,他承担着一路的护送和侦察工作。李先念司令西行途中要经过很多白区,姑父林安祥带领侦察兵始终先行。他身手敏捷,一人能顶仨好汉,一路与敌军周旋,为李先念多次转移扫除障碍,顺利到达了延安……

1947年6月,接上级指示,姑父林安祥又带领一行人过黄河到山西,护送首长郑位三去山西晋城开重要会议。沿途冲破了国民党的多重封锁,将郑位三送达山西。由于姑父林安祥多次护送中央领导,出色完成任务,被提升为连长!

五

西峡口位于伏牛山西南,四面环山,是豫陕通道之咽喉,有重要的战略地位。西峡城防御固若金汤,敌人把周围民房拆除,并在通向城内的所有道路、田埂、高地布满了地雷,城墙修有碉堡,城外挖了水壕,加了铁丝网,驻城的兵力很强。

1948年4月,西北联军第三十八军第十七师与晋冀鲁豫野战军第四纵队第十三旅接到围歼西峡城的任务。部队从军马河出发,连夜抵达西峡口郊外。

晨曦初露,东方微白。十七师与十三旅的全体官兵已经对西峡口形成合围。但面对敌人森严的城防,硬打必招重大伤亡。会议决定挖地下战壕接近敌人。城内守敌多次用炮火和机枪向我军猛烈扫射,战士们避开敌人火力,不停止挖壕。师首长分别到周围勘察地形,以确定攻城位置。师政委秋宏身先士卒,走在最前面,警卫人员和连长林安祥跟在后面。到城东北角高地——莲花寺岗下家窝南侧时,秋宏突然脚下一绊,"轰隆"一声,不幸触雷。

三十二岁的秋宏,年轻的战友,尊敬的领导,在林安祥的眼前真真切切地牺牲。这一刻,他满腔悲愤,热血直往上涌,恨不得冲进西峡口城,把敌人撕个粉碎。他又想:在战场上,每天都会有战友牺牲,但这种牺牲值得,能换来全国解放和穷人的好日子。于是他强压住心中的悲痛,回到连队,秋宏那关中口音还在耳边回响:"……各部队要坚决执行命令,勇敢完成任务,执行城市政策,不准私入民宅商店,不准破坏公共建筑,严格执行三大纪律、八项注意……"早晨他还激情昂扬地作动员报告,吃饭时还和战友们说说笑笑,而今这么好一个政委,我军最年轻的首长,出师未捷却牺牲了!他紧握拳头鼓励战友说:"兄弟们,秋宏是咱们的好政委,攻城命令下来,一定要敢拼敢杀,进城把敌人炸个粉碎!"战士们个个摩拳擦掌,把随身刀擦得铮亮,这是连长带他们夜半巡逻经常用到的武器。

围城第三天,第一纵队从西面加大火力攻城,吸引敌人的主力;第二纵队从南面坑道迅速穿插到城下;第三纵队是林安祥四连的战友,从北面的坑道快速跃进。战士们奋不顾身，个个机灵，悄然攀上城墙，或搂着敌人一刀封喉，或用三棱刀从背心刺杀，结果了守城的敌兵，炸毁城门。解放军进入城内迅速占领城池，俘敌千余名，西峡城终于解放。这次战斗，姑父林安祥荣立个人一等功……

1948年6月至7月，中原野战军主力配合华东野战军主力发动了豫东战役。这次战役的胜利为淮海战役、平津战役的决战创造了有利条件。豫东战役中，林安祥带领的四连全体指战员主要任务是打击敌机，他们经常在阵地上扛起机枪对着天空向敌机扫射，他自己就击落了两架敌机。战役结束后，大姑父林安祥和他的连队被调回商洛，相继参加了解放商县的高桥战斗、夜村战斗、上寺坡战斗、解放洛南的战斗……

六

阳光灿烂，红旗飘扬，解放区的人民喜气洋洋，夹道欢迎解放军。英雄林安祥骑着一匹栗红色战马，披红戴花，威风凛凛地走进北宽坪，哒哒的蹄声引来人们羡慕的目光。

我常听父母讲那时的情景。

那匹栗红马是政府对他的嘉奖。后来，他娶了我大姑。听母亲说我的三个姑姑年轻时都是美女，尤其大姑最美。我看见过年轻的大姑和姑父的照片。那时没有PS技术，都是实实在在的自然美。姑父一脸英气，穿着军装，胸前戴着军功章坐在那里；大姑站在前面，长长的辫子搭在胸前，宝钗式的圆脸。自古英雄配美人，他们的婚姻成为当时的一段美谈……

因病从部队转业后的大姑父，在北宽坪镇政府工作，过着普通人的日子。他原来的老首长老部下，有的当了地方领导，有的当了军区司令，但他从不去求他们给自己谋私利，六个儿女，有的考学，有的自谋职业，从不给政府添麻烦。生活中，他朴实低调，不善言谈，从不在别人面前提起战争年代的功绩。领导让他给大家讲过去的战斗经历，他说："有啥好讲的，我能活到现在，要感谢党。要不是上级指挥得好，我早都没命了！想起牺牲的战友，我哭都没眼泪了，还有啥资格显摆自己呢？"但每逢学校组织的革命传统教育活动，他会爽快地答应给学生讲英雄的战斗故事，教育下一代爱党、爱祖国……

岁月的刀刃削去了年轻的锐气，不变的是善良而高洁的心灵以及对党的忠诚。那个在战场上跨马双枪、雷厉风行，带领战友英勇杀敌的英雄，已经变成了慈祥的老人。虽然沧桑爬满了脸庞，但同那些佝偻的同龄人相比，他的身板依然挺直，目光依然犀利。

我在小镇教书，常去大姑家，每次看见姑父坐在土屋门口的竹椅上，叼着他挚爱的烟袋，在大姑的唠叨声中，默然地吞云吐雾，看见我来了，笑着问候几句，在石头上敲打烟锅里的灰烬，然后依旧"吧嗒吧嗒"地抽着……年轻时的他常年征战，饱受硝烟的侵害，肺部受损严重；炮火的轰鸣，使他听力下降。老了，积累的病根冒出来了，身体每况愈下，2000年，姑父在北宽坪离世！

大姑父林安祥，从抗日战争到解放战争，不知经历了多少次战斗，立下了多少战功，我文字中这些有限的记载，只是他革命生涯中的几个片段。那些鲜为人知的经历已随他而去，和千千万万的英烈一样埋葬在祖国的大地上。

英雄已经远去，终结了他关于战争、关于牺牲、关于生命的所有记忆。那些炮火连天中的搏斗、征途上的艰险，以及胜利的喜悦，如今已化作人们口口相传的一曲曲颂歌。时代不会忘记！人民不会忘记！

我久久地抚摸着眼前这些闪烁着历史光芒的证章，心海泛起层层涟漪……

——此文在《陕西工人报》网站发表，被多家媒体网站转载，后部分内容发表于《源流》2023年第3期

第四辑

探寻异国风情

　　在布拉格,我看到了这个中世纪的大城市,依旧保留着中世纪的模样。

　　在威尼斯,坐在大运河的快艇上,欣赏文艺复兴时的精美建筑,坐在贡多拉上穿行街巷,感受水上城市的繁华。

　　在马尔代夫太阳岛上,印度洋的浩渺,让我生发敬畏自然、叹惜人之渺小的感慨,倍感保护生态环境之重要!

　　在曼谷,我了解到了这个城市的一些非常的风俗人情,感受到了泰国人不急不躁、安静的心性。

秋日，行走布拉格

一

从北京的首都机场乘坐海南国际航班，长达九个多小时的飞行，降落在捷克首都布拉格的机场时，正是当地时间凌晨六点钟。外面黑魆魆的，看不见一个人影，这个异国都城酣睡在梦中。我们一行人坐在机场大厅等待天明。透过落地窗远眺，黑灰的天上闪耀着几颗寒星，寂寥的苍穹下，灯光忽暗忽明，远远近近，静寂的夜空蒙上一层神秘的灰黄。

等待的时光显得格外漫长。时而有人玩手机，时而有人踱步徘徊，时而有人望向星空。

夜色迷离中星子偷偷隐去，天际泛出鱼肚白，布拉格城在黎明的曙光中，慢慢撩开朦胧的面纱，犹如蒙娜丽莎，露出了她中世纪神秘的微笑。

八点钟，天地倏忽一片白亮，晨曲奏响。希腊司机准时来到，他载着我们风驰电掣，十几分钟行至老城的河边。这是著名的伏尔塔瓦河，捷克的母亲河，蜿蜒着迷人的身姿，穿城而过，将布拉格城一分为二：一边是老城和新城，一边是小城和城堡区。

天阴着脸，灰白的云在空中散开。站在河岸上，风把长发轻轻撩起，又悄悄放下。一位白发老人，穿着红衣，低头驼背，踏着清秋的凉意，悠然地丈量着青石。近处，河水荡漾的微波，宛如天青色双绉丝绸；远处，城堡和绿树的倩影，映在水中。这幅中世纪的油画，以天空、城堡、绿树、河水作为背景，主体是老人长长的身影在画面上移动。

雾岚渐渐散去，对岸的轮廓清晰起来。城堡拥挤，似在竞相媲美，黄色墙壁托起赭红屋顶。高塔参差耸立，似在叙述一段童话故事的神秘。君临全城的圣维特大教堂，一簇尖顶，凌驾于波西米亚的高空，弥漫着圣灵的气氛，宛如灯塔，照耀着信徒通向天堂的路。这座教堂有"建筑之宝"的美誉，是历代国王加冕的地方。据说里面的彩绘玻璃是艺术家阿尔丰斯·穆夏的作品，阳光照射下的玫瑰之窗，抚弄出迷离的光影，让人沉醉。而绿色穹顶的总统府与红黄交错的城堡相映生辉。

离岸而去，走过老城几个街口，便来到著名的查理大桥。这座桥是奉查理四世之命而建，因此得名。经历了六百五十年岁月的大桥，依然牢固地横跨于伏尔塔瓦河上。清晨，桥上游人稀少，脚步叩击石板，发出"叮咚"的跫音。有老妇人，慈眉善目，带着狗一起漫步；卷发帅哥与金发女郎手拉手，在桥上疾步而走；白发夫妻，气定神闲，携手漫步……这些日常画面，让我浮想起历代国王加冕游行的宏大场面：浩浩长队行走在这里，王公贵族跟着国王的车队耀武扬威，侍从大臣簇拥着国王美丽的华盖，从城堡到老城，从老城到城堡，多么气派！一切奢华都成了过眼云烟，历史留给后人的，只有艺术珍品和静静的河水。正如著名作家米兰·昆德拉所说："河水一个世纪一个世纪地流淌，人间的故事就在河边发生。他们在发生第二天就被遗忘,而河水依旧流淌。"

三十尊雕像矗立大桥两边,可谓是"露天艺术馆",每尊雕像似乎藏着神秘的故事。我不能一一知晓,我不是基督教徒,但我知道,来这桥上的人都会虔诚地祈求。据说触摸雕像会带来一生的幸福,于是每尊雕像都被游人触摸得油光发亮。

我伫立在著名的圣约翰雕像前,久久注视着。他一脸悲苦,怀抱耶稣受难的十字架,手持金质棕榈叶,头戴镶嵌了五颗金星的金环。这位中世纪的主教,也是王后御用忏悔师,据说国王怀疑皇后与人私通,便叫来约翰,而约翰拒绝吐露皇后忏悔的内容,被国王割舌并投入河中淹死。圣约翰在强权面前,用生命为皇后守住了秘密。作为主教他维护了职业操守;作为人,他善良守信。人们敬仰他,尊他为圣者,视他为查理大桥的守护神;而恋人尊他为爱情保护神。传说他掉河之时,天空出现了五颗星星,至今尸体仍未腐烂。这些传说寄托了人们美好的愿望,折射出人性的真善美。

天渐渐明朗,桥上的游人多了起来,三五成群,东张西望。兴奋的游客们用相机或手机边走边拍,恨不得把所有风光都收纳进自己的镜头里。桥边陆续聚集了一些艺人,有的摆放乐器,有的支起画架,有的出售画册,还有的卖发卡、耳钉之类。凭栏远眺,两岸的风光尽收眼底。河水潺潺,盈耳不绝;白天鹅在水里游弋,对天长歌;船只往来穿梭。这情景让人心中泛起层层波澜,触发了我想大声吟诗的激情。难怪著名作家卡夫卡生命最后一句话是:"我的生命和灵感全部来自伟大的查理大桥。"

二

沿着查理大桥走向城堡区,有一条小街——著名的黄金巷。当年,卡夫卡就住在巷子二十二号小屋。昔日的黄金巷,是仆人和工匠的居所。后来,因这里聚集了为王公贵族炼金的术士,这条巷子便得名"黄金巷",随着时代的变迁,曾经衰败的贫民窟改造成了店铺,出售各种工艺品。

我独自走进这条狭窄的小巷。小巷两边排列着浓墨重彩的小屋,店铺里陈列着手工艺品,琳琅满目。人们匆匆忙忙,毫无目的地从小店走出走进。而我向前行走,是为了寻找著名的卡夫卡故居。作为一个热爱文学的人,我希望从这里了解一些书本中不曾知道的东西。我无暇光顾这些店铺,径直走到街角的蓝色小屋。低矮的房间,伸手就能触到天花板,我突然想起卡夫卡的一句话:"笼子在寻找一只小鸟。"我臆想笼子和小鸟或许是在隐喻他的生活。心灵的自由无法摆脱被禁锢的命运,一个人的心灵不管多么自由,形体却要被幽禁在有形和无形的笼子里,实在是一种难以名状的忧伤。正是这种压抑的心态,才形成他作品中独特的风格。

现今卡夫卡的故居是一家书店,房间里放着卡夫卡的大作和传记。门口的卡夫卡肖像引人注目。他那两只大耳翘起,显得格外警觉。他眼睛略带忧郁而,目光深邃,凝视着过往的游人。这眼神令我想起《变形记》里那只甲壳虫的阴郁与无奈。我不禁一颤——在生存的夹缝中压抑和挣扎,与之何其相似!

这小小的房间开了一扇窗户,望出去绿树成荫,红叶黄叶流泻着深秋的生机。也许当年的卡夫卡就在这里奋笔疾书,困倦了就推开窗户,看着窗外的阳光,吮吸大自然的气息,放松疲倦的身心;也许他正是触及外界的景致,心中灵感喷薄而出,写出了影响20世纪欧洲文坛的作品。

几年前,我读过卡夫卡的小说《城堡》,记得书中的K先生。为了进入城堡应聘土地测量员,K先生一直不懈地抗争。然而,在城堡外围的村子里,他处处碰壁,即使使出勾引城堡官员的情妇等各种小伎俩,也始终是一个局外人,无论如何都无法进入近在咫尺的城堡。小说以象征、隐喻、梦幻的手法,揭示西方人际关系的冷酷以及个人在异化社会中的孤独、恐惧、彷徨和绝望的生存状态。这正是住在小屋里的卡夫卡的心理感受。卡夫卡自小就性格孤僻忧郁,内向而爱思索,这与他出生于犹太人家庭不无关系。犹太民族在欧洲有着漫长的苦难历史,他幼小的心灵蒙上了孤独与痛苦的阴影,因此他的作品笔调荒诞、阴郁而冷峻。

据说,卡夫卡每天还会去位于西贝斯卡大街的雅可咖啡馆里思考写作问题,那里也是他创作《变形记》的地方。在这里,他遇到了俄罗斯著名记者密列那·杰森斯卡。卡夫卡当时写一页就丢在边上,密列那·杰森斯卡则一页一页拾起来读。她主动向卡夫卡表达了爱意。后来,卡夫卡得知她是有夫之妇,便与她断绝交往。但卡夫卡在弥留之际,嘴里仍叫着密列那·杰森斯卡的名字。理智的卡夫卡把爱深深地埋在了心里。与欧洲许多风流作家相比,他令后人不知要敬佩多少个世纪。

三

老城广场,就是蔡依林和周杰伦歌里唱过的布拉格广场。这里没有许愿池(其实许愿池在罗马)。广场上有一群年轻的艺人,手持大提琴、小提琴忘情地演奏。我从他们的眼神里,读到了什么叫自我和执着。那楔入灵魂的旋律,充盈着布拉格的天地,似乎整个世界只属于他们自己。几匹黑马拉着老式的马车,"嘚嘚"的蹄声敲击着石板路,从广场上缓缓走过。我上前时,不小心打了个趔趄,马车上戴着黑色礼帽模样酷似憨豆先生的赶车人,对我做了个鬼脸,龇牙咧嘴地一笑,报以歉意,说了声"sorry"。我笑着对他摆摆手。

旧市政厅的天文钟下,站满了等待的人。十一点整,突然清脆的钟声响起,天文钟上方的窗户开启,耶稣十二门徒依次现身,边走边向人鞠躬。一声长长的鸡鸣和钟响后,他们悄然隐去,游人还伸长脖子观望。我们不探究这钟的科学原理和制作过程，只听说这天文钟的设计师被当时的国王弄瞎了双眼，以防他制作相同的钟。这野蛮的行为让人不寒而栗，这和我国封建社会的许多皇帝一样残忍。皇陵修好后，不知埋葬了多少能工巧匠。中外暴君如出一辙，不知毁灭了多少智慧的头脑！

广场中央矗立着杨·胡斯的雕像，他凛然正气，昂首而立。这位用生命捍卫真理的查理大学校长，是15世纪著名的改革家，在提恩教堂洒下了热血。提恩教堂坐落在广场上，其黑色的双塔高耸入云，显得深沉而神秘，宛如童话里的魔鬼城堡。有人称它为"魔鬼教堂"，也有人说双塔代表亚当和夏娃。

在广场行走，醇香的咖啡味扑鼻而来，沁人心脾。如果时间充裕，我一定在布拉格广场的咖啡馆，点一杯咖啡，悠闲地消遣午后的光阴……

布拉格是波希米亚王国的都城，在查理四世任罗马帝国的皇帝期间，将它定为帝都。14世纪，布拉格是欧洲最大的城市之一。布拉格，见证了人间多少世态变化和历史沧桑，如今依然保留着中世纪的古典风貌。

漫步在宁静的巷子里，偶尔会看到带有宗教色彩的房屋。拐角处，老式的煤气灯不经意间闯入眼帘。脚下的方形石块，被岁月的风尘打磨得光滑锃亮。放眼望去，全城一片片屋顶是热闹的橙红，哥特式建筑黛里带青，其间也有高雅的巴洛克式和文艺复兴式风格的建筑。布拉格古建筑保留得如此完美，让人惊叹，布拉格人简直就像生活在艺术的博物馆里，神游在艺术的王国里。游人置身此地，忘却时间的存在，仿佛时光倒流，徘徊在中世纪的欧洲，迷失了自己。

离开布拉格老城，我别情依依，坐在大巴上隔窗而望，道旁直挺挺的椴树，仿佛在抒写着秋的长句，黄叶灿灿，倾诉秋天的蜜语。厚厚的金黄拥抱着土地。蓦地，前方一道红色从绿色草坪中驶来，有轨电车满载时尚，奏响时代的乐曲，融入古典的旋律。童话般的布拉格，在金秋中更加绚丽迷人。

车子疾驰在前往慕尼黑的路上，布拉格越来越远，终于模糊了我回望的视线。再见，布拉格！我还会再来。

——此文发表于《华夏散文》2018年第4期

威尼斯，因水而生的城

一

我从奥地利美丽的小城因斯布鲁克出发，来到了世界上唯一没有汽车的水上城市——威尼斯。兴奋的情绪如波涛汹涌！远望威尼斯，宛如欣赏莫奈的油画，波光粼粼中闪烁着色彩迷离的建筑。这真的是让我心醉神迷、遐想无限的威尼斯吗？仿佛上帝的眼泪洒在了这里，晶莹透亮；又像漂浮在亚得里亚浅海碧波上的梦，浪漫如幻；更像海面激起的浪花，一朵朵，一簇簇。

威尼斯因水而生，因水而兴，因水而美。水是这个城市的血脉，水赋予了它无限生机和辉煌。一百一十八个小岛洒落在水上，三百七十八座桥梁连接着城市的小岛小巷。一条长长的大运河呈反S形，与一百八十条支流接连相通，它是"威尼斯最长的街道"，犹如巴黎繁华富丽的香榭丽舍大街。两岸的古建筑地基淹没在水中，宛如水中升起的艺术长廊。洛可可式宫殿美轮美奂，巴洛克式和哥特式教堂高高耸起，琳琅的店铺拥拥挤挤，建筑群中一丛一丛的绿色或嫣红，给这些十四至十六世纪的建筑增添了自然的生机。

宽阔的大运河上，小巧的快艇来回穿梭。色彩艳丽的巴士招摇而过，豪华的轮渡宛如高楼，挤满了游客。"贡多拉"在波涛上疾行，晃晃荡荡，试图将同行的船只甩在身后。坐在贡多拉上的欧美游客一边"啊——啊——"地叫，一边兴奋地招手。时而可见一排排木桩直立水中，也有零零散散的木桩，拴着的小船在左右摇晃。这些木桩好像守卫水城的士兵，虎视眈眈地矗立着，让人生出几多遐想。正是这些无数木桩撑起了这座城市。

一千五百年前，一群罗马人为了躲避日耳曼部族骑兵的追杀，逃离家园，扶老携幼，奔走在大地上。走呀走，眼前一片迷茫，哪里是他们的归宿？传说，正当他们绝望之时，空中似乎隐隐传来一个声音："爬到塔上，往大海方向看，看到的地方，就是你们未来的家园！"他们迅速登上教堂的高塔，放眼望去，只见一片沼泽地里，芦苇在风中摇曳，四周是茫茫海水。他们既无退路，也无可选择，只能向所看到的那片沼泽地奔去。

这群人就是威尼斯的先民。

古老的威尼斯，一条低洼的海滩曲曲折折与大陆相连。海的潮涨潮落使得地面忽隐忽现。天然的地理位置，进来容易出去难。环礁湖中的水，能保护威尼斯不受外来人的入侵。浅滩，使得来自海上的追杀者丧命。先民们发现了这里的秘密。于是，他们把橡木或松木削尖，密密麻麻地打进沼泽里。打完桩后，铺上一层层石头，然后在上面建造房屋。密集的木桩足以承受巨大的压力。空气中的真菌是导致木头腐烂的原因，而海水恰好隔开了真菌。不用担心泡在水里的根基。一代一代的人久居此地，一座城市就在水里生长起来，在时光的轮回中渐渐繁华起来。到了中世纪，威尼斯成为海上的易贸大国，成为东西方贸易的重要通道。

二

坐快艇仅需二十多分钟，就能从大运河抵达威尼斯中心广场。入口处，竖立两根高大的白色圆柱。东侧的圆柱上，挺立着一只展翅欲飞、威风凛凛的狮子。这不仅是威尼斯的城徽，也是这座城市的保护神。狮子象征圣马可，他是耶稣的门徒，《马可福音》的作者。几个世纪以前圣马可在埃及遇难，威尼斯的两个富商将他的遗骨偷运回来，埋葬在广场大教堂的祭坛下。为了纪念这位显赫的西方圣人，人们将这座大教堂命名为圣马可教堂，同样以圣马可命名的，还有圣马可广场、圣马可钟楼和圣马可图书馆。

圣马可广场是威尼斯最繁华的地方。广场一面濒临威尼斯大运河，其余三面被文艺复兴时期的精美建筑包围。这里被拿破仑称为"世界上最美的广场"，难怪拿破仑占领威尼斯后，将总督宫改成自己的行宫。站在广场上，欣赏教堂的外观，融合了拜占庭式、伊斯兰式和文艺复兴式建筑风格于一体，它不仅是中世纪欧洲最大的一座教堂，更是文艺复兴时期的艺术杰作，也是收藏丰富艺术品的宝库。

长方形的广场上人潮涌动，摩肩接踵，来自世界各地的白种人、黄种人、黑种人穿梭其中。鸽子是这拥挤广场中最动人的风景，成千上万只鸽子散落在人群中。据说威尼斯有四万只鸽子，其中三分之一就生活在圣马可广场。人和鸽子和睦相处，人们给鸽子喂食，鸽子与人嬉戏。鸽子站在人的头上、肩膀上、胳膊上、手上、脚上。像芭比娃娃般美丽的欧洲女孩，席地而坐，与鸽子玩乐。鸽子时而簇拥在地上，尖尖的喙啄光地上的食物；时而"扑啦啦"飞过游人的头顶。海鸥展翅在广场高空，盘旋尖叫。

回望远方，大海的波涛荡漾；近处，运河波光粼粼。突然，一声萨克斯响起，各类乐器合奏起来，一曲《此情可待》绵长悠扬，直抵心底，碰撞着柔软的灵魂，触发深藏的情思，让人沉醉痴迷……

踏着此曲的余味,漫步至广场西侧,望见了传说中的叹息桥。这座拱廊桥,架设在总督宫后面的小河上,宛如一座巴洛克式的小房屋。与运河相望的两个小窗严实封闭,显得很神秘。目视叹息桥,拜伦的诗句跃入脑海:

> 我站在威尼斯的叹息桥上,
> 一边是宫殿,一边是牢房。
> 举目看时,许多建筑物忽地从河中升起。
> 仿佛魔术师挥动魔杖后出现的奇迹
> 千年的岁月用阴暗的翅膀将我围抱
> 垂死的荣誉还在向着久远的过去微笑
> 记得当年多少个番邦远远地仰望
> 插翅雄狮之国的许多大理石的高房
> 威尼斯庄严地坐镇在一百个岛上

《恰尔德·哈洛尔德游记》第四章
杨熙龄译

昔日,不知多少囚犯踏过这座桥,从总督府审判后被带入对面的地牢,又从地牢带出走向刑场。他们在桥上正反方向的每一次丈量,都意味着生命的无望。他们透过小窗仰望蓝天,想到桥下亲人等候诀别,百感交集涌上心头。声声叹息是对生命的留恋还是对罪孽的忏悔?声声叹息成为历史的回音,也成了桥名的由来。

大凡来这里的游人都听说过这样一个故事:一个年轻的男囚被判了刑,从桥上走过时,允许他停下看一眼美丽的威尼斯。他从雕花窗棂俯视,桥下的贡多拉上,一对男女忘情地拥吻。他定睛细看,那女子正是他的爱人。多么巧合!这一眼让他明白,世间永恒的爱情只是诺言,曾经的山盟海誓、曾经的生死之恋,不过是文学作品的渲染,而现实中更多的是背叛。他浑身一颤,精神崩溃,将头疯狂地撞向大理石花窗……桥上留下一具愤怒的尸体,桥下贡多拉载着那对幸福的情侣驶向远方。

当然,一个人触犯了法律,成了社会的罪人,理应受到法律的制裁,但这是否意味着要被爱情唾弃?这是一个复杂得难以言说的话题,无须赘述……

叹息桥的传说被一代又一代人不断地演绎、编纂、润色,悲剧变成了喜剧。如今,叹息桥赋予了新的含义:据说恋人在桥下接吻,爱情便会天长地久。于是来威尼斯举行婚礼的情侣们坐在贡多拉上,经过叹息桥的瞬间,热烈地长吻,以此来证明彼此的爱情。

很久以前,我看过一部法国电影《情定日落桥》,记得电影中有个镜头很美:美国少女罗伦与法国男孩丹尼尔邂逅相爱,终于他们在威尼斯水城的叹息桥下忘情地吻在一起。这时,天边一轮夕阳,彤红的霞光洒在水城上,整个城市敲响了悠扬的钟声,似乎在为他们祈祷……然而,电影的结尾,罗伦要回美国了,丹尼尔站在林荫道上怅惘地看着她,然后追赶着她离去的车……有情人是否终成眷属?给观众留下一个悬念。

生活中叹息桥下的忘情一吻,真的能够证明爱情的永恒吗?这只是一种期待,唯有时间是最好的见证!

三

贡多拉是威尼斯水城的交通工具,这小船造型奇特,两头尖翘,乘坐起来很舒适,仿佛置身于豪华轿车里,十分惬意。它被人们称为"水上奔驰""水上法拉利"。

在十五、十六世纪,威尼斯的名门贵族乘坐装饰艳丽、雕刻精美的贡多拉,以此来炫耀攀比。政府颁布禁令,禁止在贡多拉上施以任何装饰。于是,贡多拉都被漆成了黑色，唯一保留下来供装饰的部分只有船头的嵌板。这一传统一直延续至今，如今的贡多拉一律黑色。小的贡多拉可容纳一对情侣相拥而坐，尽享浪漫情趣；大的则可坐六个人，拍照、聊天、欣赏风景。贡多拉穿过一座一座的月牙形小桥，悠悠荡行在狭窄的水巷里。

两边的楼房呈黄色或者红色，底部浸泡在水里。第一层无人居住，门窗紧闭，墙壁留下海水上涨的痕迹。有些地方，粉墙红砖微露，铁窗上斑斑锈迹，显得有些沧桑。这些站在水里的楼房有点老，却老得优雅，犹如一个历经世事的老人，沉静而闲适。水的滋养和灵动赋予了建筑独特的美感。抬头望去，高处的窗户有的微启，有的敞开，窗台上放置着整齐的花盆，鲜艳的花朵竞相开放，晾晒的衣物随风飘动，充满人间烟火的趣味。

船夫大多是意大利美男子，潇洒倜傥，穿着红蓝相间的横条紧身针织衣。适逢深秋的寒凉，针织衣外罩着蓝色的棉背心，头戴草帽或布帽，他们总是那么帅气。

他们站在贡多拉的船尾，桨搁在弯曲的右侧支架上，船夫站在左侧，双手握着长长的单桨，不停地摇动桨板。在弯弯曲曲、狭长的水巷中驾驭贡多拉，必须有不凡的身手！看前边那位船夫，遇到转弯时，脚往墙上一蹬，那姿态宛如跳优美的弗拉门戈舞。我们的船夫，面孔冷峻，看上去像电影中的意大利"黑手党"。他划船的动作很利落，返回时与一只贡多拉狭路相逢，他两手一拨，我们的贡多拉轻轻地闪开，两只船平安交错而过。

据说贡多拉船夫上岗证极为难考，每年只有两三个名额。他们需要历经严寒酷暑的训练，经过层层筛选，只有出类拔萃者才能站立船头。

四

走过繁华的街巷，品牌商店比比皆是。皮带、皮鞋、皮包、衣服都是国际一线品牌，价格令人咋舌。我不禁想起了莎士比亚《威尼斯商人》中的情节，脑海中浮现出夏洛克那贪婪狡诈的嘴脸。然而，眼前的威尼斯商人个个面带微笑，一脸诚恳，并无花言巧语。走过琳琅满目的面具市场，大多数游客只是摸摸面具又放下，那些小商贩也淡然一笑，看不到纠缠式促销的摩擦。这让我改变了对威尼斯商人的看法，于是随意买了一些护肤品。

也许莎翁笔下的夏洛克们在世界经济潮流的洗礼中，早已洗心革面，以儒雅的服务示人。而我只是一个行者，脚步匆忙地游走在这座水城之中，对它的了解实在是肤浅的。

在威尼斯老城里穿行了一圈，我没有找到著名旅行家马可·波罗的故居。马可·波罗在中国游历了十七年，对中国有了较为深入的了解。后来，他回意大利，在一次海战中被俘。在狱中，他口述了有关中国的见闻，有一个叫鲁斯提的比萨文学家记录下来，写成了《马可·波罗行纪》。这本书我早已读过，书中翔实地记述了他在中国各地的见闻，涵盖了元初的政事、战争、宫廷秘闻、节日、游猎等诸多方面，尤其详细地记述了元大都的经济、文化、民情风俗及各大城市商埠的繁荣景象。他第一次把中国物质文明和精神文明展示在世人面前。意大利的哥伦布、葡萄牙的达·伽马等众多的航海家、旅行家、探险家读了《马可·波罗游记》以后，纷纷前往中国，开启了中西文化的交流通道，这无疑是马可·波罗的一大贡献。

辩证法认为，任何事物都有既对立又统一的两面性。每座城市都有它独特的内涵，也有它面临的现实问题。威尼斯每年吸引约三千万名游客，这无疑给城市的保护和环境带来压力。加之外国人在威尼斯购买房产导致房价飙升，本地居民生活成本增加，开始逃离这座古城，人口数量不断下降。在温室效应日渐显著的今天，美轮美奂的威尼斯水城，还有印度洋上美如幻景的马尔代夫群岛是否会走向消失？威尼斯，这座因水而生的城市，将来是否会因水而逝，成为后人探险的水下城市了呢？

离开威尼斯时，面对夕阳下海市蜃楼般的美景，我心中升起了一丝丝忧伤……

——此文发表于《中国散文家》2018年第5期

仰望但丁

被诗人徐志摩译作"翡冷翠"的意大利佛罗伦萨,是文艺复兴的发祥地。这是一个古老而艺术的城池,处处散发着精神贵族的气息。它确实比翡翠更宝贵,这座城市曾聚集过达·芬奇、米开朗基罗、拉斐尔、但丁、薄伽丘、乔托、伽利略等世界级的巨人,他们的创造使这座小城成为享誉世界的文化艺术名城。

蔚蓝的朗空,暖阳斜照,一群白鸽掠过头顶飞向远方。我避开熙熙攘攘的人群和喧嚣,走过古老的广场,在圣十字教堂大门的左侧,看到一座高大的白色雕像,站立在白色大理石台基上。两座石狮子威严地护卫在两旁,那便是但丁的雕像。仰望,他挺着伟岸的身躯,昂着智慧的头颅,傲然而立,右手拿着那本传世巨著《神曲》,左手压着宽大长袍的胸襟。看那眉头紧皱,是在思索?是在忧戚?看那眼睛深陷,如浩渺的海般深邃;看那目光望着前方,似在眺望故乡还是在眺望他心仪的贝阿特丽采姑娘?他一生的悲苦和坎坷都浓缩在这无言的凝望之中。

七百年前的一天，天色灰暗，一盏方形风灯挂在门口，发出幽幽的光，孤零零在风中摇晃。失意的但丁走出家门，一袭长袍藏着绝望与盖世的才情。他穿过曲折的小巷，目光越过一座一座艺术建筑的穹顶，走出小城佛罗伦萨，离开了故乡。这一去就意味着永远的流浪，故乡只能在梦中出现。

年轻的但丁凭自己的才华跻身官场，正直的他意气风发，锋芒毕露，在推行新政方面，他始终站在维护百姓利益的一派，与教皇和贵族形成对立。贵族势力掌权后对他报复，判他终身流放，不准返回，否则处以火刑。无奈三十五岁的但丁走上了流亡的路，到意大利各地去旅行。他把旅行作为一种修行，在漫漫旅程中他接触到社会各个阶层，观察思考，视野更开阔，对生活有了更深的理解，对生命有了更深刻的感悟，他没有在流亡中沉沦，而在困境中守望心中的正义，后来选择小城拉韦纳定居，静心创作，留给世界一部《神曲》。

《神曲》是一部浪漫主义的诗歌，想象与象征交织，梦幻与现实映衬，开创了欧洲启蒙运动的先河，对欧洲文艺复兴乃至世界文学都产生了深远的影响。

幽暗的森林，诗人迷路，开始幻游，在恐惧中，他遇到了豹、狮、狼三头猛兽。恐惧之时古罗马诗人维吉尔前来搭救，他带但丁游历九层地狱和七层炼狱。但丁看到，凡是作恶的人，无论教皇、贵族、百姓都会在地狱中受到惩罚和煎熬；炼狱中的灵魂漂浮在海上，罪孽较轻，也得到一定的惩罚；从炼狱出来，维吉尔消失，他心中的女神贝阿特丽采领他进入九重天堂。天堂是人类理想的境界，充满爱的地方。这部一万多行的诗篇用大胆的想象和深邃的思考反映当时的社会生活。炼狱是从现实到理想经历的苦难历程，天堂是人类的理想和希望。而女神贝阿特丽采是但丁从少年就一见钟情的恋人，后来嫁给了一位银行家，二十五岁早逝，给但丁留下了一生的怀念和忧伤。但丁把对她的思念倾注于笔端，抒写成诗集《新生》，把贝阿特丽采比作天使和真善美的化身。爱情催生了《新生》，苦难成就了《神曲》。漫漫二十年流放，心怀乡愁和忧伤的但丁在苦难和疲倦中完成了举世闻名的巨著，五十六岁客死他乡。几百年后，佛罗伦萨政府为了纪念但丁，在圣十字教堂旁给他修了个空墓，立了墓碑和雕像，吸引了世界各地的崇拜者来朝圣。

我站在一群陌生的年轻人中间望着但丁，他的脸庞弥漫着正气和高傲，仿佛在鄙视佛罗伦萨的一切邪恶。但丁流亡十多年后，当时的佛罗伦萨当局提出让他缴纳罚金、在街上游行一周，忏悔后才能回乡，刚正不阿的但丁宁愿继续流亡，也不愿受此屈辱。

我由但丁想起了屈原！

他们都是变革时代的叛逆者和探索者，都以贵族的身份关注平民的生活。屈原在改革与推行"美政"中与楚国贵族顽固势力对抗，宁愿投入滔滔的汨罗江，也不愿同流合污；但丁宁愿被流放，也不愿向当权者忏悔。但丁说"走自己的路，让别人去说吧"，屈原则说"宁溘死以流亡兮，余不忍为此态也""伏清白以死直兮，固前圣之所厚"。他们的精神境界如出一辙，而影响中西文化的浪漫主义杰作《离骚》和《神曲》，在对真善美追求的思想内容和大胆比喻象征手法方面，何其相似！

我的思绪在佛罗伦萨的上空翱翔。几只白鸽轻轻地落在了但丁的肩上，惊扰了我飞扬的思维。我再次仰望但丁，秋日的阳光洒满雕像，他伟岸的身躯熠熠生辉，这金辉使脚下的大地豁然光亮起来。

曼谷，信佛的城

一

我从春花烂漫的江南出发，飞到炎炎夏日的泰国。出机场，迎面扑来一股股热浪，三十八九摄氏度的高温让人措手不及。走在曼谷街上，戴着墨镜，手撑防晒伞，身披丝巾，浑身被遮得严严实实，也难抵挡太阳的火辣和热带雨林气候的威势。

抵达曼谷，正值国丧期，九世泰王的遗像被花环和纱幔装饰着，时不时映入眼帘。大皇宫暂停了旅游接待，下午三点以后供泰国人瞻仰王的遗容。据说九世泰王在泰国人心中是仅次于佛的位置，深受人民的自觉崇拜，泰国人对他的膜拜，都是源于他林林总总的功绩。九世泰王执政时间最长，他博学多才，不但对农业有杰出贡献，而且用智慧和人格魅力化解了十九次宫廷政变，使泰国一直处于稳定局面。受人民拥戴，他当之无愧！

泰国最著名的玉佛寺，位于大皇宫的东北角，是王族供奉佛祖，举行宗教仪式的场所。寺内佛塔林立，造型各异，以鲜艳的金色为主调，恢宏壮观。玉佛寺以尖顶装饰、建筑装饰、回廊壁画名扬天下，门窗墙壁上镶嵌着贝壳和彩色玻璃，在炽热的阳光下闪闪发光。

人潮如热浪，一波一波涌来，使人头晕目眩，于是我倚着廊柱歇息，抬头望天……

玉佛寺的穹顶上，白云一朵一朵，如丝缎，如棉絮，如苍狗，如百合花……像谁的巧手描摹在蓝色底板上。片刻，白云消散，苍穹之上乃一片纯粹的蓝，宗教般的蓝，蓝得深邃，蓝得纯净。这蓝消解了人的牵念和心灵的忧伤，让独行天涯的旅人感受一种归属感，仿佛在无垠的大海上，作鲲鹏展翅的遨游，胸壑朗阔，悠然，净然，坦然……

我热汗涔涔地挤到寺前，穿过回廊，按照寺院的规定，赤脚跟在人群后面，轻轻地走上台阶。进入玉佛殿，人仍是挨挤着，地上满是跪拜的信众，双手合十默念。殿内除了轻轻的脚步声，没有其他任何声音。

大殿正中，一尊碧玉佛，身披金缕衣，坐在金灿灿的宝座上，神慈禅定，气度不凡，让人顿生震撼和敬畏！佛像是一整块翡翠雕刻而成。据说，玉佛身披的金缕衣价值连城，以季节的变化而更换：热季换镶嵌红宝石的，天凉了换纯金的，雨季换缀有蓝宝石的，更换仪式必须要由国王亲自进行，以示尊敬和祈求国泰民安。内阁大臣就职前要来玉佛前宣誓。

泰国人对佛至高无上的敬畏，不仅仅表现于外在的建筑和形式上，还深烙在灵魂的深处。

泰国百分之九十五以上的人信佛，信奉的是小乘佛教，注重自我修养，也就是佛家讲的度己。这个国家的男人（包括国王）一生必须入住寺院修行一次，接受严格的佛教教育，体验僧侣的生活，至少三个月，多则不限。通常在二十岁或结婚前去修行，表示成年和报答父母的养育之恩。修行期间，有人病愈，有人许愿成功，这些人会留在寺院不归；还有一种人遭遇生活变故，也甘愿剃度。如果哪家男子出家，父母以此为荣，离家那天要举行非常隆重的仪式，亲朋好友和邻居都来祝贺，父母亲自送其到寺庙受礼。

佛是泰国民众的精神寄托。我想到了历代文人倡导"以佛修心，以道养生，以儒治国"的理念，这也许有其合理性。

二

在泰国，无论中巴车行驶在城市小巷还是乡村的路上，黑色的电缆线终会撞入眼帘。它们几十根甚至几百根交缠在一起，让人有一种郁闷和恐惧感，给绿色美丽的热带雨林风景涂抹了灰色的一笔。电缆线绕过屋檐下的民居，老旧而破败，如旧上海的贫民窟。炽热的白光下，坑坑洼洼的巷子，几个妇人彳亍而行。道旁的商铺低矮，墙壁积满灰尘，每个店铺都紧闭着门。一个老妇人孤零零地坐在那里，一口锅里放了几个好像肉丸之类的食物，黑乎乎的，呈方形，大概是卖给过路人的吧。中巴车经过时比较缓慢，她仰起古铜色的脸，落寞的眼神望着我们的车，尘土飞扬，模糊了她的身影。双休日生意人放假了，他们带着家人去几个岛上玩去了。导游说，泰国人做生意时，如果计划一天赚五十，上午赚够了，下午就关门不赚了。我觉得这不可思议，既然清贫，为什么不多赚一点？这是对生活的满足，还是习惯使然，或者是佛教提倡的"不贪""放下"呢？

阳光白灿灿，人和车不紧不慢。看不到车堵人拥，听不到大声喧闹。男女说话轻声低语，一种柔曼的韵律，人们一律的茶麦色面容，脸上漾着谦和的微笑。这座城市的角角落落都浸润着慢的节奏。女人身材瘦小，臀部大而凸起，柳腰袅袅。她们的泰语，比江南的吴侬软语还要婉转、柔情似水。导游是当地华裔第三代。她说在泰国，用水来称呼女人，把十八至二十八岁的女子叫"水晶晶",二十八至三十八岁的女子叫"水灵灵",三十八岁至四十八岁的女子叫"水汪汪",四十八岁以后的女子叫"水干干"。乍一听,觉得这样的称呼很有趣,仔细咀嚼这是一种高超的比喻,真是贴切生动!这不禁让人想起《红楼梦》里贾宝玉说过的一句话:"女人是水做的骨肉,男人是泥做的骨肉。"

三

湄南河两岸,高楼耸立,建筑富丽堂皇。上游河水清澈,下游则有点混浊,岸边的房舍连成一片。下了轮船,走近水上人家,看到每户人家门前放着几口水缸。导游说水缸不是用来盛水的,而是一种象征物,承载着泰国千年的传统文化。一口缸代表一个妻子,有几口水缸就意味着有几个妻子。泰国男女比例严重失调。于是一夫多妻制在某些地区较为普遍,甚至有出租车司机娶了三四个女人。虽然法律明文规定一夫一妻制,但娶多个妻子的男人通常只登记一个正妻,其余的类似于我国封建社会男人所娶的小妾。导游说,这些妻子在家里并不会争风吃醋、明争暗斗,而是彼此亲密和睦。每个妻子生了孩子都有继承权,生女孩比生男孩更幸运,因为女孩继承的财产比男孩更多。所以泰国的男人都喜欢多娶几个妻子,而且不愁养,当然,不是所有的男人都妻妾成群。泰国拉玛九世普密蓬国王一生只娶了诗丽吉皇后一个女人。在这个一夫多妻现象较为普遍的国度,国王却独守一个妻子,且从无绯闻,真是难能可贵!

泰国人举止文雅、谦恭。人们见面打招呼时,双手合十,微微躬身,男人双手放在脸部前方,女人放在胸前,面带微笑说"萨瓦迪卡"(意为"你好"),在酒店住宿、吃饭,或者在电梯走廊,遇到对你报之粲然一笑的,多半是泰国人。即使搞卫生的服务员看见你,也是微微一笑。这种笑容是淳朴的、自然的,发自内心的,看不出一丝商业化的刻意和伪装。但是在做生意方面,泰国人与我们大不相同,甚至有些刻板。他们在交易时不随意降价。我看到国内一个旅游团有七八个人在买保健药,一瓶标价一百元人民币,那几个人说八十元一瓶行不行,店主却不再理会他们。那人又说,我多拿几瓶行不行?一次五瓶好不好?但无论他们怎么讨价还价,店主就是不卖,宁愿不做这笔生意也不降价多卖。我想,做生意不是多赚钱吗?宁愿一瓶一百元不成交,也不愿五瓶四百卖出去。这究竟是诚信还是不会变通呢?在商店买东西时,营业员只是微微一笑,绝不会主动给你介绍产品,更不会滔滔不绝地给你推荐。

我想泰国人谦让、静和、中庸的性格特点,与佛教的熏陶是分不开的。

小岛日记

一

倚着机窗俯瞰，苍苍茫茫的印度洋上，漂浮着蓝色的珍珠，一颗颗珠子亮晶晶的，犹如造物主赐予人间的一串珍珠项链，点缀了印度洋的美丽。飞机愈来愈低，这人间饰物愈来愈绿、愈来愈大，最终我慢慢降落在一片绿意盎然之中，双脚稳稳踩在了心仪已久的印度洋上群岛国家——马尔代夫的土地上。

这里是北纬4度，东经73度，靠近赤道，东北与斯里兰卡隔海相望，北部与印度海上距离较近。这是一个由二百多个珊瑚岛组成的岛群国家，其中200多个岛有人居住，其余的岛则荒无人烟。别看它是亚洲最小的国家之一，陆地面积仅有三百平方公里，但它的航海历史却远远早于欧洲。历史上那些出海远航的探险家们把这里作为中转站，郑和的船队也曾经过这里，在这里采购过绳子，明代的一本书中曾记载这里的气候、地理和风土人情，称其为"伏在水下的山脉"。

机场位于一个小岛上,大厅很简陋,没有空调也没有座椅,安检速度很慢,与国内相差甚远。但自然环境美得令人陶醉,四周是蓝莹莹的大海,一艘艘白色快艇停泊在海边,在风中摇荡着慢板。这惊鸿一瞥,十分迷人,阳光、沙滩、海水、椰子树、棕榈树,一切浪漫如幻,真是印度洋上的"蓝色世外桃源",女儿沛柠丢下行囊,兴奋地奔向那片蓝色。堤岸与海几乎齐平,海水摇摇晃晃随时都要溢到陆地上。

本想去马尔代夫首都马累,但机场岛与那里有段距离,且旅途没有安排,这让我有些遗憾。我们母女此行的目的地是五星级旅游胜地太阳岛,必须先在离机场较近的胡鲁马累岛住上一晚。次日,我们先乘飞机前往另外一个岛,再从那里坐快艇前往太阳岛。

在机场等待一个多小时,接我们的中年男司机终于来了。他身材矮小,皮肤黝黑,慢悠悠地从对面走来,他不会说汉语,只是用手示意我们上车。他开车时,专心致志,目不斜视,一路无语,载着我们行驶在平坦的海中大道上,十几分钟后,我们到达胡鲁马累岛。

胡鲁马累岛上的小区崭新而幽静,民居一律五层建筑,到处是棕榈树,细细的枝叶遮盖着楼房。我们预订的小酒店在路旁,进门就是服务台,大堂空间很小,只放着一张转角沙发,最多能容纳五六个人。服务员说着生硬的英文,告诉我们十二点才能办理入住。此时才七点钟,又要等待。百无聊赖之下,我用手机百度搜索一下。胡鲁马累岛是一座人工岛,由于海平面不断上升,马尔代夫全境有可能被海水淹没,从1997年开始,马尔代夫政府调动人力物力,在首都马累的东北环状珊瑚礁上填海造陆,修筑了这座美丽的岛屿,如果未来马尔代夫被海水淹没时,胡鲁马累岛将成为新的首都。这里是马尔代夫唯一有公交车的岛屿。

我和沛柠走出小巷来到海边,堤岸椰子树绿油油的,白色桌椅在树下整齐地排向远处。本地的男人很悠闲,边喝茶边聊天,却无一个女人。远处浅海传来男子嬉戏的声音。我们坐在炙热的沙滩上,眼前浩渺无穷的海洋何其大,而人又显得如此渺小。我不禁想起苏轼《赤壁赋》里对人生的感叹:"寄蜉蝣于天地,渺沧海之一粟。哀吾生之须臾,羡长江之无穷。"一种"念天地之悠悠,独怆然而涕下"的感觉袭上心头。

从海滩走到空荡荡的街上,我突然记起马尔代夫是信奉伊斯兰教的国家,今天是周五,是伊斯兰教主麻日,人们都去清真寺做集体"主麻拜"了,难怪商店、学校和公共场所都关门了。沿街向前走了半小时,终于看见三个穿着长裤的男人,骑着小型摩托车,缓慢地从对面驶来,对着我们微笑。街口走来两个女人,穿着黑色长裙,戴着围巾,浑身遮蔽得严严实实,只露出含羞带娇的咖啡色脸庞。

天气炎热,口渴难耐,可家家小店都门户紧闭。正当我绝望之时,望见对面民居底层一家店门敞开。我快步走过马路进去。年轻的女子笑脸嫣然,鲜活生动,密匝匝的长睫毛,一双黑珍珠般的大眼,转眄流精;男子憨厚老实,皮肤黑红,个子矮小。我买了两瓶水、一盒金枪鱼罐头和两斤红苹果。付钱时我说几个"卢比"(马尔代夫的货币),他却说四个"美金"。我和女儿沛柠既无导游和领队,也无同行之人,在陌生的岛上能听到汉语,霎时感到亲切,不由得多看了一眼"那美丽的女人和淳厚的男人"。

从街上转悠回来,才九点多,我问服务员几点入住,服务员却慢条斯理笑着回答:"十二点。"我们耐心等到十一点,来了一部小车,把我们拉到了街上另一家便捷酒店,在那里又得继续坐着等待!经过九小时空飞加上六小时的等待,我们实在太累了,这种机械的工作节奏实在让人感到不悦,但只能忍住心中的郁闷。十一点五十八分,前台服务员才开始办手续,而且动作缓慢、磨磨蹭蹭,这种工作节奏实在难以接受。听说马尔代夫人以生活为重,以祈祷为

第四辑 探寻异国风情

先,着急的事找上他们,他们会点头以示明白你的要求,但转头就谈笑风生或者回家冲凉去了。

我想,马尔代夫人的这种墨守成规、不急不躁以及生活简单的秉性,是长期的环境形成的。在与大海风浪的搏击中,他们深知在强大的自然面前,人的渺小与生命的脆弱!

二

房间很小,但还算干净。因为离大海很近,潮湿的霉味扑鼻而来,打开窗户,空气里似乎弥漫着水汽。洗漱完毕后,头发湿漉漉的,我在房间找不到吹风机,沛柠去了楼下前台,说会送来,但等了十几分钟不见人来。我打开房门再去问,隔壁出来一位中国大妈。我很高兴与她聊了起来,才得知是我没有给来开房门的人小费,所以他们不送吹风机。我想补上小费,不知该给谁。大妈说:"你就用我的吹风机吧。"这才知道,在我们国内住宿提供的服务项目,在这里都需要给小费。

带来的少量食品一扫而光后,我便抱头就睡……祈祷声隐隐传来,一觉醒来,夜色降临,肚子又在咕咕叫,于是下楼去街上寻找饭店。小街两边漆黑一片,偶有灰黄的灯光从窗户射出,我拉着沛柠的手走了好久,闻到一股烤香的味道,看到前方的椰子树中透出亮光。

街巷里有一家巴基斯坦餐厅,灯光幽暗。走进去,我和沛柠坐在一对年轻的中国情侣对面,等待点餐,却迟迟不见服务员过来。对面的女孩说他们已等了半个小时。二十多分钟后,一位中年男子才慢悠悠走来,拿出菜单。又等了许久,看那些本地人大快朵颐,吃得津津有味。菜单上品类很少,沛柠点了她喜欢的咖喱炒饭和芒果汁,我点了两个小饼和一盘水果,店里另送了两杯矿泉水。小饼有一种怪怪的味道,辣得我直流眼泪。结账四十美金。沛柠说:"这么贵。"我说:"有吃的就不错了。"

马尔代夫岛上不产粮食蔬菜,也不加工食品及日常用品,这些都要从别国进口。它凭借丰富的海洋资源和美丽的岛上风光来吸引世界游人,旅游业、船运业是主要经济来源。

回酒店时十点多钟,沛柠累了,呼呼酣睡,而我辗转反侧,杞人忧天地担心起这海拔仅1.2米的岛国会不会遭遇水灾,因为海水几乎与陆地平齐。于是我打开手机上网搜索,得知马尔代夫历史上从未被海水淹没,而且没有过飓风和龙卷风,原因是其独特的地理位置,海水在上涨,岛屿也在同步上升,因为它是珊瑚虫的骨骼堆积形成的珊瑚岛。不过,马尔代面临的危机是全球气候变暖,海水上涨的速度超过岛屿上升的速度,未来这里可能面临被淹没的风险。

许久,我才心安入睡。窗外的祈祷声又隐隐响起,空灵而绵长,像从遥远的天际飘来,这声音似乎很远又似乎很近,慰藉了我羁旅中的孤寂!

五月，在太阳岛上

一

视野所及，天无边，水无边，天连着水，水连着天，浩浩渺渺的蓝色印度洋，似一匹蓝色锦缎，在大地上无边无际铺展。白色的快艇轰轰隆隆划过，犹如农人在土地上操纵着耕作机，霎时清寂的洋面，留下了一道深深的痕迹，海水汹涌，巨浪滚滚翻卷，白色浪花在船舷两边蹦跳。贴近窗，飞珠迸玉溅得满身清凉，颇为惬意！远望马尔代夫太阳岛并非太阳之型，像荡漾在水上的一艘小船，影影绰绰，若隐若现。

站立码头，海天一色。是天堂？是人间？恍恍惚惚中，分不清大海和蓝天。一条长长的褐色绸带依偎着蓝色梦幻。木栈道尽头，一株高大的椰子树站在沙滩迎着上岛的人，高枝上垂吊着铁质的圆环，在椰风海韵中荡着秋千。这是定格在我手机里一幅美丽的画面，我发到朋友圈，得到很多朋友的点赞。

岛是平坦的岛，岛上无山。5月，二十八摄氏度的气温，无闷热和燥气。

天气就像猴儿脸，说变就变，岛上的雨是最寻常的。当你在绿荫里徜徉，抑或在海边行走，或者拍照，冷不防一阵雨就洒在身上，这雨不似江南春雨的轻轻柔柔，缠缠绵绵，也不似江南秋雨浙浙沥沥，愁结百断。雨急匆匆走了一个过场，太阳在天上笑着，雨就倏忽逃跑了。湿漉漉的空气氤氲，洗濯身心，湿漉漉的海风吹来凉爽无比，湿漉漉的绿色植被葱葱茏茏，青翠欲滴。大片的热带树木，葳蕤着勃勃生机，知名的和不知名的杂聚一起。椰树居多，有的沧桑得如一位老人，主干上爬满了"老人斑"，老得脊背半躬直不起身；有的矮小得像极了当地人，精瘦而结实；有的像站成一排排的士兵在接受检阅，洗耳听命；有的一株一株挺起高大粗壮的身躯，似在守护着脚下弱小的植被。棕榈树铺开松针似的叶子，细细密密的，编织着岛屿的美丽。这些花草树木肆意地生长得益于空气的纯净，大海的甘霖。

小路悠长，浓荫蔽日，游人稀少。岛上工作的服务人员是清一色的男子，灰色的衣着，小个黑脸，他们骑着自行车从前方或者后方慢慢驶来，走过身边冲你一笑，一声"hello""good morning"，礼貌而谦恭。

花香四溢，鸟语啁啾，拉着长尾的褐色小鸟在道旁亦步亦趋，无视行人。一只蜥蜴"哧溜"一下从我脚下奔过去，蹿到一棵不知名的小树上，目视它恶狠狠的暴凸眼，不禁让人心怵。乌鸦弹动着震颤的舌簧，到处是"啊——啊——"的叫声，声调粗哑而又有节律，黑色的影子"扑棱棱"飞来飞去，飞上飞下，冷不防俯冲到路上。这熟悉的声音，让我想起遥远的中国北部的故乡，眼前浮现出故乡的村庄、绿树、鸟巢、鸦影、老屋以及瘦弱的母亲。我的故乡在中国大西北的秦岭以南，悠悠丹江水滋润着那片神奇的土地，在"绿水青山就是金山银山"的践行中，蜿蜒逶迤的蟒岭绿道，满目青翠，绿树成荫，清清河水里倒映着廊亭水榭，花草簇拥着俨然屋舍，夏日的薰衣草点燃了天边的云彩，陶醉了故乡新一代人走向世界的梦，漫步其中如入桃花源里，故乡原生态的美丽足以与南马尔代夫环礁群岛媲美。远隔重洋，一声鸟鸣，一株小草，一朵小花，都能唤起我心中的一抹乡愁——故乡是镌刻在骨子里的一尊雕像！

二

　　蓝晶晶的海，蓝莹莹的天，这是纯粹的蓝，浓郁的蓝，放纵的蓝；蓝得肆无忌惮，蓝得让人窒息，蓝得染蓝了人的瞳仁，蓝得让人神魂飞扬，如痴如醉！此时，纵有千种愁思万般忧苦，也被这一片蓝消融得无踪无影。渺渺茫茫的蓝之间，一条白色天地线横隔出海与天，海是浅浅淡淡的碧蓝，天是浓浓郁郁的蔚蓝。洁白的云映衬着浩瀚的蓝，云儿飘忽不定，变化多端，一朵一朵如花绽开笑颜，一团一团如膨胀的棉絮，一簇一簇像牧人赶来的绵羊。忽然，东边涌来一大片云山，高低起伏，飘向西天。

　　我仰头看天，低头看海，裹挟在蓝和白中，忘记了身在何处。

　　海边游人稀少，辽阔寂然。沙滩上散落着无人捡拾的贝壳，一枚一枚。珊瑚虫杂乱无章的遗骸，仿佛是思考者随意丢弃的烟蒂。沙子细腻莹白，如筛过一般，光脚走着，像踩在旧棉絮上，柔软而舒适。

　　几对情侣在沙滩上嬉戏，有的把身体埋进沙里露出头和双手，有的在沙滩铺开浴巾仰面小憩，还有的双双"扑通"跳进海里，向海的深处游去。海面荡漾起嬉笑的欢愉。

　　在日光下，欧美男人裸露着健美的棕色肌肤，欧美女人身着鲜艳的比基尼，他们迷人的身材与蓝色的海洋、白色的沙滩，构成一幅自然和谐的画面。这是一种追求生命回归的自然美，因为生命来源于水，成型于水。

　　绿树高耸，热带灌木一丛一丛，高高低低的绿色掩映着白色小屋。打开门窗，绿树、沙滩、大海直入眼中。我坐在海边木椅上，听海风轻拂的涛声阵阵。我躺在吊床上轻轻摇荡，悠悠的海韵带我拾起童年的一帘幽梦。我的脑海跳出普希金《致大海》的诗句："我多么热爱你的回音，热爱你阴沉的声调，你的深渊的音响，还有那黄昏时分的寂静，和那反复无常的激情……"

入住沙滩小屋的次日，夜半时分惊醒，狂风呼呼作响，大海发出急促的呼喊，风声、涛声夹杂着器物的撞击声，如千军万马狂奔而来，连绵不绝。我担心小屋会被暴风掀翻，我忧心人被卷到印度洋里去，我猜想树木被连根拔起，我断定鸟雀和乌鸦无一生还，我后悔和女儿沛柠两个弱女子来到这陌生的岛上。我仔细听隔壁有没有逃跑的声音，又心想四周是茫茫海洋又能逃到哪里去呢。在小屋的漆黑中，我默默祈祷上苍保佑小岛的平安。拉开灯感觉床稳稳当当，看小屋并无摇晃，隔壁的游客没有响动。躺下、坐起，我三番五次查看房间和床铺，惶惶中不知过了多久，屋外的风声渐小，眼皮不听使唤，在恍惚中入眠……

一觉醒来，天已大亮，我急忙开门。风柔和，海平静，天湛蓝，树木完整无缺，地上竟然无残枝落叶，小鸟"叽叽喳喳"，几只乌鸦啄着羽毛，逗留在沙滩上。想想昨晚只是一场虚惊，我不禁哂笑。可是又想，在巨浪和海啸面前，任何生命都显得无助和脆弱，即使是强权和铁人也无能为力。爱护自然、爱护海洋是人类的当务之急。人类破坏大自然的每一个举动，无异于幼儿与虎谋皮、莽夫熊口拔牙，其结果必然是自取灭亡。

三

独立的斜顶屋，用圆圆的钢筋柱支撑着，固定在浅海上，一间间排成一行，一座座木桥连接木屋与岸边。"水上屋"最初是岛上居民的住处。随着旅游业的发展，居民迁移到现代化的高楼里，而把这充满异域风情的屋子留给了游人。每间水屋有下海的楼梯直通海洋。低头看，海底礁石纹理清晰，平整如匠人修琢过。海水纯净如婴儿的眼眸，鱼儿在海里游弋。

晨光微曦，周围一片静寂，海空蓝色带黑。沛柠还在酣睡，我伫立阳台甲板，极目远望，东边的天空，高处飘着白云，几朵金色的云在低空徘徊，天空由深变浅，大海依旧蓝里带黑。不一会儿，云朵散开。海空相接之处现出一点光亮，四周一片橘红，橘红慢慢向外晕开。少顷，光亮处跳起一团火苗，渐渐变成一个橙红色溜光滚圆的圆球，慢慢浮上海面，继而跳上天空。云彩被酝酿得像新娘出嫁的彩锦，是野兽派宗师马蒂斯在空中挥舞彩笔，还是"印象派之父"莫奈勾勒出的色彩？此时海面似乎燃烧起来，像平原麦场上那场烟火，红里夹黑。一眨眼，太阳终于腾跃天空，金光闪亮，光线愈来愈强，如豆蔻年华的热烈，如激情燃烧的青春，霎时奔放出光芒四射的风采，直刺得我眼睛睁不开……

此时，在印度洋的马尔代夫太阳岛上，我目睹了世间最伟大的自然奇观！大自然总是如此慷慨，把最瑰丽的色彩赏赐给远航的勇者。

黄昏的霞光浓重了海的颜色，归航的白帆在红蓝交织的海面上悠悠荡来，一只长腿的鹭鸟扬起长长的喙，静静地望着大海。孤独的你呀！是在守望异域爱情，还是欣赏美丽的景色，抑或是期待远航的人归来？此刻游人聚集栈道上，观赏密密麻麻的小鱼，等待着参与夜晚喂食鲨鱼的活动。

仰望天宇，星子密布，闪闪烁烁，仿佛一块缀满珍珠宝石的黑色幕布就搭在头顶。宇宙似乎把巨大的孤独遗落在印度洋的这片小岛上。寂寥的夜空下，我躺在阳台的木椅上，海的喃喃细语似乎把小岛禅化成清幽的圣地，让人顿时入静，烦躁皆消，身心安然，心境旷达。我与天空静默地对视，突然想起《易经》说的"天垂象，见吉凶"。今夜的星空预示着什么？我等肤浅的俗人，又岂能懂得！老子西游，过函谷关前，把守关隘的关令尹喜见有紫气从东而来，知道将有圣人过关。而老子果然乘青牛而过，可见尹喜观天象之功。在科技不发达的古代，像姜子牙、诸葛亮靠易学智慧观天象赢得天下的奇才屈指可数。

我们的先哲，能在浩瀚深邃的苍穹中，从日月星辰的变化运行中看到宇宙的规律，仰观天象，俯察地理，预知人间变化。在庄子的逍遥世界里，修行之人可以独与天地精神交会。在那里，人生的烦恼与痛苦不再，唯有连绵无尽的美好。庄子说过，"世间万物气聚而生，气散而化"，人生得逍遥于世间，需要聚集快乐之气，化解难以回避的负能量之气。在俗世中，我本心怀梦想，始终追求真善美的境界，常带着孤独的灵魂踽踽独行，披荆斩棘，笑望远方，我坚信远方并不渺茫。

在旅行中，我也追求远方，远方既是期盼，也是人生旅途中的一种修行。我常带着灵魂上路，远方给予我生活的激情、不同的地域景观、不同的风土人情，让我遗忘了那些过往的得与失、悲与苦，对生活、对人生有了更深的感悟。

此刻在海上夜观广袤的星空，繁星密集，天地之大，让我深感人在无限的宇宙中渺小得如一粒尘埃。虽如尘埃，只要敬畏自然，顺应规律，阴阳和合，天人合一，大美世界会给人类带来无限福祉……

——此文发表于《东方散文》2020年第2期

第五辑

行走苍茫大地

行走，不是简单的旅游，不是穿着亮丽的衣服去拍照，也不是寻找所谓的诗和远方，而是人生的一种修行。

修行，不一定在寺庙吃斋念佛，不一定每天对着青灯，也不一定在古刹里听暮鼓晨钟。

背着行囊在祖国大地欣赏山水的绮丽，了解各地的历史文化差异和中国传统文化之博大精深，体验天人合一的自然规律，何尝不是一种修行！

在庐山，遥想江州司马

心栖草堂

那一年，厄运落在你的头上，你的仕途就像风雨中的鸟巢，随时都有可能倾倒。那是唐宪宗元和十年（815），宦党专权，割据势力蔓延，大唐的强盛开始转衰。一场被筹谋好的刺杀在长安街头上演——堂堂宰相武元衡被藩镇势力的刺客一剑封喉。这场血雨腥风震动了朝野，身为左拾遗的你，直言上谏，要求缉拿凶犯。你正直的言行触犯了藩镇势力的权贵，他们合谋告状，诬陷你以下犯上，越俎代庖，拿你母亲不慎落井一事大做文章，诬陷你不忠不孝。最终，龙颜大怒，贬你去江州，担任小小的司马。

你是继李白、杜甫之后唐诗坛上的泰斗——白乐天。你是"新乐府诗"的开创者，提出的"文章合为时而著，歌诗合为事而作"的主张，掀起了文坛的一股巨浪，对后世影响深远。一首《观刈麦》开创了现实主义诗风新局面。新乐府的讽喻诗篇，针砭时弊，关心民疾，抨击权贵。这些诗篇如同坚硬的刀、锋利的剑，刺伤了既得利益集团。权贵们读了如芒刺在背，诚惶诚恐，咬牙切齿，把嫉恨变成了冠冕堂皇的诬陷，终于找到一个发泄自己私愤的机会，让你离开朝堂，走得远远的。

那一年，你离开京都长安。正值萧索的秋天，"江云暗悠悠，江风冷修修"。你怀着悲戚、落寞、怅惘和失望，一路风雨凄厉，茫茫尘世，江州成了归宿。你来时，浔阳的江水澄清净明，微波荡漾，河流悠长，向着远方欢唱。山间的清泉汩汩流淌，红枫敞开热烈的情怀，都在欢迎青衫装扮的江州司马。这是一场天地间奢华的盛宴。暮色苍茫，南山的钟声在夜空回响。面对浩瀚的星空，你仰天顿悟：人生如幻如梦，仕途如泡影，一切皆是虚空，何不放逐山水间，寄寓男儿的豪情！于是你踏着陶渊明的足迹——是否也吟唱着他《归去来兮辞》中的醉歌？——来到陶公"带月荷锄归"的地方——浔阳城外三十里的庐山。

庐山素以"雄、奇、险、秀"闻名天下，云雾缭绕，如梦如仙，泉水淙淙，"林壑尤美"。群鸟唱和在幽深的山林之中，山风在峡谷沟壑间鸣响。这里更有千年的寺院——佛教领袖慧远在公元391年建立的东林寺，它是中国南方最早的佛教中心之一。怀着对东晋著名高僧慧远遗韵流风的景仰，你带着一群文人雅士，遍访东林寺，密切地结交众僧，甚至夜宿东林寺，深夜研读佛教经典。你的诗作可为明证："最惭僧社题桥处，十八人名空一人。"你甚至以"十八贤"自比（慧远与"十八贤"结白莲社共修净土之说，形成于中唐时期），而你本身受佛教思想影响，这更加坚定了你对佛的信仰。于是你专注佛经，不再过问朝事，只做好江州司马的本职工作，谨记孟子"穷则独善其身，达则兼善天下"的名言，决定终老庐山，并准备建一座草堂。

秋高气爽，雁阵南飞，秋的笔墨把庐山染成一片金黄。你开始伐木砍竹，用木头搭起草堂的骨架，以山竹围成墙壁，屋顶用茅草覆盖，遮挡的幔子则用苎麻编织而成。草堂前宽阔的平地筑了一个平台,台南还修了一个水池。山间的野花悄然开放,枯草由黄变绿。在香炉峰和遗爱寺之间,一座简陋的草堂拔地而起,你为它取名"庐山草堂",又名"遗爱草堂"。

你在草堂里摆上一张古琴,放上几本儒、道、释的书籍。你身居草堂之时日,敞开门窗,沐着清风和阳光,抚琴吟诗,寂寂的空山响起悠悠的琴声。整座庐山会因你的到来而显得活泛,山因你而活,你因山而乐,相看两不厌。走出草堂,你仰观山色,俯听泉声,靠着草堂朝看云雾,夕看落日。春的信息激活了生命的元素,绿草和野花蓬勃了山的野性,古松老杉也生出嫩芽,枝柯交错起来,草堂四周灌木丛生,藤蔓缠绕,树木密密层层,溪涧雾气蒙蒙。一条白练舞动在草堂东面,飞瀑流泻出生命的韵律。大自然设置的仙景安抚了你的灵魂。青山隐隐,白云悠悠,夏日的白莲娉婷于池中,白鱼悠哉于莲中,此时最惬意的你开轩嗅着莲的清香,观池中鱼的踪影,此心似莲一样清净,如鱼一样自由。秋天,枫叶染红了山间,杜鹃绽放争妍,黄叶在微风中簌簌作响,无名的果实在枝头摇头晃脑,你触景生情,当年秋天离开长安的愁绪已化作云烟,淡然,漠然。皓月当空,草木飘香,你邀友品茗,或吟诗唱和,或举杯共饮,把酒话桑麻,心系黎民事。冬天,皑皑白雪覆盖了整座庐山,雪白鸟栖尽,人寂坐空林。香炉峰雪淞沉砢,时断时续的梵音在空谷袅袅飘响,你拥着炉火,手执经卷,在暮鼓晨钟中慢慢进入一个清远虚淡的境界。

四季轮回,景色不同,你在草堂身心舒畅,物我两忘,在流年的时光里把山水珍藏于心,怀着对自然造化的敬畏,把心中的思绪,挥墨成一行行抒情的诗句。你撰写了三百余首(篇),把约八百首诗作分类编成十五卷,分成讽喻诗、闲适诗、感伤诗、杂律诗四类。在这里你成就了中国文学史上一大盛事,著名的《琵琶行》就诞生在此地。从此你在文坛遗世独立。《琵琶行》与《长恨歌》名垂千古,妇孺皆知,洛阳纸贵。正如唐宣宗写了《吊白居易》:"缀玉联珠六十年,谁教冥路作诗仙。浮云不系名居易,造化无为字乐天。童子解吟长恨曲,胡儿能唱琵琶篇。文章已满行人耳,一度思卿一怆然。"得皇上赋诗凭吊的仅你一人!

这是一座忘忧的庐山,清空了官场的纷争和黑暗;这是一座快乐的草堂,慰藉了一颗哀伤与无奈的灵魂;这是一处人间的桃源,悦纳了归隐者的纯真;这是一座文学的殿堂,为中国文学史书写了重重的一笔。正如你说:"庐山以灵胜待我,是天与我时,地与我所,卒获所好,又何以求焉?"但命运和你开了一个玩笑,终老庐山意愿未能实现,三年之后你被召回朝廷。从草堂走出的你,从此淡定红尘变幻,世事沧桑,闲看花开花落,云栖云散,真正做到了独善其身。

此时,我就站在草堂。此草堂非你当年的彼草堂,是模仿你当年草堂的风格而建。我仰望你高大的汉白玉雕像,它就像在江州仰望巍峨的庐山,你伟岸而立,昂首远眺苍茫无尽的山水,飘然的衣袂和翩翩的胡须,尽显你当年的风采。那一池清水,一汪溪流,满山碧草树木,都在夏日的风中诉说着你的旷达、睿智和闲适。

花开山寺

我知道大林寺闻名是因了你的诗句,还有你诗句中的桃林。

这座对近代佛教的兴起有历史影响的古寺,据说当年四周花木旺盛,果树成荫,由高僧亲植的西域娑罗木宝树,高干巨擘,枝叶如盖。你在《有大林寺序》中载:"大林穷远,人迹罕到,环寺多清流苍石,短松瘦竹……此地实匡庐第一境……"于是,你成了此地的常客。

仲夏时分,我循着你的脚步而来,怀揣着那片灼灼盛开的桃林,寻觅着那座千年的古寺。古寺何在?大林寺遗迹今已难觅。在时间的长河里,古寺遭受自然风雨的侵蚀,几经修复,几经衰败,最终成为一片废墟。后来兴修水利,那遗留的瓦砾、残垣断壁湮没在湖里，让人只能望湖叹迹！

迎接我的是美如其名的如琴湖。这一泓清凌凌的湖水，被远处的墨绿和近处的翠绿拥在怀里。绿的山峦和绿的柳杉在怀里倒立，倒立的还有白色的木亭。湖水宛如身着靓丽衣裙的少女，她手持琵琶，眉清目秀，流转着纯净的明眸，坐在山坳里，纤纤素手舒缓出天籁。山间的凉风和一湖的湖水滤去了我从都市带来的燥热之气。

沿湖而行，白色的字迹赫然入目，硕大的"花径"二字在石门的上方，"花开山寺，永留诗人"对联刻在石门的两侧。入门，方石铺陈的路向里延伸。这是你千年前走过的那条路吗？古树葳蕤，藤蔓缠绕，枝叶泼洒在路边。野花散散漫漫，幽林里传来脆生生的鸟鸣。走过拐角，一座红色小亭站立平地，形如雨伞，用六根木柱撑开。走近俯瞰，亭下是一圆形的石坑，如一口浅井，底部雕刻着红色的"花径"二字。回转目光，与大石上著名的《大林寺桃花》诗句不期相遇，字体遒劲有力。四周桃林茂密，枝叶旺盛着碧绿。

哦！一千多年前你就在这里，在开满桃花的路上，吟出了千古绝唱的诗句。

我站立原地，手扶着红柱，神思蹁跹，遥想着千年前的诗人。

那一日，已是暮春四月，大林寺的春天依旧灿烂，柳丝依依，山花摇曳。林荫道里，方丈摆出桌椅，以山中的泉水为你洗尘。微风徐来，轻抚你酣然入睡。在梦里你漫步一片密密的桃林……走投无路之时，眼前飘来一位美丽的少女，揖礼道："吾乃桃花公主，知居士来，欲出，引之！"她轻拂水袖，一条小路旋即闪出。你随她入园，蜂蝶纷纷，朵朵桃花艳丽，香气袭人。你欣然向前走呀走，幽深的桃林似乎走不到尽头……醒来后，你讲述梦境，方丈说此地不远确有桃林。于是你和一群文人僧人向前走去，果然遇见了梦中的桃林。花朵挨挨挤挤，粉嫩、嫣红和洁白，彩蝶舞动，蜜蜂嗡鸣，曲径通幽，鸟叫啾啾。你雅兴浓厚,当即找来笔墨,欣然题了"花径"两字。有人提议勒石为据,当时命人刻制。刻字的石碑,不知何时被岁月的风尘掩埋,一千一百年后被挖掘出来。有个叫李拙翁的汉阳人,募资兴建了花径亭、景白亭和石碑坊,并以"花径"命名,刻对联于石门两侧,后来扩建为花径公园。此园不仅仅是一处单纯的旅游胜地,也不是一个记载时间和历史的景点,而是一个光照历史的人文精神坐标。

在桃花过了花期的夏季,一行一行的游人向公园走来。我漫步这里,微风摇动着树叶,我嗅到了空气里浓浓的古典韵味和唐诗的气息。

那一日,你行走在山里,想起山下桃花凋零,落花已化作春泥。你遗憾春花易逝之时,眼前却花团簇簇。春天躲进了这里,大自然的物象和人生何其相似。人间那腐败的王朝和这山寺的桃源是一个鲜明的对比。你在朝廷遭受陷害,被逐出长安,忧叹世事薄凉,人情冷漠如寒冬,人间何处有温暖的春天?来到这山寺,桃花默然开放在眼前,那四溢的花香混杂着泥土的清香,把心中沉积的阴霾霎时驱散,曾经的消极、失落、颓废和郁闷,隐匿在春的气息里,渐渐逃离。山林的春天有一种别样的风情,人生不也有别样的风景吗?

于是你神清气爽,全身的细胞悦动在春天里,诗情飘逸,且行且吟:"人间四月芳菲尽,山寺桃花始盛开,长恨春归无觅处,不知转入此中来。"

我想象着,这脍炙人口的千古绝句回响在午后的山里。那头顶的天空和脚下的土地,是历史的留声机,录下了携着花香和草木之味的声音。这回音在春天的阳光下发酵、生根,植入人们的心里。从此后世的文人雅士,趋之若鹜,踏着你的足迹,在桃花丛中追寻你的诗魂。山寺已经融入脚下的土地,而年年复开的桃花却从唐代一直开到现在,她传递着诗的信息。

——此文发表于《东海岸》2018年第2期

漫笔仙娥湖

仙娥湖像一颗明珠，镶嵌于商州城西北幽深的山谷。河水从深山密林悠悠而来，河岸峰峦峭峙，嵯峨挺秀，自然形成石羊、石牛、石蛙、金鸡报晓、王母娘娘的梳妆台、胭脂盒等奇妙景观。灌木野草丛生，怪石如巨斧劈成，如秦兵马俑突兀湖边，倒映在万顷碧波之中。这是商州著名的八景之一"仙娥峭壁"。

奇特的地貌为民间传说提供了丰富的素材。有关仙娥湖的成因有两个版本，都与"娥"字有关：一是舜的妻子娥皇救夫，一是民间仙女仙娥救灾。

接地气的传说是，秦宫女子仙娥，在华山修炼成仙云游商山，看见二龙山困锁丹江，给百姓造成水灾。于是她请来巨灵神斫开山峰，使丹江水缓缓流向下游，为百姓解除了水患。百姓因纪念她，把劈开的山峰叫仙娥峰，并在峰顶修庙祭祀，峰下的溪水叫作仙娥溪。后因在溪下拦水筑坝，蓄水成湖，水域面积六千多亩，容量8000万立方米。仙娥溪就变成了现在的仙娥湖。

站在巍峨的百神峰上俯视，仙娥湖形如一个大写的"丫"字。远处的湖面飘绕着山岚雾气，东南西北有小山梁伸向湖面，水光如幻。四条山系像四条龙蜿蜒而动，与湖心岛形成了"四龙戏珠"的自然景观。

湖心岛是自然形成的小岛，无人工的雕饰，无楼台亭榭，只有花草树木。春天桃之夭夭，灼灼其华，油菜花飘逸出一湖金黄；夏天细密的柳丝垂在湖面，湖水荡漾着翠绿，白芍花给清亮的湖水增添了几分纯白；秋天的桔梗花给湖水围了一圈忧郁的深蓝，仙娥湖仿佛有了海水的意境。滔滔丹江长流不断，这都得益于仙娥湖对水量的调节。暴雨季湖水剧增，湖尾泄洪时犹如黄河壶口，惊涛骇浪从天而降，十分壮观。

夏日，我和母亲、妹妹及小辈们行走在湖东山腰的大路上。天空瓦蓝瓦蓝，无一丝云彩，青山郁郁葱葱。山鹰盘旋空中，鸟雀在林中脆鸣，远处高音的画眉婉转动听。农人在山坡上挥动锄头，迎面走过背青草的人，弓腰曲背。白墙黛瓦的屋舍前，黄狗拉着铁链，从台阶上冲下，对着我们吼叫。纯朴山民从屋里出来，轻唤一声"小黄"，狗便转着滴溜溜的眼睛乖乖躺下。

山坳里，依山而建的小楼被高大的果树掩映着。大门两边挂着大红灯笼。我们一行人走进去，在小村庄的农家乐吃了一顿丰盛的午餐，品尝了地道的商州特色美食。独特的风味，抚慰了思乡的味蕾。

采撷一束茸茸的狗尾草，沿着小路走到湖边，坐在大石上，南风拂过清凌凌的湖水，淘洗了心肺。山峦起伏，隔断了外界的尘嚣，仙娥湖不施粉黛如锁在深闺的村姑，但拨开历史的云雾，她却有着显赫的身世。

在那风云万变、群雄逐鹿的年代，仙娥湖是商於古道必经之地。商於古道是商邑和於邑水陆通道，从古都长安出发，穿行于秦岭腹地，绵延六百里。古道丹水，孕育了华夏五千年灿烂的文明。从尧舜禹到夏商周，商邑和於邑是政治文化中心。《吕氏春秋》记载，"尧战于丹水之浦，以服南蛮""帝尧使后稷放太子丹朱于丹水"，丹江因此而得名。丹江汇聚众多溪流，其上游注入仙娥湖。唐以后这里设置的仙娥驿，成为秦岭南麓的第二个驿站。昔日仙娥湖岸边古庙香火不断，正月的三天庙会演三台大戏：秦腔、二黄和眉户。吸引了川、陕、晋、豫、鄂等地的香客前来朝拜。

遥想过去，仙娥溪边的古道人流熙攘，热闹非凡。这里战马嘶鸣打破了山谷的寂静，潺潺流水和着哒哒的蹄声，葱茏的柴薪点燃过春秋战国的烽火狼烟，山谷驰骋过秦国称霸天下的金戈铁马，溪水边留下过汉高祖刘邦"先入关为王"的足迹，林莽里响过李自成屯兵操练的厮杀，古道上演绎过几千年朝代更替的刀光剑影，磨砺过多少风云人物和英雄豪杰。这里曾经走过仗剑走天涯的侠士，走过贬出长安的官员，走过去国都赶考的书生，走过咏诗抒怀的文人墨客……

一千二百多年前，李白一袭青衣，打马从古都长安走来，翻越秦岭，在仙娥驿旅居，看到这里美景宜人，写下了"我行至商洛，幽独访神仙"的名句；白居易也从长安跋涉而来，被风光秀丽的仙娥湖吸引写下"我为东南行，始登商山道。商山无数峰，最爱仙娥好"的佳句，流传千古的诗文给诗情画意的仙娥湖增添了人文色彩。

如今，通往古都西安的路，在南秦岭开山改道，相伴于仙娥溪的古道淹没在湖水中，被时间的沧桑湮逝，古道虽然消失，但青山依旧，绿水长流，历史人文的沉淀愈来愈厚重。在国泰民安的今天，商州人保护着仙娥湖，近年来，国家多次环保督察，将仙娥湖流域作为国家级水源涵养保护区，上游方圆十多里人家已经搬迁，保持"一江丹水送京津"源头的纯净。今年，我再去仙娥湖，湖边山腰的路已经被封，游人不能进去，农家乐已经撤离，这些措施都是为了保护丹江源头的自然生态。站在大坝的栏杆外，我远望仙娥湖，碧水荡漾着清波。从这个意义上来讲，仙娥湖不仅是拦坝聚水的人工湖，更是抗旱防洪救灾的平安湖，也是构建和谐生态，利好京津，为民造福的灵湖！

武大的樱花开了

四年前的阳春三月,正是樱花烂漫的季节,我去武汉大学赏樱。从学校正门牌坊到珞伽山的校道上,人流如潮,花开似海。

到了樱园里,这里的樱花品种繁多,一片一片,姹紫嫣红,光彩耀眼。最是那云南樱花,凝聚了冬季积蓄的热情,芬芳了浓郁的春色。有的红艳艳的,射出爱情萌胀的烈火;有的粉嫩透出妖娆,似贵妃出浴的娇媚;披头散发的垂枝樱花,红白粉三色,彰显了一种天然去雕饰的自然美;绿樱花似闺中女子,迈着婀娜静雅的步履,含蓄内敛;山樱花裸露着红扑扑的脸蛋,一股淳朴凝成村姑出嫁的羞涩;东京樱花,忽闪着一朵一朵的纯白,白嫩中渗透着红润,像年轻的山口百惠的面庞,清纯柔美。

远望高处的樱花,一片一片闪出雪绒花的亮光;近处的几株老树,在风的搅动下,飘洒鹅毛似的雪。一位清瘦女子着红色罗裙,捡拾地上的落花,一瓣一瓣,放进手里的锦囊中。几个年轻的男女穿着汉服,像是在开展国学研讨活动,人面樱花相映衬,我驻足观看入了迷。突然一曲《高山流水》如回绕曲折的溪水，从樱花深处流淌出来。飘逸的古装、袅袅的清音和盛开的樱花和谐地融合在一起，增添了武大校园别致的风采。

樱花在中国文化中象征着美好、和谐、开放、包容，也象征着爱情的美好、短暂与易逝，警示人们时时珍惜。

樱花传到日本便被奉为日本的国花。许多人以为她是日本特有的植物，其实樱花在中国有悠久的历史。秦汉时期，樱花已在中国宫廷内栽培。日本一本权威的专著《樱大鉴》记载，最早的日本樱花是从中国的喜马拉雅山脉传过去的。

"樱桃花下送君时，一寸春心逐折枝。"这是唐朝诗人元稹的《折枝花赠行》中写道的，可见那时樱花的普遍；"何处哀筝随急管，樱花永巷垂杨岸。"阵阵清亮的筝声，伴随着急骤的箫管，在樱花盛开的深巷、垂杨飘拂的河边传出，李商隐是因乐声而神驰还是以樱花而沉醉？诗歌写景，足以说明唐朝的大街小巷随处可见绚烂绽放的樱花。当时大唐帝国接受万国朝拜，日本使者深慕中华文化，樱花便随着建筑、服饰、茶道、剑道等一起被日本人带回东瀛。

然而武大的樱花，最早确实也有从日本移栽过来的，它承载了一段沉重的历史。1938年，武汉沦陷，武汉大学被迫南迁，校园成了日本驻地，日军在校园养护伤兵。当时留守校园的青年教师汤商浩和他的日本妻子铃木光子，尽力说服日本驻防官员保护校园，停止杀戮和破坏，但侵略者嗜杀成性，停止杀戮后空虚无聊，为给官兵营造心情愉悦的环境，指挥官便从日本带来了东京樱花。其实它们是中原樱花的子孙，但这种重返故里的方式像一把带血的刀剑插在中国人的心上，人们以忘却的方式把屈辱压在心底。

新中国成立后，武汉大学重建，从外地移栽樱花，形成最早的樱花大道，而上海山樱花更新了老化的樱树，当年日军留下的樱花到20世纪50年代基本绝亡。园林工人不断补栽移栽，使得樱花品种增多。中日建交之后，日本株式会社向中国赠送的樱花也栽植在武大，于是樱树蔚然成林。经历了无数劫难的樱花，年年岁岁，从3月到4月开得轰轰烈烈，花开时间长，吸引了各地的人来欣赏。

去年，我从云视频看到武大校园里，樱花灿烂之时，樱花大道空无一人，樱花兀自开放。今年我从视频上看到，挺过严寒煎熬的樱花，花朵开得密密匝匝，开得一抱一抱，开得铺天盖地，它们朴实、顽强、团结、向上，无怨无悔地向人们传情达意，一缕一缕馨香飘散在英雄的城市，天地有大爱，草木亦有情，武大校园迎来了全国抗疫医护人员和游人赏樱，盛开的樱花丛中又传出悠悠琴声、阵阵歌声和朗朗笑声。

——此文发表于2021年3月《浙江工人日报》副刊

冷落的大师故居

一

在盐官这陌生之地，我脚步匆匆，目光游弋在古街两边的古建筑物上，寻觅着大师的故居。我从宰相府第风情街无意识地折到一条巷子里。左转右拐，又走到一条小街上，上前打问站在杂货铺前的老人，老人手势告诉我行走的方向。沿着空旷的小街而行，难得看到人影，敞开的几家店铺，也无人光顾，一辆摩托车"嗖"的一声从我身边疾驰而过，一股烟尘钻入鼻孔。忽然一种"念天地之悠悠"和"独钓寒江雪"的情绪袭上心头。不知冥冥之中是一种什么力量让我不停止脚步，尽管腿脚有点疼痛。

我和王国维先生虽是同一姓氏，但我明白我们并非同一宗族。恰逢清明，我不是去祭奠他的魂灵，而是先生博学多才，学贯中西，在各个领域有很高造诣。这些深深吸引我这样一个喜欢读书写字的人。我只有顶礼膜拜！

很早从他的文学理论著作《人间词话》中读到三句经典的话，古之成大事业、大学问者，必经三重境界。第一境界：昨夜西风凋碧树，独上西楼，望断天涯路（晏殊《蝶恋花》）；第二境界：衣带渐宽终不悔，为伊消得人憔悴（柳永《凤栖梧》）；第三境界：众里寻他千百度，蓦然回首，那人却在灯火阑珊处（辛弃疾《青玉案》）。这三句话本来是写爱情的，分别出自晏殊、柳永、辛弃疾的词。但先生用来比喻读书、做学问是多么贴切，而搞文学创作更是这样。要耐得住寂寞，无怨无悔地追求，忍受磨难之后会领悟到别人无法领悟到的境界，达到一定的高度，慢慢会进入成功的境界。

第一境界启示我们读书做学问要明确自己追求的目标和方向；第二境界提示我们读书做学问要坚持不懈，持之以恒，无怨无悔；第三境界才是收获的喜悦，那种苦苦追求猛然获得的顿悟和突然茅塞顿开、豁然开朗的喜悦就在眼前。

海明威的小说《乞力马扎罗的雪》开头写："覆盖着积雪的乞力马扎罗山，山高19710英尺，据说是非洲境内最高的一座山巅。山的西高峰被马塞人称作'恩盖·恩盖·奥咿劳'，意思是'上帝的殿堂'。靠近西高峰的地方，有一具风干冻僵了的雪豹尸体。雪豹在那么高的地方寻找什么，没有人作出过解释。"

麦家说："这只豹子是所有挑战人类极限者的象征，当然也包括作家在内。"

作家就是那头可怜的"豹子"。道出了作家精神探求的特质与缺憾，一个作家陷入孤独的时刻，也是灵魂高度得以提升的时刻，世界上需要"豹子"，随时准备到达那个未曾去过的地方，等待命运的召唤。陆游在《文章》中的"文章本天成，妙手偶得之"道出了写作的心得。只有有深厚文学功底的人，加上灵感，才会写出佳作。而这灵感是作家经过了多少的苦思冥想和努力才能得到。陈忠实用了六年的心血写了一部厚重的文学巨著《白鹿原》。麦家的

《解密》经过十七次退稿,用十一年时间完成。还有巴尔扎克把自己想象成书中人物,一起生病,卧床不起……

我边想边走,就走到了小街的十字路口,一块指示牌上写着几个景点的名字,都标着箭头。

通向先生故居的这条道路紧依着田野,宽阔而平坦,两边高大的香樟树枝叶茂密,在头顶上形成一道绿色的华盖,地上落了一层薄薄的黄叶。走了很长一段路,看见一位妇人弯腰打扫着叶子,她抬起黝黑的脸看着我,惊奇的目光让我不解,难道是因为我穿着一双高跟鞋,还是很少有人来此?此处,一根直挺的电线杆上写着"王国维故居",箭头指向田野。我松了一口气,也算经历了三个境界。

二

这是一座白墙黛瓦的小院,坐落在一块田野之中,四周绿意盎然。一条凹凸不平的土路,从田野中伸展过来,以九十度直角与来时的路相连。走过去,不远,就到达王国维故居的院落。目极处,树木成荫,一片绿海从眼前扑来,黄灿灿的油菜花在田间引蝶纳蜂。隐约可见远处的房屋掩映绿树之间,几声清脆的鸟鸣从原野的树林深处悠悠荡来。我收回贪念春色的目光,小院里空落寂然,脚下铺就的方形青砖干净清爽,似乎很久无人光顾。门侧边立着一尊大师高大的石雕像,他凝重地目视着远方。我倚着石雕,站在大师的脚下,仰视大师尊容,只有崇敬和膜拜。

这里只有我一个游人,另外还有一个售票员和一个工作人员。这里的氛围如此静寂,这种寂然与大师的名气很不匹配,与其他景点的热闹形成反差。我寻觅大师故居的途中经过盐官宣德门,那里的游人成群结队。在风情街上,人们执长枪短炮和手机自拍,两街的店铺里有出出进进、拥拥挤挤的游人,盐官地方特产的小吃店前，更是挤满了人。想到这些，我心生感叹，一代国学大师的故居门前是这么冷清！在中国有多少人知道"王国维"的名字呢？在经济大潮已经淹没了国学孤岛的当今，恐怕知识分子中的许多人也不知道王国维，何况普通游客呢？

先生生前研究的领域之广泛，境界之高深，已到曲高和寡，高处不胜寒的境地了。这种境地的人是喜欢独自静处，致力于学问研究的。从这一点来看，这里的环境正合了先生的心愿。百年前小院的环境恐怕亦如今天这样静寂吧，不然，先生为什么给故居取名为"西城小屋"呢？可见先生对这个地方的喜爱。

三

故居是独立庭院，坐北朝南，是典型的江南民居，木质结构。不像豪门贵族的深宅大院那样奢华气派，但绝非平常百姓的住房，这与先生的家境相契合。因为历史上，王氏家族并非寻常百姓之家。其先世祖籍开封，远祖是功勋卓著的抗金民族英雄，战绩赫赫，以死殉国。后世祖先随宋高宗南渡，袭安化王爵，赐第盐官，遂居于此。父亲王乃誉是安化郡王第三十二世裔孙。虽后来家道中落，但祖上的荣耀是不争的事实，因此，王氏家族受到当地人的敬仰。

一进门，前厅中央是先生的半身铜像。铜像清晰可见旧式的衣衫，门襟上一对盘扣，头戴瓜皮帽，鼻梁上架着一副很大的眼镜，前庭饱满，眼睛深邃，尽显学者风貌。

厅堂中挂着的横匾写着"娱庐"二字，这是著名书法家鲍闲伦所题。这"娱庐"二字是先生的父亲为故居所取的名字，娱庐始建于先生九岁时。先生四岁时失去了母亲，他和姐姐的生活由叔祖母照顾。在这"娱庐"里，先生度过了十三个春秋。二十二岁离家在外游学，每年都回来居住。"娱庐"下是一幅水墨画，两旁对联曰："旧书不厌百回读，至理真能万事忘。"我站立良久，反复咀嚼品味这"娱庐"和对联，只有望文生义，想必是寄托了为学之乐的寓意吧，或许是概括先生的精神与情态。先生的父亲王乃誉也是博学之人，他精通书画、篆刻、诗词古文辞等，在这样文化氛围的熏陶下，先生从小就博览群书，涉猎传统文化的各个领域，这无疑为他以后的学术研究奠定了坚实的基础。

二进展厅，墙壁上展示着先生的家世、生平简介以及成就，还有先生和家人及参与社会活动的照片、国内外专家学者研究王国维的论著等。在这里，我了解到书本上不曾提及的内容。

先生的一生硕果累累，学识博大精深，通日、法、英多国语言。他在教育、哲学、文学、戏曲、美学、史学、古文学等方面均有造诣和创新，为中华民族的文化宝库留下了广博精深的学术遗产。

从二十二岁至三十岁期间，他受新文化思想的影响，在上海求学时，就从师日本教师学日文，兼学英文。后来，他东渡日本留学，研究康德、叔本华、尼采哲学，还攻读西方伦理学、心理学、美学、逻辑学、教育学、翻译心理学、逻辑学等名著。他自称这一时期为"兼通世界之学术"的"独学"时期，代表作《红楼梦评论》《静庵诗稿》《人间词话》等。

三十岁后，他转向文学研究。他第一次向国人全面介绍托尔斯泰的《战争与和平》《安娜·卡列尼娜》《复活》等名著，让国人了解了莎士比亚、但丁、歌德、拜伦、席勒等外国文学大师。同时他还研究美学、词学和中国戏曲史，写出了著名的《人间词话》，撰写了《曲录》等著作。

辛亥革命后，先生携全家侨居日本四年多，在这段时间里，他静心做学问，转向研究经史，治学甲骨文字，以古文字学为基础，研究古史，从古器物到古代书册、服装、建筑等，所涉甚广，著作甚丰。同时写出了被誉为"戏曲研究史上一部带有总结性巨著"的著作《宋元戏曲考》。

回国以后，先生兼任大学教授，主要研究甲骨文字和商周历史，做出了超越前人的成就。冯玉祥发动"北京事变"后，他结束了溥仪"南书房行走"的工作。此后，他受聘为清华研究院导师，教授古史新证、尚书、说文等，研究元史、蒙古史，校勘《水经注》等。先生精深的学识、笃实的学风、科学的治学方法和朴素的生活影响了清华学人，培养了一批文字学、历史学、考古学方面的专家学者，同时他研究殷周、考证甲骨、阐释钟鼎，以精到的语言撰写自己的心得、发明和独创，对古代历史和地理等研究做出了重大贡献，博得海内外学人的推崇和尊敬，是与梁启超、陈寅恪、赵元任、李济并称为"五星聚奎"的清华五大导师之一，其门生、弟子遍布中国几代史学界。

我在展厅仔仔细细地阅览了这些资料，大师的治学精神深深感动着我。

走出展厅，是一个天井式的后院，一条鹅卵石铺成的小路，从厨房的台阶通向墙角的水井，三棵枫树与院墙齐平，小草伏地，圆形的石桌和石凳静默不语，小院氤氲着自然之趣。我似乎看见百年前的先生，十多岁的年纪，满脸童真，在院中嬉戏，捉着草丛里的蛐蛐，石桌上放着四书五经。少顷，院中响起"之乎者也"的回音……慢慢地，他拖着一条长长的辫子，身着长袍短褂，在院子里踱来踱去，紧皱双眉，思索着……

四

通向二层的木楼梯很窄，上下仅能容一个人，而且有点陡。我扶着栏杆拾级而上，脚下的木梯发出"咯吱，咯吱"的声音。空气里弥漫着岁月的霉味。到了二楼，向前走几步，便是先生的书房。屋内光线暗淡，摆设简陋。木质开窗处的书桌上，摆放着一盏煤油灯和笔墨砚台。书柜里放着先生的书籍，旁边的柜子里放着七八个青花瓷瓶。这青花瓷瓶是前朝的真品还是仿制的，我不得而知，但它们散发着高贵的釉色，给这昏暗的木屋增添了一抹光亮和活气。

书桌对面墙上有四幅画。整个书房朴素而宁静，氤氲着浓浓的书香之气。多少个静夜，先生就在这小小的空间里，站立、坐下、踱步、挥毫，灯光照着他的孤影，窗外啾啾的虫鸣伴着他苦思冥想，天马行空。

　　书房中间放了一个木制摇椅，我想：先生读书做学问累了，坐在上面轻轻摇动，稍作小憩。我用手抚摸摇椅两边的扶手，它光滑而冰凉，就像1927年颐和园昆明湖的湖水一样的冰冷。那一年，中国大地风雨飘摇，风云突变，先生把生命之躯定格在一泓清泉之中。那一年是先生学术鼎盛之际，也是五十岁的知命之年。

　　这是初夏的季节，颐和园里草木葱茏，阳光洒在水上，绿波摇荡。穿着盘扣长衫，脑后拖着长辫的先生从一辆人力车上下来，走到园中的鱼藻轩，驻足良久。此时，园中很静，先生待那手中的一支烟燃尽了它的宿命，起身走到深不到二尺的湖水边，"咕咚"一声，先生用自己的躯体在这澄清的水上画了一个弧形和句号，将那一颗智慧的头颅投向那满是松软淤泥的湖底，像他刚抽完的那支烟完成了生命的窒息。远处的员工听到声音，赶来解救，那焦急的几分钟，没有留住一个鲜活的生命。一代国学大师，就这样悄然离去。此时，那个受雇的人力车夫仍等在园外，家人在等他吃饭，久久不见人归。先生离世后，家人在遗物中发现了他离世前一日所写的遗书。遗书开头"五十之年，只欠一死。经此世变，义无再辱"十六字，足见先生的淡定从容。之前他并无什么异常举止，照常去办公室，和同事一起安排下学期的工作。他的离去却给生者留下种种疑窦……至于先生为什么要以这样的方式离开世界，我们不得而知，只有惋惜。

　　当我在思绪驰骋之时，不知不觉地走到了先生的卧室，恍惚之中猛一抬头，就看到卧室过道一个黑色的影子，吓得我魂飞魄散，心怦怦乱跳。我停步站立，待我定睛细看，是一个人，黑色的衣着与昏暗的屋子融成一个魅影，他戴着副大眼镜，一小块白色胶布贴在左脸颊上，很醒目。他默然低头看手机。儒雅的模样，是某位远道而来的游客？是某大学的博士或学者？难道是遭遇不测或心理忧郁而追随先生足迹去吗？这里离钱塘江很近，他会仿效先生，把生命交给江水吗？既然是游客，为什么呆立原地，一动不动？我的本意是参观，却全神猜想起这个"黑影"的身份和来这里的目的来。在猜想中匆匆走过先生的卧室和他隔壁父母的卧室，踏着"咯吱咯吱"的木楼梯飞快地走下去。询问门口工作人员，得知那"黑影"也是工作人员，我不禁哑然失笑。自己的想法是否离题？心理是否多疑？在我许多次的游历中，遭遇空寂故居仅有一人独自参观是生平第一次。此地此刻胡乱猜测也是难免的！

王国维先生是集史学家、文学家、美学家、考古学家、词学家、金石学家和翻译理论家于一身的学者，生平著述六十二种，批校的古籍逾两百种。他是近代中国最早运用西方哲学、美学、文学观点和方法剖析评论中国古典文学的开创者，又是中国史学史上将历史学与考古学相结合的先驱，被誉为"中国近三百年来学术的结束人，最近八十年来学术的开创者"。梁启超赞其"不独为中国所有而为全世界之所有之学人"。这样世界级的国学大师的故居，竟然如此冷清，没有游人，这着实让我不解和疑惑。

我从幽静的故居出来，站在院前那棵迟迟不肯开花的玉兰树下，闻到了江南春天里泥土的清新之气，还有油菜花的馨香之味。沿着来时的路返回，终究没有看到一个人，突然从故居后面的废墟里窜出两只小狗，一黑一白，他们紧跟在我的身后，我弓下腰，挥手吓唬它们，它们便蹦跳着跑到了田野的那头。

盐官的热门景点很多，而王国维大师被冷落到这步田地，这或许是经济社会文化景点被冷落之隐痛吧？

——此文发表于《浙江作家》2016年第9期

草原牧歌

轻轻地我来了,正如你轻轻地氤氲进我的梦里,我潇洒地挥一挥手,驱散了南国追随来的那一片火云。仿佛有神的昭示,我轻轻地飘进鄂尔多斯风景道,一头扎进巴音希泊日大草原清凉的怀抱。

"巴音希泊日"是富饶的湖泊、好的水泉的意思。它是鄂尔多斯风景道一个重要的生态旅游区,位于鄂前旗城川镇西三十二公里的地方,在敖成公路南侧,交通便利,面积一万多亩,水丰草肥,牛哞马嘶,小伙的马头琴声吸引流云驻足,姑娘的舞蹈炫动着彩霞,独特的天籁欢悦地摩挲耳鼓,牵引着游人的魂魄……

只有站在辽阔的草原上,才能体验什么是"天似穹庐笼盖四野"的情景,遥望,绿色的草甸铺满了大地,像镶嵌在大漠里的翡翠,游客在草丛里被绿色吞噬,几乎看不到了。草原一碧万顷,羊群是流动的云朵,马儿是点缀在绿毯上的玛瑙,散漫的牛羊像珍珠般撒落一地。我独自走到一块草甸边,看见一头奶牛啃着青草,悠闲憨厚的姿态令我心生欢喜。它水汪汪的眼眸像两潭清泉,肥壮的骏马吃饱喝足，一身栗红色燃烧了一池清水，那轻轻弹动的蹄子，满是驰骋草原的激情，似乎描画着明日奔向远方的梦想。大草原用淳朴的情愫谱写大自然和谐的乐章。

阳光灿烂而不灼热，凉风舒爽而无纤尘。清晨看日出的壮美恢宏，傍晚欣赏"大漠孤烟直，长河落日圆"的奇景。村庄的房子都有蒙古包的特色，好像童话里变形的蘑菇，沉浸在静谧中。野花点点，甜蜜着殷殷的热情，飞蛾在蹁跹着诗意，蝴蝶在飞舞着童话，母鸡在草丛里捉虫，小狗在院子中悠闲，猫儿懒散地眯缝着明日的梦想，眼前是一幅祥和恬然的草原牧歌图……

热情好客的主人面带微笑，虔诚地捧上白色的哈达挂在我的脖子上。走进蒙古包，草原美酒和美食摆满桌子。可惜我们南国来客不胜酒力，一口热辣的酒冲到喉咙就呛出眼泪，倒是那手抓羊肉、奶油酥饼唤醒了每个人胃里的馋虫，我也学起草原人的豪爽，大快朵颐起来。吃饱喝足，我们兴奋地去草原骑马，牧人和马儿早已等在那里。彪悍的马儿在牧马人跟前很温顺，像姑娘看到恋人一样柔情。牧马人的皮肤被太阳晒得黝黑黝黑的，在阳光下泛着油光，他们身着鲜艳的民族服饰，戴着牛仔帽，彰显着草原英雄的粗犷和阳刚。他们笼住马缰，向我们招招手："女人，过来。"然后妥善安排我们每个人适合骑的马匹。可惜我从小就胆小不敢冒险，现在看着旅伴骑马我还是不敢上马，一位慈祥的大叔，古铜色的脸上漾着和善的笑容，扶着我的手让我跨上马背，他扶我坐好再三鼓励我，像呵护自己孩子一样保护着我溜达了几圈，等我骑稳了，他把缰绳交到我手里，我随马儿在草原上慢慢跑起来。

牧马人不时扬起马鞭，赶着马儿一路小跑，他们的潇洒感染了我。我战战兢兢的身心完全松弛了下来，跟在同伴后面溜达，远处的骑手大呼小叫犹酣战，不断发出"嗷嗷"的快乐呼叫，马儿奋蹄驰骋，似乎体内潜伏的野性喷涌而出……我慢慢熟悉了马性，也加快了速度，虽然垫了褥子的马鞍仍然显得无比坚硬，硌得我屁屁疼，双腿也感到酸痛，但享受刺激的快乐刺激着我，鼓励着我，使我们在草原上不知不觉奔驰起来……在草原上骑马是对自己胆量和信心的挑战，真正的骑手可以放胆追逐远方的目标，像搏击长空的苍鹰，谱写天地间唯我英雄的绝唱。我也忘记了最初的胆小，草原的壮阔和豪气荡涤了我的懦弱，我心中无比的愉悦……

抬头，太阳在远方的山头伏下了温馨的身子，夕阳下的草原聚合了神奇豪迈的光影，把草原装饰得像一幅奇妙的装饰画，更像一首缠绵的抒情诗……草原氤氲着一道华丽的光和影，书写着诗意和浪漫，逆光的草原渗出一点点淡墨浸渍的黑色，一种苍凉的壮丽开始笼罩草原的天地，时光要把我们曳进开启鸿蒙的茫茫里……

我们围坐在大草原上，和主人聊天，听他讲少年的故事和草原的传奇。这时主人家传来喜讯：他家的奶牛一胎生了两头牛犊。小牛犊给主人家增添了快乐和喜庆，我们都高兴得像小孩子一样，跑到大草原上欢呼……

从那遥远的天边传来了带着鸿蒙初音的歌声："在那遥远的地方，有位好姑娘，人们走过她的帐篷，都要回头留恋地张望……我愿做一只小羊，跟在她身旁，我愿她拿着细细的皮鞭，不断轻轻打在我身上……"我眼前浮现了《西部歌王》的画面：一位男子正在追逐美丽的姑娘，野花颤动着映衬羞涩的面庞，草丛遮蔽了他们的身影……

循着歌声牵出的亮光，旅友的目光都聚焦在一片悠悠然飘来的白云上，白云愈飘愈近，渐渐化作生命的活物：两匹白色的骏马上，驮着俊朗的帅哥和飘逸的美女，他们牧着温暖的黄昏和安逸的羊群朝我们悠然走来，羊群熟悉地走到湖边饮水，水清草肥，马壮人美，大家触景生情一起合唱《在那遥远的地方》，歌声更加悠扬动人……许多相机都在捕捉这一动人的瞬间，记录一个永恒的画面。巴音希泊日草原的夕阳下，这一壮美的画面深深烙在我的记忆里……

　　这黄昏里孕育的生命，这大漠张扬爱情的豪放浪漫，这酝酿奇迹、酝酿梦幻、令人向往的小村庄都给巴音希泊日草原增加了几分大美、传奇和神秘的色彩……

——此文发表于《生态文化》2020年第5期

鬼谷栈道游思

一

我坐着缆车如鸟儿，向空中飞，飞过拥挤的高楼上空，飞过田地环绕的村庄，飞过纵横的沟壑和整齐的山林。俯视大地，山体愈来愈荒芜，脚下裸露着褐色的岩石，绝壁峭立。我在亚洲最长的索道上飞翔了三十分钟，终于到达7755米的终点，双脚踏在了名扬中外的天门山上。

山的四周陡峭，山顶却是一片平地。草木郁郁葱葱，古藤绿蔓缠绕，楼台亭榭掩映林中。路旁摆放着石凳木椅，原始森林深处传出苍凉的鸟鸣。古木摇曳，苍穹辽阔，飞云在头顶翻腾，山风阵阵吹来，让人吐故纳新，负氧离子畅达心肺，仿佛置身在"空中花园"里。

天门山是典型的喀斯特地貌。几万年前，活跃的地壳运动引发了燕山运动，隆起了山的脊梁。后来，因喜马拉雅的造山运动使山的脊梁一跃腾空，本初与之相连的山体，如同被切割机切开一般，被远远地甩开。风风雨雨的侵蚀，漫长岁月的岩溶，天门山从此凌空高峙，挺拔于蓝天与旷野之间，傲视着四周的群山。

大自然的鬼斧神工造就了天门山的秀丽和神奇，吸引着古今中外无数人前来游赏探访。天门山有许多历史文化传说，关于鬼谷子的传说颇多。相传鬼谷子在天门山绝壁上的洞里隐居，研习《易经》，潜心练功，创立闻名天下的"鬼谷神功"，并传授给当地人。相传洞里藏有武林秘籍《天门三十六量天尺》，后人将此洞称为鬼谷洞。曾经有勇者到过这里，发现洞内有石凳、石桌、棋弈台等。在洞中，有人在石壁上无意拍下了一个古代老人的头像：面容清瘦，挽着高髻，下巴微翘，五官清晰，酷似流传世间的鬼谷子图像。这一发现，使鬼谷洞更加扑朔迷离，给原本神奇的天门山涂抹上无限神秘的色彩。

二

鬼谷子的传奇，给后世留下了诸多探索和争议。我非研究历史的专家，但我喜欢文学，喜欢阅读历史，对历代隐士逸贤、高僧老道、文人墨客等历史人物有浓厚的兴趣。在众多游客忙着摆拍时，我在歇息间看到"鬼谷栈道"的木牌，油然而生猎奇探求之心，关于这位古代圣贤的史册插页在记忆的闸门中翻开……

鬼谷子，名王诩，又名王禅，传说他额前有四颗肉痣，呈鬼宿之象。有人说是母亲食了鬼生的稻谷产下的孩子，又说"鬼谷"是地名，"子"是对男子的称呼，故称其为"鬼谷子"。他是一个极具传奇色彩的人物，身怀旷世绝学，精通百家学问，人们称他为"神仙"。他被兵家尊为圣人，纵横家尊为始祖，算命占卜的尊他为祖师爷，谋略家尊他为谋圣，道家尊他为王禅老祖。

他更是一位伟大的教育家。他前半生周游列国谋事，后半生则选择隐居，于深山之中读书、练功、冥想。虽然过着与世隔绝的生活，但他未消极避世，更未真正"出世"。他是在等待合适的机会,来实现他拯救天下苍生的抱负。他收了四个徒弟:孙膑、庞涓、苏秦、张仪。这四人都是留名史册的人物。他们用鬼谷子所授之学出将入相,用鬼谷子的兵法谋略左右了战国的局势。苏秦配上六国相印,联合六国对抗秦国的"合纵"之术,迫使秦十五年不敢出函谷关。张仪两次做秦国宰相,凭借言说技巧四方游说,将齐、楚、魏、韩、赵、燕六国合纵纷纷瓦解,秦国因此保存了军事实力,继续推行商鞅之法,从奴隶社会过渡到封建社会。经过休养生息,秦国国力日益强盛,秦人的铁骑雄兵,一举碾压了六国,结束了战国七雄的纷争,天下统一,百姓安居乐业。鬼谷子在这历史性的变革中功不可没,推动了社会的发展。

而传入后世的中国传统文化经典书籍《鬼谷子》,其思想内容十分丰富,涵盖了哲学、政治学、军事学、心理学、社会学、文学、情报学等多种学科,是一部奇书,对后人的智慧有极大的启发意义。

三

鬼谷栈道因在鬼谷洞的上方而得名。据说鬼谷子出入此洞时就是走的这样栈道,于是后人根据书载和传说仿造出了一条古栈道。在天门山能够踏上这位令我喜爱的先贤所走过的路,是一件幸事,一次值得纪念的经历!

鬼谷栈道长1760米,犹如一条带子横挂于悬崖间,与悬崖同屈同伸。远看如龙蛇蜿蜿蜒蜒,时而伸出,时而藏匿不见。栈道比较狭窄,但边上设有坚固的防护栏杆。尽管如此,走在上面仍有一丝恐慌。有人贴紧崖壁,小心翼翼挪动脚步;有人被牵着手,却一脸惶恐;还有人快步前行,边走边拍。我轻脚慢步,生怕踩断栈道。走着走着恐惧渐渐消失,脚步越来越自如。我谦让其他游人,让他们走在里面。在这绝壁上建成这条栈道,是多么危险的事!这不仅需要大量的人力,还需要极大的勇气,让人不禁赞叹那些设计者的智慧和建设者的勇敢!

我们来时正值雨后,云遮雾绕,犹如踏在云海里。正如杜甫所言,"会当凌绝顶,一览众山小"。放眼望去,层峦叠嶂,云雾苍苍。山峦雾岚缠缠绵绵,是山浮在雾中,还是雾绕着山?云雾在脚下弥漫,群山在茫茫云海中露出峰巅,如海上岛屿,缥缥缈缈,时隐时现。且行且欣赏,李白当在《梦游天姥吟留别》中写的"海客谈瀛洲……云霞明灭或可睹"的意境就在眼前,要用心感觉这从未体验过的奇景妙趣。俯视峡谷,如坠马里亚纳海沟,深不知底。但见周围树木茂密,偶尔有枝条从崖下伸出,鸟鸣唧唧,山鹰在脚下徘徊。抬头,老根盘结,横斜疏影,枝柯盘绕交错,衬托出山的妩媚。

栈道上的鬼谷天堑,呈"U"字形,传说鬼谷子曾在此地练神功"飞檐走壁"。下视万仞绝壁,两峡谷相对峙,像用巨斧力劈而成。目视这垂直的裂缝,冷风飕飕地在耳边响起。云雾飘忽,时而飘来,时而绕去,神秘莫测,似有仙气在身边环绕。走在上面让我神思悠悠,遐想翩跹,仿佛领悟到了鬼谷子奇学玄机之高深莫测。

行走中远望对面的山体,栈道下面绝壁上有个梯形的山洞,那正是鬼谷洞。洞口有树,似有如烟的飞瀑。下面是九十度的悬崖,游人无法到达,只有远观。我停止脚步注目良久,心想:当年的鬼谷子怎样出入这个洞的?难道他像人们传说那样,是似人非人、超脱尘世的"神仙"?

在海拔最高点,有个凭空伸出的玻璃观景台,周围更是险峻。我选择了挑战自己的心理极限。走上观景台,脚下玻璃透明,岩层绝壁一览无遗,站在玻璃上,仿佛悬在空中,恐惧之感如火苗蹿身。我先做个深呼吸,战胜了自己,且心安理得。凌空而立,脚下云雾忽而聚拢,忽而散开,或云海翻滚,或云河流淌,或云湖静默,或云瀑飞溅……气象万千。置身奇特的景观间,张开双臂,如嫦娥在天宫舒展广袖,有"我欲乘云仙飞去,跃上九霄揽天乾"之感。

我深深沉醉于蓬莱仙境"天上人间"……这奇幻的"仙界"容易引发人们的想象,依理推想,人们自然也把鬼谷子传说成隐居在天门山。

四

在天门山漫步于鬼谷栈道,俯瞰云海翻腾,感受了悬崖与峭壁的惊险与壮美。又登上著名的天门洞,仰望那穿透云霄的洞口,仿佛窥见了天与地的交汇口,领略了天地间真正的神秘和妙不可言。下山时,坐大巴转了九十九道弯才得以下来。回家后一次在电脑上,我观看了央视《地理中国》探访鬼谷洞的节目,看了全程录像。探险队队员也发现了"鬼谷显影"的图像。为此专家对其成因做了科学的解释,鬼谷洞是石灰岩溶洞,这图像出现于两种颜色岩层风化面上,形成影像的风化表面颜色浅,石灰岩成分纯,而周围颜色比较深且石灰岩成分不纯,它的形态只是一种巧合。专家的分析,解开了"鬼谷显影"之谜,也解开了我的疑惑。这是大自然的杰作,是地质地貌的特点,也是天门山独特的地方。

史有鬼谷子隐居在云梦山之说。全国有很多山峰叫云梦山,河南、山西、陕西、河北都有云梦山,这传说就有了地方特色,且和鬼谷的传说基本一致。王禅到底隐居哪里?众说纷纭。可见作为"东方智圣"的鬼谷子对后世的影响之大,得到人们的如此喜爱。天门山古称云梦山,围绕鬼谷子创造出了许多美丽的神话。除了鬼谷洞,鬼谷栈道上建有全木质结构的捭阖,基座呈方形,上为圆形围合,遵循"天圆地方"的理念,外壁上镌刻着《鬼谷子》开篇《捭阖》全文;还有鬼谷兵盘,相传鬼谷子以石芽排成的习武大阵,培养出了史上著名的军事家孙膑与庞涓;山下有似峡非峡,似洞非洞的鬼谷峡洞,美景如幻……显然这是人们对神奇现象的一种美好的联想,也是借独特的地质地貌,打造的一种文化品牌,有意识地传唱鬼谷子变化万端的神奇智慧,鬼谷子作为一种特殊的文化符号，无疑给所有的云梦山旅游胜地增添了深厚的文化内涵。

——此文获全国第二届"郦道元山水文学大赛"一等奖

山村的早晨

晨曦煽动着透亮的翅膀,从山那边慢慢悠过来,山村被大山包围成小小的天地,一会儿就被这黎明鸟煽亮了。山岚袅袅娜娜浮游于起伏的山峦、纵横的沟壑中,山影朦胧,田野朦胧。村庄酣睡在仙雾迷蒙中,闭着眼睛,打着呼噜,做着酣梦……

沉默不语的村庄,静静地睡在秦岭的母腹中。

突然,一声鸡鸣叫醒了村庄。村庄伸伸懒腰,打着哈欠,慢慢睁开了惺忪的眼睛。

栅栏外,小路上,匆匆行走的脚步招惹了谁家的狗,吠声撞得山崖回响。脚步渐行渐远,声嘶力竭的"汪汪"声渐渐轻柔,最终消失,村庄又归于静寂……

"吱呀——"一声,小院的木门打开,窸窸窣窣的声音传来。一群鸡在院子里奔跑散开。那只大公鸡挺起颤巍巍的红冠,似一位大将军迈着威武的方步踱来踱去,命令似的发出"咯咯咯"的声音,后面跟着母鸡和几只绒球似的小鸡。老人弓着腰站在院子里挥一挥双手，嘴里"去——去——"赶鸡到路边刨食去。

溪边的绿草地上，低头觅食的鸡，望去，如绿色的绸缎绣着白色的花儿。穿着青灰色衣服的老妪，坐在溪边的石凳上，拿着一把断了几根齿的木梳梳理着稀疏的白发，她时而望着清清的河水，时而望着草地上刨食虫子的鸡。

村庄近处的田野、竹林、房屋、牛羊、鸡狗，还有村庄的主宰者，都沐浴在如梦如幻的晨雾中。作为一个旅人，我把自己融入村庄，成为村庄的一个快乐的元素，全身的细胞浸润在原生态的自然之中。

一条溪流从山间悠悠地荡来，在村庄弯成半月形的姿态，水潺潺，水盈盈，山巍峨，山峻拔，这柔软的水缠绵着坚硬的山，糅成了一种和谐，弹奏着村庄古老优美的小调，山山水水养育着村庄的人，山不老，水不老，村庄会永远不老。山水见证了村庄的沧桑变迁和山民生生不息的繁衍。

溪水牵引着我的脚步，脚步流动在山间，远处古松参天，正如杜甫写的"霜皮溜雨四十围，黛色参天二千尺"。我踩着松软的泥土，绒绒的小草，清露涟涟，浸湿了我的长裙，小竹在溪水滋润下更绿，白云在绿树映衬下更白，当年谢灵运是否来过这里，我看他在《过始宁墅》里写的"白云抱幽石，绿筱媚清涟"就是这里的情景呢。用手轻轻一抹双脚和小腿，湿漉漉的，沁凉无比，我似乎走进一个清凉的世界。狗尾草在抖动着毛茸茸的躯干，像一只隐身的小狗向我摇着尾巴，我双手提起长裙，向着狗尾草走去。上了山坡，一条窄窄的小路，弯弯曲曲，白色的雾气从地面慢慢向空中升起，小路不知尽头，两边蔓草缠绕，荆棘丛生。夏雨冲刷的痕迹使年轻的小路皱纹密布，细碎的沙子留下了人和牛羊的脚印。我想，这条小路，是村庄的人和牲畜上山踩出来的，山坡上本没有路，走的人和牲畜多了，便成了这样一条小路。世世代代的山民在他们生活的山野里不知踩出了多少条小路、开垦了多少田地。走在通向山顶的路上，我气喘吁吁，意志似乎被这山路劫持，只得用手抓住路旁的藤蔓积攒一些力气，慢慢上山，心想，山民岁岁年年、年年岁岁都匍匐在山路上，攀缘人生却无怨无悔，而我人生的许多磕磕绊绊、曲曲折折都被这小路覆盖，化作一缕晨雾，消逝，消失殆尽……

站在高高的山巅目视，群山环合，重峦叠嶂。远处是山，近处是山，山外是山，山里也是山，山连着山，山绕着山，像海浪一样起伏连绵。山岚在脚下盘旋不散，白云在头上频频擦肩。凉风柔柔地吹起了我的裙裾和长发，我展开双臂，以鹰的姿态展翅欲飞，一种飘飘然的感觉似在作仙。梦中的仙山真切地呈现在眼前。心想，汉字的表情达意真让人折服，人在山旁不正是仙吗？作仙的感觉真好，用手随意一挥，任凭身体在天地间自由飞翔，没有束缚，没有压抑，如流云飞逝，如山岚淡去，蓬莱仙岛的仙人当年不也是这样吗？

少顷，雾气慢慢地隐去，对面的山头高高耸起。似与天空亲吻。天露鱼肚白，清淡的霞光从远方急匆匆赶来，犹如乡村的少女微启羞涩的嘴唇，轻轻一笑，粉嫩的脸上泛着红晕。俯瞰，村庄鲜活光泽，显出无限的生机。

"叮咚——叮咚——"的声音在山坳里清脆作响，这声音有一种无形的力量，把我从山顶慢慢地牵向了山腰。近了，一股青草味混杂着牛羊腥膻的气息扑鼻，灌木草叶上闪动着晶莹的露珠，纷纷落下来，打湿了我的柔软的真丝衣裙，也打湿了近处牛羊的蹄子。牛尾巴摇动着，羊"咩咩"地柔叫着，青草不断地进入渐渐圆起的肚子里。头牛和头羊的脖子上挂着铃铛，像黄色的风铃在山风里摇响。我久久地注视着吃草的牛羊，牛羊用不屑一顾的眼光望望我，这是我多年来和牛羊一次近距离的对视。放牛的少年，坐在树杈中，手里拿着一本书，时而眼睛盯在书上，时而望望丛林里的牛羊。少年告诉我他十三岁，在山外读书，现在放暑假帮家里干活。一只小羊向悬崖那边跑去，少年急忙从树杈上跳下来，大步飞奔追了过去。树枝在他身后晃动了几下，静止不动。一只鸟雀飞来，拉长声音"吱儿——吱儿——"鸣唱在山林，接着近处远处的鸟儿也随声附和，叽叽喳喳，咕咕唧唧，天籁柔和地响在清凉的山谷里。

漫步在秦岭深处的山村，我梦想的画面在眼前一一呈现，闹市的聒噪销声匿迹，心沉在鸟鸣山更幽的静寂里……

我想，人都向往山村的宁静，却不舍城市的繁华。山村的宁静与城市的繁华相融需要新的格局，时下热议的城镇化正是一个契机。融合山村的宁静和城市的繁华，改变山村的闭塞，过滤城市的聒噪，森林、花园城市正在呼之欲出，珠海就是新型花园城市的典范。未来我们不需要别墅和汽车，就可以沐浴在负氧离子氧吧中，享受城市的繁华和便利了。

——此文获得"第四届中外诗歌散文邀请赛"一等奖

红荷湿地的芦苇

微山湖如蓝天一样辽阔,飞鸟从水面倏然掠过。远处飘着芥草似的小船,近处粼粼水面舟楫悠然,湖水泛起一圈圈波澜。红荷湿地的荷花褪去艳丽,变得素雅。而那大片大片的芦苇,却正在描画着秋的神韵。

乘舟穿梭于芦苇荡,鸟语唧唧,湖鸥翻飞,野鸟在苇丛中扑棱棱地飞出飞进;成群的白鹭,修长的双腿站立岸边,似与苇干相媲美。雉鸟羽毛油亮多彩,拉着美丽的长尾觅食;野鸭呱呱地在水里嬉戏,忽而隐没苇草里。湿地是鸟的天堂,苇丛是鸟温馨的家园。

下舟上岸,向那片芦苇走去,芦草的清香扑鼻而来,芦花开得铺天盖地,如下了一场皑皑白雪。白色中夹杂着褐色,秋风吹过,沙沙作响,演奏着跌宕起伏的交响曲。花絮如丝如缕,在秋风中摇曳,勾勒出几多情思,缠绵在爱的梦幻里。几对情侣在木栈道拍照,白色、红色、黄色的婚纱在风中飘动,朴素的芦苇衬托出婷婷倩影。"童年的芦苇花/开在山坡下/那是一个美丽的童话/天天在梦里/伴我一路走天涯/啊!芦苇花/啊!芦苇花/童年的芦苇花……"

是谁在芦花深处唱那童年的儿歌？纯音滤净了红尘的聒噪。

徜徉在芦苇的海洋里，触发思绪翩翩。我想起了法国思想家帕斯卡的名句："人是一枝有思想的芦苇。"其意是人的生命像芦苇一样脆弱，但人有一颗能思想的灵魂。然而，我认为芦苇和人一样具有顽强的生命力。它枝干细细密密，似乎很柔弱，却隐含傲然的气质。狂风吹来它顺着风的方向，避开风的凛冽；风停了，它又站起身。暴雨劈下来，它抖一抖身上的雨水。春天里，新芽破土，旧干生发，一节一节拔高，给予大地翠绿；夏日，骄阳似火，芦苇勃发生机；秋风萧然，它开始吐穗，绽出洁白的花絮，擎起猎猎的旌旗；寒冬，芦花谢了，芦叶慢慢凋零，它们化作了泥土，为深扎的根须提供养料，孕育新的生命，来年春天，躯干又站立大地。从"蒹葭苍苍"的《诗经》走过岁月的风尘，以倔强的姿态，生生不息，醉倒了一代又一代的诗人，被历代诗人所赞美。

芦苇的一生默默无语，它既没有树的高大秀颀，也没有花的娇艳妩媚。它垂首谦卑，低调收敛，是植物中的隐士。这不禁让我联想到微山岛上的三位贤者。殷纣王的庶兄微子，正直清廉，因不满纣王的暴虐和荒淫，愤然离开朝廷，来到微山湖畔生活，后来成为周朝的臣子。他死后葬在封地宋国的小山上，百姓称为微子山，微山湖的名字由此得来。春秋时的目夷，是宋襄公的庶兄，微子十七世孙。他自小聪慧过人。父亲病重，太子屡求父亲立目夷为太子，目夷坚决不肯接受。太子即位后，任目夷为相，助宋国迅速强盛。还有足智多谋的张良，在楚汉战争中，他"运筹帷幄之中，决胜千里之外"，帮刘邦建立大汉王朝。刘邦论功封赏时，张良辞让三万户为食邑的齐国，只请求封赏与刘邦初始相遇的留地。

微子、目夷和张良生前归隐微山湖一带，逝后葬在微子岛，世称"三贤墓"。他们淡泊名利，不慕荣华富贵，这不正是芦苇的风骨和品格吗？

微山湖湿地的芦苇既是隐士，更是英雄。在血雨腥风的年代，微山湖是抗日根据地，也是华东、华中通向延安的湖上秘密交通线。游击队员经常撑着小舟，护送党的干部过湖，配合八路军主力与日军作战。游击队神出鬼没，机智引诱鬼子进入微山湖上八路军的伏击圈，当鬼子追来之时，他们的身影隐没在芦苇荡里，鬼子晕头转向，一次一次被八路军打得落花流水。敌人多次疯狂扫荡，芦苇经受了机枪扫射、炮火轰炸、大火焚烧，即使满身疮痍，伤痕累累，却没有消亡，依然蓬勃壮大。微山湖湿地的芦苇是掩护行动的自然屏障，屡建奇功，威震四方，俨然是战争年代的英雄，是抗战的功臣。如今，微山湖芦苇蔓延三十多平方公里，浩浩荡荡，蔽天遮日，蔚为壮观，不减当年的风采。

我从芦苇丛里走出，上船去渔家品鲜，体验渔民悠闲富足的生活。此时，夕阳西下，天水一片彤红，远远近近闪烁出光的华丽，船帆过往，微山湖上正是渔舟唱晚，鱼香蟹香从渔民的船舱飘出。"西边的太阳就要落山了，微山湖上静悄悄，弹起我心爱的土琵琶，唱起那动人的歌谣……"《铁道游击队》主题老歌从远处传来，如涟漪波动在我的心湖上。

远望，夕阳慢慢坠入茫茫的芦苇荡，白雪般的芦花漾起了红色波浪……

山里春天

春姑娘姗姗来迟,用她五彩的水袖,把山村点化得鲜活妩媚。

天湛蓝,云缱绻,风轻轻柔柔,春光清亮无边。河边的老杨树挺起腰杆,枝枝杈杈的鹅绿自由舒展。是谁的巧手剪开了柳树?婀娜的身姿欢欣舞动,一缕缕长发搅乱了水的心思,池潭暗起微澜。灰黑的鱼闪动在清波里,倏忽不见。水藻依偎卵石,静水映衬云天。

山溪摇动着"叮当叮当"的铃铛,跌宕萦绕于空谷。无名鸟"咯叽咯叽"奏出整齐的韵律,呼应着杨柳上的恰恰莺啼。山雀煽动着"呼啦啦"的翅膀,飞入树梢,一片白羽轻飘于风中。画眉弹奏出清脆空灵的琴音,忽远忽近。

一畦一畦的麦苗,昭示着丰收的希望和憧憬。农人躬耕田地,有机肥料的腥臊味儿飘入鼻孔,蚯蚓缓缓蠕动,松软了泥土。土疙瘩里钻出了嫩苗,韭菜、荠菜、油麦菜一簇簇商量着绑架味蕾,舌尖席卷了袅袅炊烟下的一场盛宴。

小院祥和静美,干枝梅芳香弥久,微醺了嗅觉,从冬赶上了春的盛会。牡丹、刺玫瑰、月季，躲躲藏藏，有些羞涩，花骨朵像少女的乳房，在季节里悄悄膨胀。小猫酣睡，小狗撒欢，小鸡刨土。"吱呀——"木门开启，竹席卷起，倚在墙角，沉默不语，似在咀嚼晾晒在阳光里的五谷；锄头、镰刀挂在土墙上，静静地等待主人。

陌上花开，描摹春天浓艳的色彩。油菜花演绎着凡·高的金黄，比向日葵鲜亮，黄色肆意宣泄，毫无矜持。假若孤独的凡·高，漫步于这里，他传世之作一定是《油菜花》，而非《向日葵》。相比油菜花，他的《向日葵》黄得有些迟暮。

"人间四月芳菲尽"，山里桃花彰显灼灼其华之艳美，眼波含笑，粉唇轻启，晕染腮红，盖过樱花轰轰烈烈的势力。春风沉醉十里，蝴蝶依偎花瓣，蜜蜂娇靥亲昵花丛里，大自然的精灵书写着爱情的故事。

雨悄无声息，淋湿了夜莺的鸣啼。酣梦中，唐代诗人崔护翩翩而至长安郊外，寻觅那扇门和那片桃花，他是否邂逅了穿行桃花而去的人？春风拂动，花艳人美，这无尽的诗意，留下了怅惘之美。佳人远去，美景依旧。

晨起，行走在王维"桃红复含宿雨，柳绿更带朝烟"的诗句里。朝岚渺渺环绕，水汽氤氲衣衫，草色青翠，花色润泽。幽闭了一个冬天的心扉倏然打开，忧戚的眉头舒展开来，盈盈笑语回响在山间的春天里。

泛舟遇龙河

如果说漓江是大家闺秀，穿着绫罗绸缎，散发着贵气，那么遇龙河则是小家碧玉，一身粗布棉麻，掩映不住天生丽质。四十多公里的遇龙河蜿蜒曲折，银波闪动，一路欢歌扑进漓江的怀抱。它不是漓江，却胜似漓江，保留了原汁原味的特质。

我沉醉在遇龙河上。是白雪石的妙笔，还是李可染的神手，给大自然泼墨了一幅完美的山水立体画卷？

两岸重峦叠嶂，山峰峭立，争奇斗艳，如猿猴跳跃森林，如猎豹怒啸山野，如骆驼漫步沙漠，如猛狮雄踞草原……奇形异态的山，无不凸显喀斯特地貌特征。青翠的屏障，过滤了山外的喧闹，原始的幽静被严实地封存起来。

遇龙河上的竹筏，横放、竖放、斜放都是一种美。每个竹筏用十二根或十五根竖竹与两根或三根横竹交叉捆绑而成，粗细相当，两头微微翘起，简单而结实，两把竹椅搁置竹排上。船工站在旁边，大多是老人，淳朴和善良写在黝黑的脸上，衣着简朴，穿着中筒雨靴，也有穿拖鞋和光脚的。

游人坐稳，船工将竹竿轻轻一点，竹排慢慢向前。船工转了一个三百六十度，竹排在水面就画了一个圆，一圈圈皱纹四面扩散，河水的脸如画上地图一般，丘陵遍布沟壑纵横。船工动作娴熟，淡定从容，边划边笑。几十个竹筏晃悠在清凌凌的水中，红衣鲜亮，整齐划一，如赛龙舟似的，像句子反复格的修辞，像歌曲一唱三叠的咏叹！

阿婆古铜色的脸上布满皱纹，两眼深陷，身板硬朗，乍看之下，有点1987版"刘姥姥"的神态。她站立船头，弯腰曲背，划船很有力气。我比她年轻，坐在竹椅上，有点窘，心里着实不安。我问阿婆累不累，她说："人少不累，人多就很累，一天结束后，腰疼，胳膊也痛。"她在遇龙河上撑了十年了，已习以为常。

阿婆带着浓重的地方口音说，即使每天收入几十块钱，她也很满足。我问她为什么划船的大多是老人，她告诉我："年轻人嫌收入太低，出外打工去了。"正和阿婆攀谈，对面一竹筏倏忽划来，撑竿的满头白发，但一脸欢笑，对着阿婆叽里呱啦说个不停。阿婆说，那老人七十八岁了，他家很富，五个孩子都在外工作，他不干活难受，划竹排不是赚钱，是为了帮忙，和老伙伴们在一起快乐。

老人气色红润，精神矍铄，一脸慈爱祥和，他比实际年龄年轻，而且很健谈。他靠近我，对我说："姑娘，你坐好，我给你说，这遇龙河可好啦，人称'小漓江'，古时候叫'安乐水'。传说很久以前，东海有条龙到这里巡游，见这里风景比东海还美，这条龙就潜藏下来，每天晚上浮出水面，观赏美好的风光；有时白天也偷偷出来，被许多村民看见。于是'安乐水'被改名为'遇龙河'。"

说罢，他很快地向前划去。他的背影，像慈父般亲切！

青山脚下，村落点点，青瓦的上空炊烟回旋。村妇呼朋引伴，浣衣喧闹于河边。孩童的笑声如阳光般鲜亮,弹射在翡翠般的山间。鸡鸣春天的长笛,狗吠山野的大鼓,鸟唱云水禅音,天籁之声和着河水,汩汩流向远方。

　　我伸展两足,舒适惬意。头顶蓝天白云,脚踩清澈流水,眼观春暖花开,耳闻自然之音,采撷水花几朵,润泽肌肤,淘洗五脏六腑,荡涤灵魂!

　　上岸离开,两头老黄牛站立在路旁草地上,轻轻摇动牛尾。"哞——"的一声,它们回头,低头啃草。老牛水汪汪的黑眸,安静纯洁,如这纤尘不染的山水和纯朴勤劳的山民。我用手机定格这最美的碧草黄牛图,这瞬间弥漫于繁闹的尘世,却永驻时间的长河,开出岁月静好的花朵。

看那良渚古城

天地苍苍,时光渺渺。五千三百年前的神州一片洪荒,远古的先民穿着兽皮树叶,生活在高山峡谷之中,溪流涓涓,果树长满山野。他们狩猎打鱼,恬静地繁衍生息。然而,天气骤变,愈来愈冷,先民被迫离开他们生活的山林。他们浩浩荡荡出发,相携而走,一路走到了长江下游环太湖流域的平原。这里河流如网,湖泊遍地,适宜人类栖息。于是先民停下脚步,临水而居,由狩猎采集为生转为稻作的栽培。在水乡人口密集的良渚,他们渐渐地筑起了一座城池,开启了农耕时代的文明。

历经一千年的世事沧桑,古城神秘地消失,成为历史的传说,吸引了无数考古学家来破译。直到今天,考古界经过八十三年的挖掘、考察研究,终于让淹没于尘土的古城露出了真相。

这一发现实证了中华文明五千年的历史,与古埃及、古印度、古巴比伦文明相比肩。国际考古专家指出,良渚古城展现的强大的社会组织能力与文化的复杂程度,超越英国、希腊等早期文明,是东亚最早的国家社会,成为中华史前文明"满天星斗"中最闪亮的一颗星。

穿越时空隧道，我来到远古的良渚古城，一睹她的风采。

葱茏的山脉如一道绿色屏风。山间峡谷，闪烁着一汪一汪明镜般的湖水，这是良渚先民建造的水库。长长的水坝用草裹泥砌成，坚固结实，以备干旱时用水，巧妙的溢洪道，防止泛滥的洪水，这水利工程的先进性让人惊叹不已！

看那郭外，绿色的原野，白鹭一字飞来扇动翅膀，悠然落在田里。芦草摇曳茸茸的絮，野花嫣然开放，草木勃发生机，小鹿追逐，发出"呦呦"的鸣叫。河边高地房屋散落，房前屋后果树下堆着稻草，田地一畦一畦，人们手扶石犁耕耘，光脚弓背的人在稻田里插着秧苗。

看那古城，四周被高高的城墙围起，地基上铺着石块，放上草裹泥，加上黄土夯实，所以墙体固若金汤，外族难以入侵。护城河如绸带缠绕在墙外。古城内外河流纵横，舟楫往来，竹筏悠悠，可从八个水城门里进出。高大的陆城门大开，行道平坦宽阔，人来人往。妇人挎着竹筐，拉着小孩，有人抬着梅花鹿，有人抬着家猪，晃晃荡荡地进城。

我乘着独木舟，从南边的水城门进去。

看那城内。贯穿古城南北的大河两边，木桩直立，篱笆倚着河堤。下舟上岸，台地上一排排房屋，泥墙灰白，木头撑起骨架，两面或四面的斜坡屋顶，铺着厚厚的茅草，设有小小的气窗，一截一截的木柴摞得整整齐齐，桃花绽开粉红，梨花一片雪白。老人坐着，小孩玩着陀螺。落日挂在远山的树林，白鹭双双远飞。女人提着陶罐走下木台基，到河里汲水，小狗翘尾跟在后面。烟雾袅袅，屋前的地上燃起火堆，木架上挂着鹿肉猪腿。竹筐里有菱角、蔬菜、螺丝、蚌蛤、鱼之类，稻米的香味飘来。

城里到处是手工作坊，"叮叮当当"的声音连绵响起。火把在"吱吱"地燃烧，照得工匠的脸膛通红。星月隐去，夜半的作坊里工匠们还在琢玉。一边是玉石打坯的清脆声,一边是霍霍的切割声,这个屋里反反复复地打磨,那家房里一一抛光。一块粗糙的石头,不知多少工序,变得光滑圆润,成为玉琮、玉钺、玉璧、玉镯、玉坠、冠状器……

专给王公贵族制玉的作坊好大。那体形硕大的玉琮和玉钺,是给国王制作的,玉质上佳,工序繁复,还没有完工,供在一个台基上,两个人站在旁边守护。其上的人面兽纹,精雕细刻,阔鼻方嘴,尤其那眼睛很传神,似乎发出幽幽的光,深藏着一种震慑,让我不敢对视。玉琮的造型上大下小,内圆外方中空。我想这是古人对宇宙"天圆地方"的认识,是良渚先民统一思想的神徽。那琢有神人兽面纹和鸟纹的玉钺,国王握在手里,一定体现了他神权、军权和王权的至高无上。我问工匠,超硬度的玉石,是怎样加工成纹饰精美繁细的玉琮、玉钺的,他们沉默不语。

走到漆器房,看见地上放着普通的漆具,形状各异,这是平民用的。高级作坊里的斛、豆、杯、盘,被漆匠涂上一层一层的铁矿粉,有的投了五层,表层涂上朱砂,镶嵌上白色玉珠,这些漆器上有红黑相间的图案,发着亮光,这可是给贵族制作的!

制陶的作坊里,黏土和水成为知己,融合成细细密密的软泥,被灵巧的手轻抚揉捏。一行行泥坯,画上树木鸟兽,自然风干,被烈火煅烧,变成坚硬的器皿。于是,它们带着大地的味道,散发着艺术的气息,走进良渚先民的日常生活里。

经过骨器、竹器、木器、石器的作坊,向里张望,工匠们依旧忙碌。我乘竹筏离去,露珠挂在草叶上,船夫竹竿轻轻一点,我就来到古城的中心岸边。

看那皇城,宫殿重叠巍峨,四周远山起伏。澄蓝的天色下,旌旗猎猎,鼓声震动长空。偌大的广场高台上,年轻的国王和王后头戴羽冠,丝袍飘然,并立而站,如屹立于金字塔顶。国王手持玉钺权杖,面对台下跪拜的子民,神情威严。这是王的盛典仪式。旁边的大祭司手举玉琮，跪向苍天，祈求神灵降福，风调雨顺。

恍惚之中，我走出远古，站在莫角山皇城遗址上。山水依旧，宫殿化作眼前的高台黄土。但那先民的聪明智慧和创造力，散发着永恒的生命。那各种器皿描摹自然的符号，辐射出博大精深的中国文化，它带着良渚古国的印记，从甲骨文的龟背爬到《诗经》、楚辞里，吟唱着唐诗、宋词、元曲，在岁月的流逝中传遍九州，融合在现代的华夏文明中。

——此文在"致敬中华五千年文明史圣地，2019文化遗产在我身边"诗歌散文征文大赛中获得优秀奖

四明山写意

你半锁深闺，轻描古典的美，清澈的眼睛还没有被爱情阅读过。你独守原生态的韵，音容笑貌悦活着清纯，朴拙的裙裾裹护着一身清白。你轻脚慢步，生怕惊动了大山的沉睡。曼妙的腰肢缓缓揉动，银质的铃铛在你的裙带上摇出轻妙的声音，你伸着懒腰，揉揉惺忪的眼睛，苏醒了。那粗布生丝绣成的花边沾上了第一缕阳光，正从20世纪的野山深处，小心翼翼地弹动着真丝手工绣花鞋，向我们轻盈地走来。

而今，江南文化名人当数余秋雨了。然而，你远在余先生之上，却大隐深山不鹜世人。秋雨曾拜在你的脚下，你依然沉默不语。可怜余先生表情达意用的是钢笔铅字，你描摹天地却用魔杖灵笔。春色在你的点化中，酝酿萌动，催发新生，胀鼓鼓一个季节的希望。天边的白云和远山的积雪被你的纤纤素手和谐在一体，亲切地扯棉絮。山雾薄云悦动着你轻呵的一口清香，柔柔地晕开来，让四明山的山水花草芬芳着仙家真气。中景的山岚与碧树共话道家的玄妙。近景的小溪缠绵着浅草苔石敲击出木鱼钝响的禅意。樱花最不耐寂寞，活脱脱冲到你的脚下,"叽叽喳喳"地鸣唱出自己青春饱满的活力,犹如激情四射的诗人,积累了一个冬天的灵感,挥洒出一片粉红的春天。抓一枝樱花嗅嗅,那是大自然最美的诗意。

春日,依偎在你的怀抱里,可享受篝火野炊。现烤的野味热烘烘的,谁不馋得嘴角流油呢?围着篝火取暖,哑着野味聊天,再看山寨版的山民扇子舞,谁不感念回归自然、体验原始的创意呢?呵,你看山民满脸山道一样的五线谱里也跳动着春的音符。

东坡居士说:"宁可食无肉,不可居无竹。"你的门前翠竹绿波,奇石林立。看到瘦硬的翠竹就想起了旅居旧金山、享誉中西的竹石画家袁天一。四川赈灾,他捐赠了四幅画,拍价十八万美金。而你是袁天一的祖师,却埋名家乡不与外人道也。袁天一画竹描石用的是轻笔淡墨,而你描绘山水却用鬼斧神工。四明山的山山水水,花花草草,虫鱼鸟兽在你的造化里愈发清丽、明秀,鲜活极了。

夏日的绿枝翠叶,更是苍翠欲滴,翠色氤氲的瀑布在树林里尽情地倾诉清凉,绿韵朦胧的草色在山间溪边肆意流淌舒爽。我看朱自清笔下《梅雨潭的绿》中也没有你的绿色逼人眼,浓重到极致。绿色的凉风沁入肌肤,味道别致,如沐仙家灵光,顿时令人明目如开天眼,腋下生风如插双翼,脚步轻快似驾云鹤,醒脑益智如悟大道。满山的大路小径如丝如网,瘦瘦的,软软的,像牵挂风筝的细绳,诱人的山色奇观把游客放飞到四山远天、溪头云间。每遇峰回路转,即见瀑布清潭,掬一口直接饮用,是最上乘的农夫山泉。这里是负离子氧聚集地,清新的负离子氧从绿叶中、林木里、瀑布清泉边冒出来,直冲鼻孔,大脑非常清晰,亿万脑细胞欢跃地享受负离子氧的盛宴大餐。这种环境可以疗治脑疾,对人的健康有益。

仲夏,逃避在你的荫翳中,享受野山探险,竹溪漂流,把"快活"二字淋漓尽致地体验。有不安分的小伙子跳入溪中摸鱼,光着的脚被溪水咬得痒痒的。一不小心,年轻人倒在溪水中,溪边的姑娘笑弯了柳腰,清凉的水珠被咯咯的笑声弹射得四散开去。淡静的游客脸上写满了惬意,远避山外酷热的暑气,近享看似烈日炎炎,晒晒却温情脉脉的日光浴。想起王子享受日光浴、乞丐正在晒太阳的哲理对话,无限快感涌上心头。

你也是偏心眼,总是在秋的季节里挥洒妙笔华彩。红叶染你醉,黄叶摇你晕,你还扯薄了一山白云,遮一遮你的羞涩。秋色总让你表演变脸绝技,赤橙黄绿,生末旦丑,你的妆容变换真让我眼花缭乱。你的魅力竟吸引印象派宗师莫奈的门徒,把他们的画作展示在你的层崖断壁上,奇山怪石间。那熔岩地貌也为之羞愧,真是折服了你的清丽。

秋日,沉醉在你的怀抱中,呵摸秋实成熟的甜言蜜语,聆听秋虫饱腹的窃窃私语,感觉自己很实在,也很满足,有吃有看,有喝有玩,还有四明山这本山地笔记天书阅读,复何求?鳜鱼肥,猪肉瘦,粥米粘,鸡鸭酥,水果甜,干果香,享受着大自然赐予人类的美味,观赏山民自编的歌舞,竟有了常驻四明山,永作农夫的闪念!

白雪皑皑的冬天,雪窦山滑雪场生意红火。红彤彤的滑雪服如一朵朵艳艳的梅花怒放在雪野,构成了一幅"白雪红梅图",使四明山别有一番风情。

据说,四明山的得名源于大俞山峰顶有个"四窗岩",日月星光可透过四个石窗洞照射进去。而今我看,这个得名也许是四明山的四季分明、秀美的自然风光吧。

天公偏爱,给了四明山卓尔不群的自然风貌,更有勤劳的山民用他们的智慧,写意了四明山独树一帜的灵秀!

——此文在宁波市文联和《文学港》承办的"你我的生态文明"全国征文比赛中获得优秀奖

那片古典的菊花

秋天，我在城市行走的时候，总是喜欢走近有菊花的地方驻足。菊花微笑媚眼，一片一片，或被种植成图案，或作为盆景放置在路边，灿灿然然。

我目视菊花，心情如菊花一样烂漫。这时，我会想起东晋诗人陶渊明的菊，那抹菊香劫持了我的灵魂，思维发酵如面团，慢慢地膨胀起来，身体似乎长出了羽翅，随着思绪在秋天的上空游荡。我把喧嚣的城市远远地甩在身后，把拥挤的人群和所有的躁动远远地抛在身后，把烦恼和忧愁从大脑里彻底删除。穿越时空隧道，我徘徊在那个古老的村庄的上空。真静呀！天地间一片亘古的寂静，只有风，一丝丝凉风……

远远的地方，有什么声音回绕在云层，是牧童的笛音！吹奏着一段隔世的光阴。我的羽翅随着风，随着云，随着笛音，走近那个古老的村庄……

目及之处，山峦起伏，重重叠叠，手挽着手把村庄紧紧地揽在怀抱之中，村庄温顺地躺着，掩埋着娇羞的脸，静静地享受山的宠爱。

山村的秋如纯洁的少女，忽闪着明净的眼睛。红叶点点，微笑在盘旋的路上，山风携着果实的味道沁入我的魂灵。七八只鸟雀从田野飞起，从我头顶一掠而过，在空中列成一个队形飞进林梢。一只孤独的麻雀在路旁的柿子树上，尖尖的喙啄着红红的软软的甜蜜，它打了个趔趄，枝头掉下了一颗熟透了的柿子。田埂的向日葵，含情脉脉地注视着阳光的眼睛，传递着爱的金黄。稻草人披着红色的短衣，以哲学家的神情和姿态，沉默不语，似乎在静静地思索秋天的凡·高。

牧童赤脚牵着老黄牛从河边归来。我跟在老牛后面，牛蹄子和尾巴轻舞着悠闲。村口，一棵干瘪的老榆树沧桑着千年的历史，枝上的叶子泛着绿黄的寂静。远处的篱笆里菊花摇曳着鲜艳的身影！"采菊东篱下，悠然见南山"的情景就在眼前。我走到篱笆地里，把小腿高高抬起，双脚小心地着地，生怕踩踏了花茎。欢喜的涟漪在心里一圈一圈地泛起。蹲下身，我用手轻轻抚摸一朵一朵的花儿，我把自己的脸庞贴近花儿的脸庞，浓浓的馨香袭击了我的鼻孔，霎时我的身体里散发着菊香。

我站立在田埂中，四周的菊花仰起青春的笑颜和我合影，波希米亚风衣的粉红，以菊的黄白作为底色，镶在远山的镜框里，一幅最美的油画挂在秋天的墙壁上。鸡鸣声声牵引我的脚步，田边，一座低矮的茅屋，柴扉虚掩。我走近轻轻地推开，蓑衣斗笠挂在墙壁，竹简上的墨迹未干。我看到了我最喜欢的诗句："暧暧远人村，依依墟里烟。狗吠深巷中，鸡鸣桑树颠。"

我真的来到了陶潜归田园居的村庄吗？是幻觉，还是幻象？问牧童，牧童在我的眼前消失得无影无踪。南山在哪里，东篱又在何方？疑惑在心头一次次升腾。每每品读《饮酒》诗，反复咀嚼回味，那片陶氏的菊花萦绕在我的心头，它开在我的梦的田野里，望着蓝天，用灿灿的花蕾试着去摩挲过往的白云；用淡淡的馨香留住翩翩飞舞的蝴蝶；用浓浓的色彩涂抹秋天的模板，秋风柔柔，流水淙淙，那一朵朵的菊花在自然的清音中陶醉，它以宁静、恬淡而高洁的姿态，弥漫着蓬勃的生命气息。

我从读书一直遵循历代注家说"南山"是实指的说法，多年来给学生也这样讲的。后来，我从资料上读到，近代美学家朱光潜从这句诗中发现了美学上一种高缈境界。沈从文先生的《"商山四皓"和"悠然见南山"》一文（生前未发表），提出"南山"乃指"商山四皓"，并没有实际的南山，而是一种虚指。

秦末之时的东园公、绮里季、夏黄公、绮里先生四位老者，为避秦乱而辞官隐居商山。当时四位隐士八十岁有余，须眉皓齿，人称"商山四皓"。刘邦想废太子刘盈（即后来的汉惠帝），改立宠妃戚夫人的儿子为太子。聪慧的吕后采用张良计谋，请来四皓和太子同游，刘邦看见了四皓辅佐太子，以为刘盈羽翼以丰，就打消了废除太子的念头。由此可见，四皓德威朝野，虽居乡里，心怀天下。沈从文先生以新出土文物举证，汉代至六朝，"商山四皓"通称为"南山四皓"。李白也有"送尔万里长江心，他年来访南山皓"的诗句。这里的"南山"指终南山，它由太白山绵延到商山，商山在汉都长安之南。四皓所隐之地，就是现在陕西省商州区丹凤县商镇，大作家贾平凹的家乡。

很多年前的一个秋天，我曾经登上商山的山顶，一览南山的风景。在山脚下看见四皓的墓，没有郁郁苍苍的草木，没有蒺藜藤蔓覆盖，光秃秃的四个土丘如硕大的馒头，寂寂地躺在旷远的黄土平地上，如此安静，如此冷清。我疑惑不解，后来，我读到的宋人王禹偁在《四皓庙碑》写道："先生避秦，知亡也；安刘，知存也；应孝惠王之聘知进也；拒高祖之明，知退也。四者具备，而正在其中矣。先生危则助之，安则去之，其来也，致公于万民；其往也，无私乎一身。此所谓进退存亡不失其正者，千古四贤而已！"我顿悟：墓如其人，四皓在世大隐深山，不为世人所知；谢世后，大隐黄土，独守一方安静。

陶渊明诗文中的"南山""南岭""南阜"都是在暗用"四皓"的故事。"四皓"避乱隐居，不仕修身，心怀天下，终于商山，对陶渊明有很深的影响。著名的《桃花源记》也取材于"四皓"故事。不管"南山"是实指还是虚指，但都不能颠覆和掩盖一个历史事实：陶渊明归田园居。

中年的陶渊明，在彭泽作县令，因"不为五斗米折腰"，上任八十多天就解印辞职，走上了归隐田居之路，后来贫病交加，生活拮据，也不愿涉足官场。悠闲恬静的田园生活没有淡化他的"四皓"情结，那就是忧国忧民忧天下。入世不谄媚，出世不消极，这正是四皓和陶渊明的高洁人格。我默默作想：菊花是花中的隐士，人与花，花与人，何其相似！

恍惚之中，我离开村庄。挥别的时候，脸上带着不舍的表情。再次回眸，在那棵老榆树下，顺着牧童遥指的那个方向，我似乎看见陶公在我漫步过的篱笆地里，侍弄着一畦一畦黄白的菊花，幽幽的古典菊香熏染了中国文人的情怀，穿过历史时空，从唐诗的韵律里一直飘到那个叫易安居士的词里，"东篱把酒黄昏后"，还"有暗香盈袖"……

篁岭素描

初知篁岭是因为一组《篁岭晒秋》的照片,不知是出自哪位摄影者之手。画面上蓝天飘着白云,远山青绿,一片白墙黛瓦斜在挂山上;近处木架上铺展着圆圆的竹匾,竹匾里晾晒着红彤彤的辣椒、黄灿灿的玉米。这画面震撼了我的灵魂,让我对篁岭有一种向往。

我到篁岭不是秋天而是阳春三月,正是油菜花灿烂的季节。山托着村庄,村庄依偎着山,环抱村边的千年古树,盘根错节,虬枝苍老,浓密的绿叶却勃勃生发;白墙黛瓦之中,桃花嫣红,梨花雪白,那油菜花不仅肆意在田间,也跑到村中路边、房后屋前和水边,一株或者几株,见缝插针地张扬它耀眼的金黄。

这些古徽州的民居依山而建,一律的飞檐拱门,白墙青瓦。有的土墙斑驳,裸露着土砖,烙下了久远岁月的印记。一幢幢房屋阶梯向上排列,高低错落,每座房屋都是两层,一楼的厅堂大门面朝大路,打开二楼的后门,是更高层的另一条大路,也是更高一户人家的一楼厅堂。二楼前方的窗下伸出长长的木棒,这些木棒成为晾晒的支架,竹匾放置其上。这巧妙的设计,既能采光又能晾物。于是村民春天晒翠绿的水笋和蕨菜,夏天晒紫色的茄子、碧绿的豆角,秋天晒火红的辣椒、橙黄的南瓜、金黄的稻谷和玉米,冬天晒多色的果脯。每家都以这样的方式晾晒,色彩斑斓的农作物,靓丽了水墨般的篁岭,无意中创造出最美的艺术画面,使其当之无愧地成为美丽乡村。

篁岭是江西婺源东北部的一座山,山上多竹,修篁遍岭,故名"篁岭"。

在这里游览,需沿着阶梯形台阶上上下下。我气喘吁吁地登上古村最高点,站在晒工坊的三层阳台上,白云飘然头顶,举目四望,群山逶迤护卫着篁岭,花田层层叠叠拥抱着古村,这里如此祥和安宁!

横过山腰的一条小街,时常雾气氤氲,笼罩着街道,犹如天上的街市,被称为"天街"。这古老的天街,连接着通向村庄角落的九条小巷,犹如威尼斯的大运河,连接着通向水城的上百多条水巷。

我走在天街任凭微风的轻抚,花的浸润,产生无限遐想,郭沫若《天上的街市》的诗句涌现出来:

  远远的街灯明了,
  好像闪着无数的明星。
  天上的明星现了,
  好像点着无数的街灯。
  我想那缥缈的空中,
  定然有美丽的街市。
  街市上陈列的一些物品。
  定然是世上没有的珍奇
  ……

我幻想着夜晚的篁岭天街,如郭沫若笔下的意境,闪烁的灯光,与天上的明星交相辉映，那该是一幅多么美的画面！在天街牵手相拥的对对情侣，仿佛在演绎着牛郎与织女的私会。

天街两边，古典的徽式建筑林立，有古老的牌坊、戏台、老屋、茶坊、酒肆、书场、砚庄，还有各种手工艺品。古典中融入了现代化的酒吧、酒店、民宿……天街热闹非凡，游人如织。空气中弥漫着炒南瓜子、葵花籽、花生、黄豆、番薯梗、炒米的香味，各种特色的食府汇聚于此。小店小摊挨挨挤挤，却井井有条，没有招徕生意叫卖吆喝的聒噪。店主摊主们实在淳朴，忙里忙外，做着自己该做的事情。一位大妈把一笼热气腾腾的清明果端了出来放在木板上。走近品尝，味道好极了。我沿街品尝了各种手工制作的婺源特色小吃。比如蒸汽糕、麻糍、油煎灯、霉干菜烧饼等，饱享口福之后，继续在天街上游逛。忽而，一股香浓的味道钻进我的鼻孔，我跟着香味飘进了一家叫"昌裕隆"的油坊里。

屋里放着一台榨油机，一段百年古木从中间一劈为二，其中的一半横放在那里，中间的圆槽里放着油饼，木楔子夹住油饼的两头。屋子中央悬挂着一个石锤，大概有二百多斤。只见油坊师傅推动石锤，不断地撞击木楔，"咚——咚——"的声音回响在天街。木楔与油饼层层挤压，挤出的油从油槽下方的泄油孔缓缓流入器皿中。终于，大地孕育的果实完成了生命的升华，成为人们饮食中不可或缺的营养佐料。这是一种传统的古法榨油，在徽州已有千年的历史。

古朴美丽的篁岭，不但传承着古老的民间手工艺术，而且年轻人也将文化艺术不断发扬光大。

天街中央，一座木屋傍山而建，窗和墙爬满青藤，木窗半开。"三青媚"篁岭写作营几个大字吸引了我。我登上石头台阶，推开虚掩的木门，一股木头的气息迎面而来。朴拙的桌椅摆放得整整齐齐，一面墙上的书橱里，书籍满满当当,盈盈墨香入鼻。竹几上放着一把吉他,窗台上的三色堇肆意开放。

我独自坐下,随手取了一本书,书中记载婺源历代名流。"婺源历朝人才辈出,有文人504位(著作1275部,选入国库"经、史、子、集"者180部),出任仕宦者达2665人,文化底蕴深厚,遗存众多。其中收入《辞海》的婺源籍历史文化名人就有朱弁、朱熹、江永、汪优敦、程门雪、詹天佑、何震7人……"近现代历史名人还有很多。这里一直保持着尊儒重教、耕读自强的传统,文风鼎盛,人才辈出。篁岭是婺源的美丽乡村,难怪"三青媚"篁岭写作营有这样一群女子,追求文学的梦想,笔耕不辍,记录生活,让文字漫过心田。篁岭就是她们的诗和远方。

走到天街街口,我坐在高高的大石上,耳边飘来悠扬的笛声,这声音穿透人的心房,让我想起远方的故乡……我久久地环望四周,古老的村庄犹如美丽的布达拉宫。山中的花海在春天里汹涌,梯田层层叠叠,从山脚下一道一道铺排上来,就像春天写给大地长长的叙事诗,而诗的意境里,油菜花是主角,还有樱花、桃花、梨花作为配角。如果说篁岭的古村是一幅淡淡的水墨画,那么春天的梯田就是一幅大地的油彩画,画里的游人这里一堆那里一群,穿着汉服和民族服装的女子,行走于阡陌小道上,如斑斓的蝴蝶。听,悦耳的歌声在山谷飘荡……

篁岭古村保存得如此完好,得益于得天独厚的地理位置和生态环境,以及一代一代人的维护。更是改革开放以来,地方政府因地制宜对地貌的修复与保护。如今乘着乡村振兴的东风,篁岭建设得更是独一无二,传统文化在这里生生不息。

我虽匆匆地来去,却喜欢上了篁岭。这里的一草一木凝重着五百年的历史,最真实的农耕文化气息撞击着我的心灵。多想留下来,一个人坐在街口,默然地看篁岭晨曦的朝露、夜空的星辰,看篁岭的春夏秋冬、岁月轮回……

探访图腾古道

一

这是一条比较狭窄的小石径，时而盘旋向上，时而径直向前。清凌凌的溪水在道旁的奇石断崖中流泻；草木葳蕤，夹在翠竹里秀着青春；密林遮天蔽日，光束偷偷钻进来，洒下一路星星点点，照亮了初春寒凉的浓荫。我们从漓江游来，走在去"图腾古道"的路上。这是个再现桂林甑皮岩人居住、生活、婚姻、宗教等历史风貌的景点。

听导游说，这是一个至今还保留着母系社会传统的部落，女人地位高，男人地位低，部落里的人没有姓名，女人都称"阿丽"，男人都称"阿布"，婚姻是一妻多夫制。一个"阿丽"可以拥有好几个"阿布"。女王掌管部落，具有至高无上的权力，她可以拥有部落的所有"阿布"。导游说这个部落现今只有一千多人，生活贫穷，居住在广西和中越边境偏僻的地方，国家尚未正式确定他们属于哪个民族。为了提高甑皮岩人的生活水平，政府有关部门曾在市里盖了楼房让他们住,但他们担心语言不通和受欺负,还一直住在山里。政府做工作后,只有一部分年轻人到现在的图腾古道景点居住,从事演艺工作。他们在这里生活了十多年,如果生病会被送到外面治疗,家庭地址一栏他们会写上"图腾古道",姓名则写"阿布""阿丽"。他们不懂汉语,对游人表示欢迎时,就把右手放在嘴上"哇哇"大声叫,表示友好时,把手放到左胸口,说"你摸摸"。这是和游客进行最简单的沟通交流。

二

我们怀着好奇的心理,走进山谷密林的一块平地。五十七根木柱跃然入目,其上是色彩鲜艳的人形图腾,刻画极其抽象夸张,龇牙咧嘴,甚至面目狰狞。看牌示,正中的图腾是部落的女王,左是巫师,右为勇士,其余五十四根代表各方神灵,他们视其为民族的标志和象征,在心里是精神世界的保护神。

继续向前,狭窄的山谷,郁郁葱葱,碧绿的原生态植被扑入眼帘,树木竹林里掩映着草房和木屋。路旁山坡的一个平台上搭着茅草棚子,三个"阿丽"手舞足蹈,嘴里咿咿呀呀地唱着,我猜想是欢迎的仪式吧!地上竖着一些古怪的木制图形,还散落着石器、陶器、古老的弓弩等。一个大木架上挂着一只硕大的牛头骨,庄严而孤傲,招摇着威严的气势。一群小的牛头骨宝塔型排列着,挂在中等的木架上,似乎在追寻他们的首领。也有三三两两中等的牛头骨挂在小木架上,是象征失散归来的英雄还是守寨站岗的哨兵?所有的牛角很像盘角羚羊的角,夸张地向两边弯着,似乎在向游人示威。

于是我新奇的思绪跟随这原始、森严、神秘、怪异的感觉,飞越时空,回到一万两千年以前的远古时代。

一群原始人,他们手持弓弩,裹着斑纹兽皮衣,披散着长发,从洪荒苍凉的蒙古大地浩然出发,赤脚行走,天为被地为床,吃野果饮溪水,风雨霜雪考验了他们的智慧和体能，日月星辰见证了他们的足迹。在漫漫长途中，有人适应了当地气候，把当下的地方作为长居地，繁衍生息。有人吃饱睡足继续前行，穿林海，过平原，攀山沟，循着逐渐变暖的气温向南迁徙。不知何年何月，他们走到了甑皮岩，领头的女王大手一挥，停下脚步，跟在她后面的一群人也停下来。于是女王率领大家伐木割草，搭棚建窝，在岩下山谷安营扎寨。这里环境优美，冬暖夏凉。长居这里，他们与青山绿水为伴，与大地森林为友，手拿尖利的长矛，奔跑在山林里追逐野兽，在清清的漓江上哼着号子打鱼，天上的星辰映着夜晚的篝火，他们围着燃烧的火焰烧烤野味。勤劳的双手挖掘泥土烧制陶器，用砾石、兽骨、竹木等打磨劳动和生活工具，开发这块蛮荒之地，成为这块土地的主人。他们属蒙古人种，与蒙古人种的南亚种族最为接近，是桂林人的祖先，也是现代华南人和东南亚人古老祖先之一。

  一面大鼓挂在道口的木架上，"吉祥如意"四个汉字醒目。路上我比较兴奋，对导游的讲解没有认真听，似乎听导游说用头撞鼓，用拳头打鼓能够带来平安吉祥。于是我就用头撞了一下大鼓，一行人大笑，说我错了，男人用头撞，女人用手打。我又握紧拳头用力打，发红的手微微作痛。大家一个接着一个，或撞或打，连绵的鼓声和开怀的笑声响在山谷，一个"乐"字写在每个人脸上。导游说自愿献爱心，只要捐五元，对于这个部落来说，"五"是吉祥数字，取"五谷丰登"之意。

  我问导游为什么女人用手打鼓，导游讲了一个美丽的传说，解开了我的疑惑：有天黄昏，夕阳坠入山头，大地一片余晖，守寨的女人，在各自的茅屋里缝补兽衣，外出狩猎的男人还未归来。突然凶兽的吼叫隐隐传来，这声音愈来愈近，愈来愈急。女王心急如焚，为了保护部落臣民，她情急之中，拿起屋里的一根木棒，用力打击木桶，木桶发出"咚咚咚——"的声音，野兽听到鼓声被吓跑了。后来部落就有了木鼓的声音，一代一代流传下来，这声音似母亲的召唤，崇高而神圣。这只是个传说，无法考证。

三

部落门外，一左一右，站着两个身材矮小的阿布，黝黑的脸上挂满微笑。我们刚走近，他俩把手放在嘴上"哇哇"大叫，我们一行人也大声"哇哇"，接着两人又拍着左胸说"你摸摸"，我们也模仿同样的言行，然后他们拿着蘸着膏体的枝条，在我们脸上一划，每个人脸上就留下黄色一横，也有人是三横，这膏体像化妆品，散发出淡淡的香味。大家互相看着，觉得有趣好玩，忍俊不禁，但不能擦掉脸上的膏体，因为这表达的是"你是高贵客人"的意思。

部落里的男人、女人、大人、小孩，个个皮肤黝黑光滑，穿着仿制的兽皮衣服，赤脚披发，给人一种野性的感觉。路旁的洞穴里挂着几串熏黑的腊肉，铁锅冒着热气，一缕烟雾弥漫在石洞里，厚重的味道直扑鼻孔。木头搭建的草房墙壁上挂着锄头、镰刀、简单的刀具和兽骨做的弓箭等。草房的地板上散乱着稻草和被褥。一位年老的女人坐在木板地上，面容木呆，眯着眼睛看看我们，双手握着一个石杵，在石凹里转着圆圈，同行的人都不清楚她在做什么。我心想，她是不是在模仿石器时代的人类用石杵磨五谷呢？

沿着人工开凿的石阶，拾级而上，半山腰的一块平地上，有一座木屋，这是女王的王宫，屋顶翘起，中间是牛头图腾，年轻的女王，皮肤黝黑，安详地坐在宫殿的王位上。游人经过这里先要向女王恭敬地问候，女王一脸笑容表示欢迎。

甑皮岩人虽然落后，但对女人很尊重，行走时女人要走在前面。我们去参观比武招亲的场面，我走在最前面，山路陡峭有点气喘，同行的两位上海男士走到我的前面去了，结果被罚为招亲对象，他俩死活不肯上台，导游说："谁让你们抢在女士前面。"无奈，一老一少上台。五十多岁的男士，红着脸站在台上，很是窘迫；三十岁左右的小胖倒落落大方，一展身手的样子。招亲台上坐着一个看起来并不年轻的新娘，她笑呵呵的。主持人事先不讲比赛胜负标准，以免破坏公正规则，他让两人的嘴，分别对着粗细长短相当的竹筒，大声喊"啊——"直到不能喊为止。

"预备，开始！"主持人手一挥。

只见年轻的小胖，用尽力气，两腮鼓得通红，声音洪亮，喊了很久。那位年长的男士也憋红了脸，在"啊——"的呼声中挣扎了一会儿，就大口喘息着败下阵来。主持人宣布年轻的小胖胜出，选为新郎，要留在部落与那"新娘"同居三昼夜，他用手指着我们身后——盖着茅草的三座木屋，说是"洞房"。这时，台上的女人笑着用手抱着他的腰不放，小胖用力挣脱，她死死抱住不放，逗得台下的游人大笑。好在那"新娘"没有强迫小胖，最终还是放了手，小胖挣脱了"新娘"，一溜烟跑了下来。

我和小胖开玩笑，说他不肯留下是因为回家怕太太骂，他憨厚地一笑说："不是那么回事嘛！"导游补充说跳舞的时候，如果"阿丽"用臀部撞哪个男的或者在身上摸，表示喜欢，舞后也要留下与"阿丽"同居三昼夜，男游客"啊"地大叫。

我想，甑皮岩人这种直接简单，没有虚伪和掩盖的赤裸裸的求爱方式，体现出人类在原始时期的纯洁和生命的本真，这种行为和目的一致的方式，没有任何的附加条件和杂念。那时人口稀少，人作为主要生产劳动力，需要繁衍和发展。人类社会一步一步走向文明，人的思维愈来愈复杂，行为和目的相左甚远，现今某些失去良知的人，他们贪婪、虚伪、趋利的行为不堪入目。相比之下，这些土人虽然落后鲁莽，但他们是纯真的。

四

　　下山在道旁小憩，突然，一阵鼓声在山谷响起，我闻声来到剧场，坐在了第一排。一群阿丽扭动着短草裙，甩着长发，纵情地狂舞。接着是阿布勇敢而冒险的表演——赤脚走在烧红的铁板上，光脚踩在玻璃碎片上，一股烟火从嘴里吞进又吐出。这些表演着实让我捏了一把汗，心似乎在颤抖，双脚也钻心地疼痛，扭头看场内的人，尤其女士都一脸惶恐。但表演者不慌不忙，镇定自如，走过红铁板，走过碎玻璃，双脚却完好无损，这才让人松了一口气。

　　阿丽和阿布同时表演，阿丽高叫"哇、哇、哇、哇"，阿布和着阿丽的喊声节奏敲打着铜鼓，阿丽阿布们，或拿长矛，或拿弓箭，或拿刀棍，表演主要以鼓声为伴奏，歌声和鼓声交融，握拳、踩脚、甩发，动作与声音协调，粗犷奔放，气势磅礴，震撼心魄，淋漓尽致地表现了远古时代先民的祭祀、巡逻、报警、狩猎等情景。跳舞结束，他们接着和游人跳，游人模仿阿丽阿布，男女手拉手踩着鼓点，踩脚跳起……我沉醉在李白的"高歌取醉欲自慰，起舞落日争光辉"的情绪之中，酣畅淋漓地狂舞，一释俗世的藩篱。看前面那几个阿丽，弯起腰，翘起臀部在使劲撞旁边的帅哥呢，真是喜不自禁啊！一曲终了，还忘情地拉着摸着，而这几位男士被他们摸得窘态百出，终于耐不住跑了出去，逗得同游者开怀大笑。

　　路上，有人问导游是否有本地汉人假扮土人演出赚钱，导游坦然一笑，没有回答。这种疑问无法肯定和否定，其实，游人的这种想法有一定的合理性。在商品社会中，不排除有些旅游景点以各种各样的形式和手段取悦游人，骗取游客的钱包。

　　然而，我认为，图腾古道的甑皮岩人通过自己的表演，既发展了旅游业，又改善了部落的生活。桂林市政府支持，游人心甘情愿地参与其中，这是一种善举。同时，景点向游人展示了甑皮岩人部落的生活图景，让世人了解这个古老部落的原始文化，向世人开启了探究甑皮岩人远古文化的一个窗口，这是一种必要的传承。我孤陋寡闻，之前从未听说过甑皮岩人，更不知道中华民族大家庭里还有这样一个原始部落

——此文发表于《中国散文家》2017年第1期

后记

略谈散文创作的体会

散文的"散",不可望文生义为"散漫、任意"。散文之"散",只是一种表达方式上的特点。散文可以随便洒脱一些,不拘谨不自封,说明它与诗歌、小说、戏剧等文体的不同。对于散文,读者因其喜好、文化积淀和欣赏习惯约定俗成了自己的鉴赏标准。

我阅读过一位名家写的散文理论文章,他把散文归纳为三重境界:一是"形不散神不散"的小境界,就是运用排比、对仗等手法,使作品十分精致,而主题凝一。古代的骈文是"形不散神不散"的代表;二是"形散神不散"的中境界,如杨朔《荔枝蜜》《雪浪花》等;三是"形散神散"的大境界,是"无所顾忌""天马行空"的散文,如贾平凹的《定西笔记》、余秋雨的《文化苦旅》等。

读一些大作家的散文,看似漫无边际的闲笔、随心所欲的表达,但来自生活的本真、内心的感悟,细细品味都有一种醇厚的味道,其实就是一种境界。我自己认为无论什么境界的散文,都离不开主题、语言和创新。

一、关于散文的主题,我有两个方面的体会(纯属个人浅显的见解)
(一)散文写作要切近生活

散文一定要写得"真切"。如刘亮程《月光里的贼》,其描写之真让人认为作者是一个贼,写的是自己做贼的经历,我读此文还以为作者做过贼。

文中这样写道:

> 整个村子睡着了,总要有人醒来做些事情。月亮在喊人呢。贼一般不选择月夜里行窃。但月亮让贼睡不着。贼睡觉时手都放在被窝。贼的手一见月光就醒来,不由自主地动,整个身体跟着醒来。贼睡不着时,不会像其他人老老实实躺着,手不愿意,痒得很,身体被手牵着走进月光里。这样的月亮地,不太适合行窃,贼就在月亮下走,到一个门口,轻轻推一下,眼睛贴门缝往里望,再趴院墙上,脚蹬起来探头看,看见一个好东西,看到眼睛里拔不出来,翻墙进去。结果被发现。大月亮,贼躲藏不了,只有跑。
>
> 跑的方向有几种,一是向着月亮跑,影子拖在后面,抓贼的人踩着影子追,影子就像牲口拖在后面的缰绳,贼很难跑掉,但还是要跑,跑到月上中天,影子越来越短,最后回缩到自己脚下,抓贼的人抓不到影子,就有逃脱的机会……

又如,李娟的"羊道三部曲"《羊道:春牧场》《羊道:深山夏牧场》《羊道:前山夏牧场》,她以细腻的笔触描绘了游牧民族以羊为家,与大自然相依为命,充满了艰辛、苦难而自有乐趣和尊严的古老生活,再现了哈萨克民族在阿勒泰的游牧原生态生活,令人感动。

再如史铁生的散文,处处都感受到生活的真切,令人深思。

(二)散文写作要有担当意识

写散文的作家都了解中唐时期韩愈等古文运动诗人提出的"文以载道"的主张。这里的"文"如同车,"道"则是车上所载之货物,通过车的运载,可以达到目的地。然而"道"不能狭隘地理解为政治,而是要表达思想、阐明道理,也可以说是哲理、正义、风骨等。说明散文要有担当意识,要有社会责任感,尤其要反映对社会底层的关怀,对人性的关注,以及道德、责任、怜悯、牺牲等价值的追求,这是对人类善良完美走向的担当。

习近平总书记在文艺座谈会上的讲话中指出:"我国作家艺术家应该成为时代风气的先觉者、先行者、先倡者,通过更多有筋骨、有道德、有温度的文艺作品,书写和记录人民的伟大实践、时代的进步要求。"在中国文联十一大、中国文联十大的讲话中,习近平总书记又强调指出"广大文艺工作者要把个人的道德修养、社会形象与作品的社会效果统一起来,坚守艺术理想,追求德艺双馨,努力以高尚的操守和文质兼美的作品,为历史存正气、为世人弘美德、为自身留清名。"

现在有许多网站充斥着色情恐吓、成人笑话、荤段子、调侃、打趣、恶搞、嘲讽、媚俗的作品,这些内容不是真正的"接地气",也没有弘扬正能量,反而会误导社会,影响国际社会对中国人形象的认知,贻害下一代。那么,为什么这些文化还拥有市场呢?原因在于有些读者缺少鉴赏能力,缺乏拒绝垃圾文化的智慧,反而被引诱,为其提供了消费市场。

文艺作品是引导读者和观众的路标。作为读者,要自觉靠近反映民族文化真善美的作品,接受正能量的作品。作者和读者、演员和观众是互为依存的一对文化载体，二者都要有担当意识。

写散文的人要热爱生活，更要善于敏感地感受生活，不仅写自己看到的，还要写别人看不到的。通过独特的视角和深刻的思考，挖掘生活中的美好和真谛，传递积极向上的价值观。

我的散文《山里人家》就诞生于一次余杭山沟沟的旅行。在那片宁静的山村中，我意外地发现了一户人家。他们的儿子、女儿、儿媳、孙子都是哑巴，而父亲却丢下全家，跟人跑了。一家五口中，只有母亲能与外界正常交流，其他四人都在无声的世界里生活。然而，他们的生活并没有因此而黯淡。女儿在山外杭州的聋哑学校读书，而他们则靠给山外工厂编织竹器和代加工其他工艺品维持生计，日子依然过得很充实而有希望。

与他们短暂相处的时光里，我看到了生活的艰难，更看到了母爱的伟大。那位母亲用瘦弱的肩膀扛起了整个家庭的重担，而他的孩子们，虽然无法用语言表达，却用行动诠释了自强不息的精神。通过《山里人家》这篇散文，我希望能将这份感动传递给更多的人，让他们看到那些被忽略的美好，感受到生活的真谛。

二、散文的语言要不断创新

张承志曾说："我是一名至多两年就超越自己一次的作家。我是一名无法克制自己渴求创造的血性的作家。我用十年工夫磨炼了自己的语言。"(《语言憧憬》)这段话展现了他对文学创作的极高要求，作家要在写作语言上不断地突破自我，达到更高的境界。

1979年，诺贝尔文学奖获得者希腊诗人埃利蒂斯曾指出："无数的景象使宇宙闪闪发光，也构成了一种未知语言的章节，而这种语言要求我们选词造句，作为一种。"亚里士多德在《修辞学》中说过："这种在常用的词汇中见出变化的用法，可以使语言显得格外的堂皇美丽。这是很好的。"从这些话中，足见语言对于一篇文章的重要性。

  散文的语言难度在于用最平常的话说打动人心的事，无论温婉还是直白，无论诗意还是质朴，都要保持散文固有的特质。散文的语言贵在形象灵动，要给读者美感享受。散文理论家佘树森说："散文的语言，似乎比小说多几分浓密和雕饰，而又比诗歌多几分清淡和自然。它简洁而又潇洒，朴素而又优美，自然中透着情韵。可以说，它的美，恰恰就在这浓与淡、雕饰与自然之间。"散文的文采，是一种洁净与流畅的美质，像流水一泻千里，这样最容易吸引读者。

  我写散文时，在语言上做了三个方面的尝试。

  1. 灵动的描写引发发散思维，使文字富有立体感，展示一个三维空间。

  （1）运用发散思维使相似的景物变换着角度展示它们的美，给人以不同的想象。

  我在《朝烟夕岚待月夜》中写早晨的西湖：

  第一束晨光刚刚扫过湖面，西子姑娘正待梳妆，美轮美奂的肌肤就在这晨光浅淡里时隐时现，挑逗任何一束爱美的目光。薄薄的、软软的细碎水波轻轻敷上她白皙细嫩的脸庞，偶尔一尾鱼儿跃出湖面，泄露了西子撩水洗脸的秘密。隐约的轻梦似的晨雾笼在她的发髻，薄如蝉翼。

  我在《周庄水韵》这样写道：

  水巷是周庄的血脉和精魂。时而细细瘦瘦，像赵飞燕舞动的玉臂；时而宽宽敞敞，像杨贵妃扭动的臀；时而晃晃悠悠，像西施柔曼的细腰；时

而沉沉稳稳,像王昭君迈向塞北的脚步……周庄的轮廓呈现给我们的是中国仕女飘动的水样画卷?(借用古代仕女图写水的动态美)

我在《那片古典的菊花》中写山地:

　　山村的秋如纯洁的少女,忽闪着明净的眼睛。红叶点点,微笑在盘旋的路上,山风携着果实的味道沁入我的魂灵。七八只鸟雀从田野飞起,从我头顶一掠而过,在空中列成一个队形飞进林梢。一只孤独的麻雀在路旁的柿子树上,尖尖的喙啄着红红的软软的甜蜜,它打了个趔趄,枝头掉下了一颗熟透了的柿子。田埂的向日葵,含情脉脉地注视着阳光的眼睛,传递着爱的金黄。稻草人披着红色的短衣,以哲学家的神情和姿态,沉默不语,似乎在静静地思索秋天的凡·高……

(2)运用诗意的语言再现诗意的环境,力争给读者美的享受。
我的散文《四明山写意》第一段:

　　你半锁深闺,轻描古典的美,清澈的眼睛还没有被爱情阅读过。你独守原生态的韵,音容笑貌悦活着清纯,朴拙的裙裾裹护着一身清白。你轻脚慢步,生怕惊动了大山的沉睡。曼妙的腰肢缓缓揉动,银质的铃铛在你的裙带上摇出轻妙的声音,你伸着懒腰,揉揉惺忪的眼睛,苏醒了。那粗布生丝绣成的花边沾上了第一缕阳光,正从20世纪的野山深处,小心翼翼地弹动着真丝手工绣花鞋,向我们轻盈地走来……

2.综合运用修辞手法——比拟、通感的手法，为语言优美生动增色不少。

我很喜欢读朱自清的散文《荷塘月色》，文中有两句典型的句子："微风过处送来缕缕清香，仿佛远处高楼上渺茫的歌声似的。"这句写月光下满塘的荷，既看到宜人的花色，也就必然会嗅到沁人的花香，"缕缕清香"，能让读者真切地感受到是很难的，但作者以歌声设比，用时断时续、若有若无的远处的歌声，这样易于体味的听觉感受，唤起读者的嗅觉体验，把两种感觉沟通起来，这种移觉修辞手法的运用，就是通感。

"塘中的月色并不均匀，但光与影有着和谐的旋律，如梵婀铃上奏着的名曲。"这句写出淡淡的月色和树影之间有明暗的变化，但明与暗融进溶出，不着痕迹，没有明显的界线。从不均匀的变化之中又透露出某种内在的和谐。这种视觉感受，怎样使读者体味到呢？作者用梵婀铃奏着的名曲来比喻，于是这种光与影的和谐化为耳边悠扬的旋律，读者凭借对优美乐曲的想象去领略月色之美。

还有"绿杨烟外晓寒轻，红杏枝头春意闹"，"春意闹"就是通感。这是宋祁《玉楼春》中的名句，兼用通感和拟人两种修辞格，用拟人的手法勾连起两种相通的感觉，用通感把杏花的无声的姿态和色彩说成好像有声音的波动，让人在视觉里获得听觉的感受。采用了拟人的手法，因为红杏是物，不可能赋予人的行为，一个"闹"字，充分表现出了春天的生机和活力。

其实人们在日常生活中就常常运用通感，它生发出种种奇妙的效应与审美享受。例如人们要形容一个女子的美丽动人，就用"秀色可餐"，人们在观赏女子时将视觉（秀色）与味觉（可餐）联通起来，让我们对女子之美的感觉更真切、更直观，别有一种滋味在心头。

例如，我在《湘湖情思》里有这样一段：

吴王、范蠡、祖国、敌国，如一团乱麻，剪不断理还乱，在心底纠结缠绕……思念的悲歌只能在心底浅吟低唱，虚假的附会还须笑声朗朗。一切如万箭穿心，让她柔肠寸断，乱世的利刃把她的心一刀一刀割得支离破碎。她无法选择。残酷的现实、肩负的使命让她无从选择。多少个静夜，她倚在窗前，隔着深宫重门，对着天上一轮明月，不知今夕是何年。月还是那个月，人隔着万水千山，月的明眸冷冷地望着她。月光洒在她的泪光里，流成一曲瘦瘦的乡愁。（从视觉写感觉）

3.练词——词性活用让散文的语言出彩。

王安石的"春风又绿江南岸，明月何时照我还"中，形容词"绿"活用为动词，意为"吹绿、拂绿"。

西部散文作家、学院派作家、诗散文作家淡墨，他的语言几乎字字珠玑，句句新奇，很多句子是词性的活用，例如淡墨写山谷：

山谷静静的。阳光像小猫的舌头，无声地在舔森林中那片湖泊。

蓝天把白云写成鸽子，开不败的山花是山谷永远不会消失的微笑。阳光嫩嫩地洒在草地上，悠然的鹿群迈着美女步……一个个美丽的蹄子溅起一朵朵美丽的音符。

蘑菇顶着伞从雨季走来，蒲公英被一阵风吹瘦。

（淡墨《人与山谷》）

三、散文要有"独到发现"

散文要有感而发，发出自己的声音，发现别人没有发现的东西，展现自己作品的独特价值和魅力。这种发现既可以是现在的敏锐洞察，也可以是过去的深刻审视。关键在于主题有新意，避免重复他人屡次挖掘的内容。

例如，在创作《墙脚那棵芭蕉树》时，我没有像大多数人那样着重写芭蕉树的外形，也没有单纯地表达对它的赞美之情。相反，我写芭蕉树不与花园的其他树木为伍的超凡脱俗。正因为如此，它经历了被花匠两次砍断，最终被连根拔起、拉走的悲惨遭遇。我以物喻人，通过写芭蕉树，写某些有才能的人因不会巴结和谄媚而遭遇排挤和打击报复的现象。同时也可以理解为对教育制度缺陷的暴露、对一些特长生的不公平待遇。

在文章的结尾，我这样写道：

> 在风雨迷离的江南，这棵令我多次伤感的芭蕉树，从此在我的视线中消失了。但那抹淡淡的黄和旺盛的绿，留在我的灵魂里生根发芽。我想，它也许被栽到了一个更大的庭院里，成为一道亮丽的风景，也许被栽到了植物园中，与众多的树木毗邻而居。它到了一个更广阔的天地，在一片属于自己的空间里无拘无束，自由呼吸，自然成长，开花结果，彰显它原本的高大秀颀和生存的价值，呈现出生命的美！

文章最后的落脚点是光明的。散文写作可以歌颂真善美，也可以鞭笞假丑恶，但不能抹杀读者对未来的希望和向往。

写西湖的文章非常多了，大多是赞扬西湖的秀丽。然而，我的《朝烟夕岚待月夜》另辟蹊径。文章从人们欣赏美景的心态入手，提炼出一个深刻的哲理：人生要珍惜，不能错过美好的东西。这样，不仅让读者对西湖的美景有了更深的理解，也引发了对人生意义的思考。原文的结尾这样写道：

在皓月当空的湖边，我坐在寂寥的椅子上，看月笼堤岸、湖染夜光，花沉重梦冷香袭人，柳睡魅态其姿可人，水厚雾薄幻象环生。我想了许久，人的一生漫长，旅途必然有许多奇景异趣，要时刻珍惜，莫把生命里美好的时刻错过。往往醉心的把握、美丽的邂逅或因疏忽或因无知或因耐不住浮躁常常擦肩而过，给精彩的回忆留下许多遗憾和后悔的败笔。

亲情是文学创作的永恒的主题。大多数作家写过，比如贾平凹的《月迹》从童年记忆的角度写亲情，莫言的《卖白菜》从生活的艰辛中体现亲情。然而，我的《樱桃树上的童年》则通过樱桃树这一独特的意象展现了童年与亲情的交织。这种独特的视觉和切入点，让亲情这一主题焕发出新的生命力。

　　散文创作的独到发现，它不仅能够让作品脱颖而出，更能让读者耳目一新，从而使读者受到启发和感动，在写作中，即使没有大的发现，小发现也足以使作品与众不同。